# 儺賜

王華 著

# 目次

# 第一章

## 1

似乎，還是在很早很早的時候，我就想跟你們講講儺賜莊了。有可能是我半歲那天，我還沒學會感傷的眼睛，看到我媽離開我，離開我爸和我哥去另一個男人家裡的時候？或許是哪一次，偷偷回來餵我的奶的母親深埋在眼睛深處的憂鬱被我看到的那一瞬間？或者是在我第一次過桐花節的那一天？或者是我第一次看到儺賜層次分明色彩豐富的霧的那個時候？或者，是在後來我的那一段上學時光裡，在我爸決定用我上學的錢來為我和我的兩個哥哥打夥娶秋秋以後？似乎，這個願望就像我的一塊皮膚，與生俱來，和我一同感受著儺賜白太陽下那些故事的美麗和憂傷。

白太陽！

儺賜這個地方，一年四季裡只有不到兩個月的時間裡才有真正的陽光。平時，這裡最富有的就是霧，於是，很多時候儺賜的天空中就會有一輪白太陽。從升起到落下，一直潔白如銀，一直，那麼美麗而憂傷。

看到那一片陽光了嗎？那一片，那一片，那一片，那兒還有一片。紅的，綠的，粉的。什麼地方有了這樣的陽光，那就是春天已經走到那個地方了。然而，這個時候，我們儺賜還被一片濃霧籠罩著，還被白太陽的那一份憂傷籠罩著。

就是這樣的一個日子，有一面山坡，一筆一筆，用金黃色往上鋪墊。到稍緩一些的地方，是濃濃的奶白色，在一片青灰色作底的山臉上雲團一樣浮著。那金黃色的，是油菜花。那奶白色的，是李子花。那青灰色的，是還沒能從冬天裡徹底醒來的山和竹蘢，竹蘢下面是一間青灰色瓦房。

這天，秋秋在這間瓦房裡出嫁。

秋秋無論如何也沒有想到她要嫁的是三個男人！這樣的事情只有我們儺賜才有，不到沒辦法的時候，我們是不會告訴別人的，更何況是對我們的新媳婦秋秋。

秋秋知道她要嫁的地方叫儺賜，但她不知道那地方在別的地方春天都快要死去的時候，還沒有油菜花，也沒有李子花。沒有油菜花，是因為那地方不種油菜。那地方沒有種油菜的天氣。沒有李子花，是因為那地方的李子樹還沒接到開花的季節命令。聽起來，好像我們儺賜不跟你們在同一個星球上，其實，我們儺賜離秋秋家並不是十分遙遠。從秋秋家出來，沿坡上一條小路直上，也就是三個半小時的路程。只是，我們儺賜生長在一群離天很近的大山裡，連接著秋秋家的這條路，用我們的步子丈量，得花上三個半小時，而且這條路上荒無人煙。像長脖子高粱舉著的穗，我們儺賜離天很近，離根卻很遠。這樣，它就顯出跟其他地方的與眾不同來。

從哪個時候有了儺賜莊，我們沒有去認真考證過，只彷彿聽說過是很早很早的時候，三個男人一個女人從一場戰亂中逃出來，逃到了這裡，就有了儺賜莊。至於是從哪個朝代的什麼戰亂裡逃出來的，說這話的人也不清楚。總之，我們的祖先是看上了這個完全被大山封閉起來的地方，他們對這個地方和這個地方的生活寄予美好的願望，起名「儺賜」。他們在這兒自由耕作，自由生息繁衍，也還過了一段桃花源似的日子。據說，我們莊上兩三個男人共娶一個女人的婚俗，就是從那一段自由日子裡產生出來的。但據說後來，山外有人進了儺賜，告訴他們儺賜屬誰，儺賜人又屬誰，又給他們定下一些規矩，硬叫他們把若干個家庭合成一個大家庭，一莊子人在一起幹活，在一起吃飯。後來不在一起吃飯了，還在一起幹活。這之間，山外來的人不讓儺賜人延用他們幾個男人共娶一個女人的傳統婚俗，儺賜人也就照著別處的模樣過起了日子。但是後來據說又發生了一些變革，莊上的地又成了一小塊一小塊，莊上的人又是一家子一家子地到畫給自己的那塊地裡幹活。而這時，到儺賜來說話的人越來越多，叫儺賜人上交的款項也越來越多，儺賜人在地裡埋著頭從春天刨到冬天，到頭來連過年都撈不上一頓乾的。才發現儺賜這地方到底跟別處不同，日子自然也不能效仿別處的，就重新把丟棄了的東西撿了回來，重新把它當寶貝。

比如婚俗。

據說，依稀知道一點兒儺賜的人提醒過秋秋，說儺賜那地方可不是好地方。但秋秋不能因為那裡不是個好地方就不嫁。秋秋早沒了父母，跟著哥相依為伴。秋秋兩隻腿還不一樣長，走路跟鴨子一樣一搖一晃。哥早說好了媳婦，但哥要娶媳婦就得嫁秋秋。哥娶媳婦需要一筆錢，嫁秋秋可以得到一筆錢。我哥霧冬去提親，秋秋哥按照自已娶媳婦和嫁秋秋要花的錢說了個數，霧冬也沒太往下殺，秋秋哥就當著霧冬的面兒跟秋秋說，這兄弟長得跟棵松一樣，跟了他，天踏下來都落不到你秋秋的頭上。秋秋看出哥急切切要她嫁給這個長得跟一棵松一樣的霧冬，也沒往深處想，就點頭了。

我哥霧冬同時還是去替我和我同母異父的三十五歲的老光棍哥岩影提親，之所以要選我哥霧冬去，是因為岩影太老，而且還沒有左耳和左手，我又才十八歲，似乎又太嫩，霧冬二十五，最恰當。這件事情是我爸自作主張安排的，事先沒問過別人的主意，事後也沒告訴過別人。臨近開學的一個時間，我爸突然對我說，藍桐別去上學了，把上學的錢拿去娶媳婦。我爸的樣子很像是突然來了這麼個想法，但這個決定卻根深蒂固地長在我的人生故事裡了。我還是一個中學生，我的前面是拴在課桌邊的高三時光。可我爸硬是像掐一棵莊稼苗一樣強扭過我的脖子，要我往他們的日子裡走。

二月初訂了親，二月尾上大哥就要嫁秋秋。大哥的迫不及待讓秋秋有些感傷，還沒到哭嫁的日子就落起了淚。她不知道，她大哥這麼快就要嫁她是因為儺賜這邊的迫不及待。儺賜人找女人都是速戰速決，怕的是夜長夢多。當我們家接親的隊伍往秋秋家趕去的時候，我就知道秋秋註定有一場好哭了。

秋秋沒有父母，出門時就該拜大哥。發親的鞭炮一響起，大哥就該到香龕前受秋秋的哭拜。秋秋往大哥面前一跪，眼淚就會如雨一樣灑下來。好多好多的話，秋秋都會變成哭歌唱出來，唱給大哥聽，唱給親戚朋友鄉鄰們聽，唱得好多旁邊人要跟著流眼淚。負責扶秋秋出門的女人得趕在旁人的眼淚剛剛落下來的時候把秋秋拉起來，拉著她往門外走。這個時候，別人會遞給秋秋一小塊木柴，秋秋跨出門前反手從身後一甩，身後的大哥接住這塊木柴，就算秋秋把這家人的財喜留在家裡了。秋秋留下了財喜，就該走出這個家門了。圍觀的人就會稱讚說秋秋心不厚，不是那種要把娘家的財喜也帶到自己那邊去的人。據說有一種心厚的女人，出嫁時把別人遞給她的木柴揣衣兜裡，說的是這樣就能把娘家的財喜也帶到自己那邊去。

跟很多新媳婦一樣，秋秋的嫁妝也是三床被子、一間衣櫃、一間米櫃，清一色的大紅。接親的人抬著這幾樣東西在前面走，送親的四五個姑娘媳婦把秋秋護在中間，由後面的嗩吶隊相送，就朝著我們這個叫儺賜的地方來了。

儺賜在挨著天邊的一片大山裡，明豔豔的天空，似乎把儺賜推得很遠。你能想像得到，秋秋的腿不整齊，這條一心要拋棄一片一片清香撲鼻的油菜花，要拋棄明豔生動的春天，奔向高遠的天邊的小路，她就走得很艱難。

那天，秋秋穿著一件火紅的上衣，後腰上是一朵巨大的粉色牡丹。你還可以想像得到，這朵在鮮亮的春日下開得鮮豔欲滴的牡丹，是那麼炫目。它跟太陽交相輝映，把秋秋烤得一身的濕。

秋秋的衣衫濕了，背上小孩子臉大的一塊顏色顯得深一些。山下那一片彷彿十分認真卻又沒有規則地塗抹上去的金黃色，已經被秋秋拋到後面好遠好遠了。越往上走，風裡的花香就少了，打濕了的衣服貼到背上就顯得有些涼了。前面再見不到明亮的色彩，天也似乎就在觸手可摸的地方，天空跟前面的路一樣，清一色的青灰色。回過頭，太陽明明還在天上掛著，可秋秋這邊就像有一種什麼無形的東西在拒絕著陽光，抑或，太陽的法力還夠不著秋秋這邊。

山風涼起來，秋秋心裡的離別愁情就該漸漸淡下去了，出嫁的路似乎沒有盡頭，一種對未來的恐慌會代替離別愁情。

我就在這個時候接到了秋秋。

接秋秋本來不是我的事兒，秋秋是我的媳婦，我該是在家裡等。但村長陳風水來到我面前的時候，我就突然有了這個念頭。陳風水是村長，負責把據說是儺賜人該交的款子收起來交給山外來的人，也負責把山外人說的話傳達到儺賜人的耳朵裡。陳風水的村長帽子是儺賜人給戴上的，陳風水的爸老得無法把村長繼續當下去的時候，儺賜人就舉手選了他，他到現在也老得差不多了，可儺賜人還舉他的手。儺賜人心裡認他，是因為他的爸當村長的時候曾指引儺賜人恢復舊時的婚俗，幫著儺賜人開脫掉了很多款項擔子。還因為陳風水也像他爸一樣，骨子裡還保留著一份與鄉親們很親很近的情懷。

哪一家娶媳婦，陳風水都是要到場的。到場不光是為了吃喜酒，還有一件事情要做，那就是要問清楚娶來的新媳婦是跟誰辦了結婚登記。這個他一定得記準記牢，哪怕之前問過了，這時候還要問，而且還要看結婚證，把這個記牢了，山外的人來了，問起來，他才不會說錯。接下來，他得記牢娶這個媳婦的其他男子，以後，他得跟山外來的人說，誰誰誰是光棍，沒娶上媳婦，他屋裡的娃也是抱養的。或者就說那娃是遠房親戚的，來這裡玩哩。

所以，他就來到了我面前。

當時，我正一個人躲在屋後的竹林裡幻想秋秋出嫁時的情景。我的想像已經演繹到秋秋走進儺賜，突然看到白太陽的時候了。我想像著秋秋從一片明豔豔的春天突然走進大霧彌漫的冬天裡，突然看到頭頂炫目的太陽變成了一輪憂鬱的白太陽的時候，她驚訝的表情應該是多麼可愛。因為眼前的霧障讓我看不清我的幻象，我正百無聊賴地揮著手臂劈眼面前濕重的霧障。我這個樣子很不像一個新郎，所以，他來到我身邊的時候先讓他臉上的皺紋擠在一起，開了一會兒，才往上提著兩嘴角問我，這個媳婦也是你的？我沒回答他的問題。我很埋怨他打斷了我的幻想，而且我認為這個問題他應該去問我爸。

大概他已經問過我爸了，問我不過是想得到更進一步的肯定。他又說，你對這件事情有看法是吧？我還是不理他。竹林裡的霧比其他地方厚一些，心煩的時候，你就會覺得它像破棉絮一樣的難看。我不想看見陳風水，我想看遠一些，霧卻偏偏讓你只能看到陳風水。我徒勞地揮舞著手臂，從最初的想劈開霧障到最後的發洩心中的鬱悶，我把自己弄得很累，大口大口地喘氣。

陳風水村長用一種看孫子的疼愛眼光看了我一會兒，說，我也覺得這件事情你爸處理得不恰當。我以為碰到了一個知己，竟然把眼睛轉向他，那麼可憐巴巴地望著他，希望從他那裡得到些什麼。他也從我的眼睛裡看懂了我的渴望，並且用一種很明確的態度和我站到了一起。他把眼睛擠成一條縫，用很多皺紋把渾黃的眼珠子埋起來，把脖子伸長，下巴抬起來罵我爸，你爸那娘拐子的，咋能讓霧冬去跟新媳婦登記呢？他就沒想過你是上過學的，還上到了高中，是我們莊上最有學識的人了，今後我要是跟上面的人說你是個光棍，你的娃是抱養來的，上面的人怎麼會相信？儺賜莊的人都知道我們儺賜人住得都靠著天了，凡不是儺賜莊的人都被稱做「山下的人」或者「山外的人」，只有陳風水村長，硬是要把那些來儺賜莊指手劃腳的人說成是「上面的人」。陳風水說，你爸應該讓你去相親，讓你去跟新媳婦一起登記。他說，登記是要廢一大坨的錢，結婚證工本費、介紹信費、婚姻公證費、婚前檢查費、婦幼保健費、獨生子女保證金、婚宴消費費、殺豬屠宰費、計劃生育保證金、晚育保證金、夫妻恩愛保證金，哎喲喲。陳風水一直掰著他糙得像樹根一樣的指頭數，數到後來突然煩躁地握緊拳頭揮了一下。就像他這麼一揮，那些數都數不過來的費就給他揮沒了一樣，揮過以後，他就平靜了。他開始慢慢捲煙。一截散發著濃烈刺鼻氣味的煙葉被他放到嘴裡含一下，含得濕了，拿出來展開，放膝頭上。一邊卷著煙葉一邊說，但是這一大坨錢是三個份子湊，娶媳婦的三個男子裡有兩個兒子是他的，他叫霧冬去登記也是湊兩份子錢，叫你藍桐去也是湊兩份子錢，你說他怎麼就轉不過這個彎兒來呢？他的話讓我很掃興，在他認真捲煙的時候，我就想，看來在這兒坐著也不清靜，不如去半路看看新媳婦。

我從沒見過秋秋，我哥霧冬提了親回去說，秋秋是個瘸子，但秋秋好看得不得了。岩影聽說了就忍不住摸到山下偷偷看過秋秋一回，可我沒有，我喜歡想像，霧冬回來大致說一下，我就能想像得出秋秋的模樣。而且，這個親是我爸自作主張定的，份子錢也是他湊的，在我看來這個秋秋跟我沒多大關係。

我繞過屋後，沿一條茅草路往莊外走。我手裡還拿著一本書，是去年的課本。剛才這本課本被我捂在懷裡。我拿著它並不是想努力去實現一個什麼遠大的理想，不過是因為一種揮之不去的對上學時光的懷念。往莊外走的時候，因為手裡抓握著這本書，有一會兒我竟然以為自己這是去上學，腳下居然生起了風，枯死的茅草被我踢得唰唰作聲。

當隱隱的嗩吶聲傳進我的耳朵的時候，我才清醒過來，我不是去上學，我是來看新媳婦的，不管我的想法如何，這個新媳婦都跟我有關，她從今往後，有三分之一是跟我貼在一起了。

我站下來，站在一片被霧打濕了的空氣裡，看著送親的隊伍慢慢地向我走近。

送親的隊伍都穿得很光鮮，但隊伍裡只有一個瘸子，而且也只有這個瘸子生得跟我想像的模樣差不多，真是好看得沒法說。我就認定她是秋秋了。

## 2

我出現在這裡，接親的人很詫異，一個個都長著嗓子喊，藍桐你來做啥？我看他們一眼，連一個笑都懶得給他們。我平時就是一個不愛說話的人，這時候不張嘴別人也不會怪我。

況且這時候我的腦子裡只裝著一個秋秋，我在想，秋秋還真是好看得沒法兒說。

如果秋秋不是個瘸子，放在什麼地方都是一朵花兒。雖然秋秋是個瘸子，但秋秋還是一朵花兒。

我就在認識秋秋的第一時間裡，開始了我人生的第一次春情翻湧。

之前，我有過的一些關於女人的遐想，總是被一種自卑扼殺在萌芽階段。自從我從別人眼裡體會到自己作為一個山野窮人的輕賤，自卑就深深植進我的骨髓，美麗女人就成了天上的雲朵，離我那麼遙遠。我怎麼也沒有想到，我爸媽一個獨斷的安排，讓我一下子就走近了一個美麗女人。我還沒有想到，在美麗面前，我是那麼不堪一擊。就那麼一眨眼的功夫，我的那些因為被迫輟學被迫跟兄弟打夥娶女人而生出的鬱悶，全都成一股青煙飛了。我不是我了，或者，我不是原來的我了。

我拚命壓抑著內心狂亂的搏動，看著秋秋，暗暗地希望她也能看看我。

我知道自己雖然是一個山野窮人，但模樣長得還不賴。我知道我臉上最有看頭的地方就是眼睛，我的眼睛還很年輕，該黑的地方黑得發亮，該白的地方白得發藍，絕對的清澈明亮。所以我希望秋秋跟我相識的第一時間裡能盯著我的眼睛，我希望我的眼睛能爭取到她對我的全部承認，就像我因為她的美貌忽略她的殘疾而完全承認她一樣。

但是，秋秋不看我。

秋秋是個新媳婦，她走路一直埋著頭。

一個美麗的新媳婦，一個跟我有關的新媳婦，一個有三分之一是屬我的新媳婦，我看到她走得很艱難。

我說，秋秋，我來背你。我也不知道怎麼這句話就衝出了我的口，我聽到自己的聲音打著抖，很像蟬翅在風中扇出的聲音。

這個要求於秋秋來說似乎也太突然，她飛快地看了我一眼。然後，我就看到她臉上紅暈深厚，胸膛裡洶湧起伏。前面接親的有人喊，新媳婦，他是妳弟弟，妳就讓他背吧，這路難走哩！秋秋又飛了我一眼，我想肯定是第一眼給她留下的印象不錯，這第二眼就是表示她並不十分反對我背她。但她還是無助地看著送親的姐妹們，不知道該怎麼辦。

接親的人們就笑起我來，哈哈哈的，比看戲還高興。我的臉很熱，我知道我的臉也紅了，但我堅持著。我說，秋秋妳走著困難，我背妳走吧。

秋秋如一只山兔子看著獵人一樣惶恐地看著我，腿上打著顫，邁不開步子了。

接親的又有人喊，新媳婦，他叫藍桐，是妳兄弟，他是體貼妳走路艱難，妳就讓他背吧。

接親的人心裡明白我不光是秋秋的弟弟，我還是她的男人，但他們只說我是她弟弟，不會說我還是她男人。

秋秋慌亂得眼神亂飛，似乎逃的想法都有了，卻不知怎麼的就到了我的背上了。有上千隻嚇慌的兔子在撞擊著她的胸口，汗水轟的一聲暴雨一樣地淌，還有她的身體，顫抖得沒法。她沒掙。我想她是不知道該掙還是不掙。其實我身上也發著抖，但我是激動，不是怕。我的抖和她的抖相輝相映，我感覺我和她正進行著一次融滙。這感覺真好，有了這感覺，藍桐就不是藍桐了。又彷彿，這才是真正的藍桐。

背著她走，整個隊伍都快了許多，接親的和送親的，臉上都露出一絲輕鬆。秋秋就低了眼皮，任我背著走了。

伏在我的背上，秋秋胡亂擊打的胸膛漸漸平靜下來。路太長，還太陡，我背著秋秋爬了一陣，氣就不均了。一條很瘦很瘦的寂寞孤獨的路，彎彎扭扭地躥向大山，像一條正在飛奔的蛇。

秋秋用一種只有我才聽得見的聲音說，我下來走吧，路好像還遠著哩。

我使勁把她往上面送一下，表示我還能背著她走。

我對她說，妳抬頭看天上。

她真抬了一下頭。她肯定看到頭頂那一輪白太陽了！我感覺她抬起的頭遲遲沒有放下來，她看得很癡迷。我說，白太陽，只有我們儺賜才有。秋秋沒有聽我說話，她還癡癡地看著天空。她把靈魂給了天空的白太陽，把身體留給我，我就感覺她比先前重了。

我的腳步慢下來了，比秋秋自己走著還慢。

我身後突然響起一個好聽的聲音，這太陽咋就變成白的了？

又是一個好聽的聲音，看山下，我們那裡太陽還好著哩。

難道這天上有兩個太陽？

是霧，霧把太陽變白了。

秋秋被這些聲音喚醒了，她悄悄地扳著我的肩，把身體往上提著，為我減輕了一點重負。我咬著牙，大口大口地喘著氣，艱難地跋涉。但我的胸口一陣陣翻湧的卻是無比的甜蜜。

秋秋又一次抬起頭的時候，看到山突然間放大了，路也沒有先前陡了，或許還抬頭看到了放大了的白太陽。她悄悄問我，還有多遠啊？

我站下來，但並不放她下來。我就這麼背著她歇了一口氣，再背著她往前走。

進了大山，路就顯平了，我們的腳下也快了。不多久，我們就聽到前面好多人在吵嚷說，新媳婦來了，藍桐把新媳婦背回來了。秋秋忙往下掙。我不讓掙，手像鐵鉗一樣夾著她。秋秋掙不下，只好把臉埋得更深些，讓她的臉燙著我的背。那心跳，像拳頭一樣打擊著我的背。

到了院子裡，我才依依不捨把秋秋放下了。我真希望一直這樣背下去，但我又不能不把秋秋放下來，讓她去跟霧冬拜堂。原則上，她跟霧冬拜了堂，也就相當於跟我拜過堂了。相親的是霧冬，登記的是霧冬，拜堂的就得是霧冬，第一個月新婚也是霧冬。我和岩影，得用拈鬮兒的方式來決定我們跟秋秋的新婚時間。這個程序是在結婚前就進行了的，鬮兒是霧冬寫的，由我爸揉成兩個黃豆大的小紙團兒，放在他手心裡，叫我和岩影去拈。我對這事沒興趣，說先啊後的你們定吧。爸朝我瞪眼，說你自個兒的事兒誰敢替你定啊？我在心裡笑我爸，娶媳婦這樣的大事你都敢定，這麼個小事倒不敢定了。我不拈，我說，岩影大哥先拈吧，剩下的給我就行了。岩影就真先拈了，可他拈的卻是第二。就是說，剩給我的是第一，我和秋秋的新婚在霧冬之後的第二個月。岩影因為自己的手氣太差而沮喪得半天都不想說一句話，我說要不你占第一吧。岩影正把眼睛睜大，一個驚喜的表情已經呼之欲出了，可我爸一棍子打了下來，不能壞了規矩！他說。

這時想起拈鬮兒時的場景，我心裡有些感激我爸主持了公道，沒讓我糊塗地把鬮[1]兒讓出去。我發現這個時候我已經開始嚮往和秋秋相守在一起的那種大人過的日子了，那種日子在我的心裡，有些像天上突然出現的一個雲朵，有時看起來像只美麗的蝴蝶，有時候看起來又似一隻善良的母羊。我從心裡凝視著這些變幻不定的「雲朵」，又突然想到這麼個美貌的女人並不屬我一個人，我的心就在放下秋秋的那一瞬間驟然變冷，激越不起來了。

我不喜歡這樣。那麼你喜歡怎樣呢？我問自己。我一時無法給自己一個準確的回答。因為上學，我的腳走出過山外，因為書本，我的心看到了比我腳下更遠的地方。我感覺我的心時常跑到儺賜的那些山尖上站著，孤獨地遙望山外。但也就僅此而已，我的腦子裡似乎從來就沒有過那種叫思想的東西，或者說，我腦子裡的思想不過是一些蒼白的蝴蝶。平時，我滿腦子飄著的都是些如雲一樣的霧，如霧一樣的雲。有時候，我長久地盯視著天空中那一輪白太陽，希望透過它看到自己的思想，頭腦裡就飛出一些蒼白的蝴蝶，一些把我的心思帶到遠方的蝴蝶。

所以我只能回答自己，我想離開這裡。

---

1 用來抓取以決勝負的器具或抽取以卜可否的紙條。

我不喜歡這種婚姻方式，卻不能代表我不喜歡看秋秋。雖然我的眼睛已經因為心情的原因不再那麼容易點燃了，但我還是無法拒絕秋秋對我的吸引。

秋秋太招眼，一莊子的眼睛都壓在她頭上，她的眼睛只好看著自己的腳。我希望看到她的臉，我希望她的眼睛能迎接我的眼睛。我把視線固執地放置於秋秋的頭頂，我決定一直等到她抬起頭來。

秋秋真的抬頭了，因為一個嫂子走過來，把她拉進了屋子裡，讓她坐在一條板凳上等著拜堂。秋秋抬頭只那麼一瞬，後來讓我看到的只是一個低頭走路的背影。秋秋還是去跟別人拜堂。我胸口處似乎暈了一下，但隨後我又笑起自己來。她本來就不是你一個人的。我對自己說。

秋秋被安排在門口的一條板凳上坐下來，她仍然垂著頭，看著自己的腳。但這次她是側面衝著我這邊，雖垂著頭，我也能看到她半個嬌好的臉蛋兒。不知怎麼的，僅這一點，居然讓我產生了一份滿足。

一群髒猴兒似的孩子，圍在秋秋旁邊，圓溜溜的眼睛一眨不眨，眼神兒發磁。

四仔媽的聲音在一邊響起來，四仔，讓新嫂子摸摸你那缺牙，要不長不起來的呀。四仔聽了回頭瞪一眼他媽，旁邊的孩子就嘿嘿笑起來。秋秋飛起眼神兒看了一眼面前的幾個孩子，又忙把頭深深埋下。

四仔的媽過來了，拉了四仔，說，他新嬸子，妳給他摸摸，他摔掉了一顆牙，妳摸了這牙還能長哩。秋秋不敢看這個女人，也不敢不摸，在四仔張開嘴以後，她把手抖抖索索伸進了四仔的嘴。她的手指剛摸到四仔的缺牙，四仔的牙巴就合上了，像鐵鉗一樣，秋秋痛得一聲尖叫。要不是秋秋趕緊把手抽了出來，她的手指可能就斷在四仔的嘴裡了。

秋秋流下了淚。

四仔挨著打，卻不哭，眼睛看著秋秋流淚的樣子，打一下，他尖叫一聲，像個膠皮娃娃。

一串鞭炮響起，秋秋就被先前牽她進屋子的那嫂子牽著，到了擁擠著很多人的堂屋。那裡燃著一對豔麗的紅燭，空氣中飄著香火的味道。秋秋站在穿了一身新衣的霧冬身邊，眼睛不敢打開，只從眼皮底下放一道眼神兒，彎到霧冬這邊，看一眼，又連忙收回來了。我看著穿了一身新衣的霧冬，看著他滿身幸福橫流的樣子，真想一把扯開他，自己站到秋秋身邊去跟她拜堂。但也就是想想而已，並沒有那麼去做。我捂著發暈的胸口，對自己說，你去拜堂又能怎樣？還不是改變不了與兩個哥哥共享的現實。

聽著司儀的命令，霧冬和秋秋在一片喧鬧聲一起磕了好幾個頭。然後，秋秋就被帶進了新房。屋子是新的，屋子裡的一切都是新的。一種強烈的新鮮感激動著秋秋，秋秋眼睛在屋子裡亂飛。好大一堆孩子擠進了新房，圓溜溜的眼睛一眨不眨地盯著秋秋。秋秋從一個布包裡抓出一把糖果瓜子，分到孩子們的小手心裡，把他們打發到門外來，然後，把自己一個人關在了新房裡。

## 3

我們的房，一溜並排著三間，厚厚的黃色土牆，沒窗，只在屋頂上蓋幾塊透明瓦。這個時候，屋頂上的透明瓦跟一隻隻瞎眼一樣，天已經黑了，它們也沒法透出明亮來。厚厚的土牆把三隻電燈泡發出的一團可憐的渾黃燈光圈在屋裡，還讓回繞在屋子裡的酒菜味道堅韌地保持著溫度。

中間是堂屋，堂屋兩邊是廂房。廂房前後一隔兩斷，後面的用竹篾編成牆隔兩間睡房，前面用來做廚房。秋秋和霧冬的新房在左邊的廂房後面，和我的睡房僅隔一篾牆。左邊的廂房裡沒設廚房，我們家的廚房在右邊的廂房裡。雖然別處已經是風和日麗，但我們儺賜，天黑下來時，還得上火爐烤火。我們的火爐，也是土築的，一個一米見方的土台，上面做一個大火口，堆上大煤塊，冬天燒一堆大火，一家人圍坐在火爐上，燒飯吃飯都在上面。

門外已經黑得如漆，莊上來吃酒的人都各自回家去了，岩影還坐在我家火爐上，坐在我的對面。他抽著一卷草煙，時不時看我一眼。他那樣子很可憐，像一隻有意見卻不敢聲張的老羊。這只老羊用他的眼神罵我占盡了便宜。他認為，我的睡房跟霧冬的睡房僅隔一堵篾牆，晚上我還可以打耳朵牙祭。我很想對他說，你來跟我一起住吧。或者說，要不，我去你家裡住，你來我這房間裡住吧。但是，我又沒說。於是，岩影就還是那樣帶著一點點仇恨地看著我。看一陣，大概覺得我這副樣子瞧著太沒勁了，就起身走下火爐去了。岩影一走開，我就覺得自己再沒有坐在火爐上的價值了。他看著我的眼神很讓我覺得無聊，但沒有一個人關注著你就更無聊。熱鬧了一天，突然靜下來的時候我發現這一天的熱鬧跟我沒多大關係，我很落寞，就特別希望像一條狗一樣回到自己的窩裡蜷起來。

我也跟著岩影往左邊的廂房裡走。岩影說，你跟著我做啥？我說，我去睡覺了。他鼻子裡發出一種類似於擤鼻涕的聲音，卻沒有鼻涕擤出來。他站在外屋那本該是壘火爐的地方，眼睛亮亮的看著我。我向他扯出一個乾乾的笑意，然後顧自進睡房了。

我以為，我充滿了疲憊的思想和肉體會在這裡得到安寧，我認認真真把自己伸展在床上，閉上眼睛，然而隔壁有一種動靜讓我陡然間變得熾熱起來。

彷彿是一聲短促的尖叫，又彷彿是粗重的喘息聲，還有床，被子被攪進一場戰亂時的響動，似乎，還有一種讓人發暈的氣味。

我感覺我的頭在這些聲音中漸漸的變大，變成了一個脹鼓鼓的籃球，有火焰從我的眼睛裡伸出來，燒出一種滋啦啦的聲響。火焰把我眼前的黑暗燒成一片藍色，秋秋和霧冬就在這一片藍色背景下開始他們的成人儀式。

儀式很熱烈，彷彿充滿了仇恨。

霧冬很粗暴，秋秋不斷地發出短促的尖叫聲。

秋秋說，你慌什麼呀？慢點啊！

秋秋不知道，對霧冬來說，面前的這個獵物，是三個人的，他雖然是第一個得享用，但他如果不先搶著啃下兩口，他就不甘心。

後來，霧冬也尖叫了一聲，緊接著秋秋也尖叫了一聲。

接下來，我的耳朵裡就塞滿了一個男人揮灑力氣時的粗重的喘息聲。一直，一直，好像要沒有盡頭地揮灑下去，喘息下去。我突然挺討厭我們睡房間隔著的這一堵篾牆太單薄，它對於聲音簡直沒有一點抵禦能力。我扯過被子把自己蒙起來，想讓聲音變得弱一些，然而我沒有成功。這種聲音有著超常的穿透力，無孔不入。我決定還是回到火爐上去。我下床出了睡房，正好秋秋也從睡房裡出來了。

秋秋開門看到岩影杵在面前，嚇了一跳。轉過頭又看到我站在一邊，忙埋下頭顧自往外走，岩影卻影子似的跟在她身後。秋秋回頭，叫了一聲大哥。岩影答應一聲，說，嘿哩。秋秋沒理他，他還猶豫是不是要跟上去，聽到霧冬在裡面乾咳了一聲，才把腳停下了。他又把一雙被渴望灼得發紅的眼睛投向我，我說，我們去火爐上烤火吧。他怪怪地跟我扯了幾下臉皮，說，我要回去了。

秋秋上完廁所回來，還看到岩影和我站在屋中央。忙埋著頭進了睡房，哐地關上了門。門的響聲把岩影嚇了個激棱[2]，但他還往門那邊緊挪了兩步，好像想去把什麼搶到手一樣。

秋秋在睡房裡說，你們的岩影大哥是個瘋子？

霧冬沒有作聲。

秋秋說，問你啦。

霧冬這才說，他不是瘋子。

秋秋說，我去上廁所，看到他在門口杵著，還有你弟弟藍桐，他們怕是剛才在外面偷聽哩。

我和岩影互相看看，就聽到門裡一陣嘰嘰吧吧的聲音。估計是霧冬弄出來的，很響，像是炫耀，又像是提醒。

我對岩影說，大哥，回去吧。

岩影再一次朝我怪怪地扯了幾下臉皮，默默地走向屋外黑暗的深遠處去了。

我拿了一本書，躲到火爐上去。吸著酸酸的煤煙味兒，我眼睛盯著書面，腦子裡卻翻飛著霧冬和秋秋糾纏的場景。而且，幻影中的聲音似乎比先前那些真實的聲音還要響亮，還要刺人耳鼓。於是，我開

2 受到驚嚇後身體的本能反應。

始像在學校上早自習一樣，舉著課本，大聲讀書。我希望我的聲音能把耳邊的那些瘋狂的聲音趕走。我把自己弄得很累，很想休息了，然後又去了睡房。

我剛走進睡房就再一次跌進了那些簡單聲音營造出的氛圍裡，我想像不出這是他們的第幾次戰鬥了，只聽秋秋在說，你這人是餓死鬼變的呀？一端碗就要撐死才算。霧冬一如既往地喘息著，一直到強大的睡眠吞沒了他的聲音。

# 4

剛闔上眼睛天就亮了，那邊又傳來一些細微的聲音，天亮了就該起床做活兒了，這是莊戶人家的習慣。習慣了，有多沉的瞌睡，到了這個時候都睡不著了，心裡牽掛著這一天的第一份事。霧冬說話的聲音像螺螄蟲一樣綿軟，又像風一樣發著飄。他說，秋秋還睡會吧，還睡會兒精神就養回來了。秋秋說，你睡吧，我得起，我怕羞。霧冬說，怕啥羞呢，你是新媳婦啊。秋秋說，新媳婦就可以睡大頭覺啊，可沒這個規矩。又聽到吧的一聲，不知道是霧冬還是秋秋弄出來的。

秋秋起了床，就該去廈房[3]裡找活兒幹了。莊戶人家，女人早上的活兒都是在偏廈房裡。

在家裡，天剛睜眼她就起床，不等洗臉就得去煮豬食，煮好了豬食，再洗了臉梳了頭做飯。這個時

[3] 建在正屋旁邊的不太重要的屋子，用於煮豬食或者放柴禾。

候，我爸和我媽正一邊清理著做酒借來的鍋碗瓢盆兒，一邊嘮叨著這一天要做的事情。爸說，昨兒我跟岩影說好今天來替霧冬壘火爐。媽說，急哩，歇兩天吧，秋秋第一天過來，第二天你就要分出去呀？爸說，遲早都是要分的，趕著辦了好做莊稼。媽說，這下還得清理碗啦盆兒的，得還人家去。爸說，這事兒跟那事碰到一塊兒也不打架，我們還我們的家什[4]，岩影壘他的火爐。

秋秋在門口站了一會兒，深提了一口氣才叫了聲媽。不怪她，她已經好多年沒叫過媽和爸了，更何況是突然要她管別人的爸媽叫爸媽呢。爸和媽都停了手裡的活兒，用兩秒鐘的時間來看著秋秋。秋秋就又叫了一聲爸。這一聲叫過，就全活回來了，鍋啊碗啊的響聲又起來了，於是，秋秋也加入了這個活動。幹著活兒，秋秋和這家人就完全融匯了。像雪花和水。一個時候，秋秋跟我笑了笑。我從她那笑裡讀出了兩個內容，一她不討厭我這個弟弟，二她感謝我昨天背了她。

霧冬起來時是一雙兔子眼，秋秋悄悄笑他的眼睛。正笑，又來了一雙兔子眼，是岩影的。岩影來壘火爐。秋秋第一眼就看到岩影的紅眼睛，岩影身上這個亮點讓秋秋的眼睛在岩影身上多停留了一會兒，這樣她就看到了岩影左邊的空袖管兒，和左邊那隻只剩下一個眼兒的耳朵。秋秋有了一秒鐘的驚訝，然後，她充滿同情地叫了一聲大哥。

按照爸媽的安排，霧冬該和我一起去還做酒借來的家什，但岩影要壘火爐，霧冬就不去了，他說他得幫著岩影，壘多大，壘成啥樣兒得他做主。我知道他要留下的真正原因，是因為秋秋被爸媽留在家裡

---

4 指家用的一切用具。

了。這會兒正是我們攆賜人抓緊時間翻地的時候，爸媽清理完了家什就要下地，把家裡做飯煮豬食的活交給了秋秋。家裡只剩下秋秋和岩影，霧冬即使是豬也不放心。按說，秋秋也是岩影的媳婦，霧冬不該多這份醋心。但這陣子秋秋是他的，他也就不能不多這份心思了。我沒有醋心，但我也不想去還家什，實際上，我什麼也不想幹。自從不上學以來，我就變成這個樣子了，懶懶的，總是在一種雲裡霧裡的狀態裡。我沒有跟我爸我媽說我不去還家什，我只是在他們下地以後，懶懶地坐下來，對那一堆被清理在一邊兒的家什不管不問。

我們家煮豬食的灶在豬圈巷子裡，秋秋一邊煮豬食一邊做飯，來來回回跑。岩影在堂屋那一邊砌火爐，和秋秋隔著一間堂屋，可他卻不厭其煩地老往秋秋這邊來。總是，愣頭愣腦過來了，在秋秋看到他的時候才突然假裝去喝水，或者探著脖子找東西。秋秋是個機靈人，一眼就把岩影看明白了。但秋秋不惱，秋秋是個女人，女人總是喜歡照鏡子，而男人的眼睛就是女人的鏡子。

秋秋昨天還很怵岩影，今天看到他是個殘廢人，同病相憐，她不怵了，心裡還多出了一份同情。有一回，岩影來到廈屋，沒看到秋秋，正伸了脖子到豬圈的門口看，秋秋正好就撞上來了。兩個人差點就貼上了，秋秋也沒有生氣。秋秋說，大哥，你找啥？岩影說，我找妳呢。秋秋說，你找我做啥？岩影說，我問妳，妳是要好燒的還是要不好燒的？秋秋笑起來，說，肯定是好燒的啦，誰會要不好燒的呢？岩影說，就有人要不好燒的，她們怕好燒了，費煤。秋秋就笑了一會兒這些人，說，我不怕費煤，要個好燒的。可岩影還不走開，眼睛還黏在秋秋身上。為了讓自己待在這邊有理由，他又拿出皮尺量秋秋正做著飯的火爐。秋秋說，大哥你都量了兩回了。岩影說，我記性差，沒記住。

量著，岩影的空袖管兒就飄進了火裡，一股糊臭味起來，秋秋就看到了，尖叫，大哥你的衣袖！岩影忙用倖存下來的這隻手揑滅袖管兒上的火苗，又把空袖管兒掖進褲腰帶裡，跟秋秋笑。秋秋心裡泛上一種溫情，問，大哥，你這手，是咋的了？岩影說，挖煤的時候煤塊掉下來打掉的，那煤塊像刀子一樣劈下來，把我的耳朵和胳膊全切掉了。岩影還想描述一下當時的情景，但霧冬在那邊扯著嗓子喊，岩影不得不過去了。

我突然就笑出了兩聲。這兩聲笑代表什麼，我自己後來也沒弄明白。笑過以後我的表情還保持著先前的迷茫。我一直坐在火爐上一個最黑暗的角落裡，看著秋秋和岩影不斷地在面前晃來晃去，我覺得自己像一個稻草人一樣空茫。他們似乎也把我當稻草人看了，走來走去就像看不見我一樣。我的兩聲乾笑引來了秋秋的眼神，她探過頭，把眼睛睜到最大限度朝我看。她說藍桐你笑啥呀。我說我也不知道我笑啥，突然就笑了。秋秋說爸媽叫你去還家什啊，你不去還會挨爸媽罵的呀。我說，我不怕罵。她說，你是不是哪兒不舒服？我說我沒有哪兒不舒服，這樣蜷著很舒服。秋秋就跟我笑笑，忙自個兒去了。

岩影在我家磨蹭了一天，火爐才只砌了一半兒。晚上吃飯時我爸不高興了，說，岩影你往回半天就能砌好的一個火爐，咋今兒個用了一天才砌了一半兒？岩影說，叔，往日我是兩隻手，今日我是一隻手哇。我爸皺了眉頭，不好說啥了。我媽看看岩影，又看看我爸，臉上表情複雜了很多。

吃著飯，我爸就說要開個會把家分了。我爸看不慣岩影的磨蹭，也看不慣霧冬賴在家跟著磨蹭，他說分了家，他自己耕自己的地，心裡不鬧得慌。我爸跟我媽生下霧冬和我兩個兒子，但霧冬大了以後就當了道士，到處做道場，我又一直上學，他心裡老是覺得很吃虧。

我們要分家，岩影覺得在這兒待著不大合適，飯就吃得慌張起來。我媽說，岩影你吃慢點，不慌。又不滿地看一眼我爸，說，你那根腸子比雞腸子還小。我爸瞪一眼我媽，終於還是沒能做出什麼作為，蔫了眼神兒。但他還是說起了分家的事兒。他不要民主集中，他是家長，一個人說了算。他說這個家一分為二，一是霧冬的，二是藍桐和我的。他心裡把我媽和秋秋當成客居我們家的流浪人，這句話裡就省去了她們。他說霧冬經常出去唱道場，就多給他分一些近的。哪兒哪兒給他，哪兒哪兒又給我。秋秋聽著就去看霧冬，看過霧冬又來看我。她是聽到我爸說多給一些近的給霧冬，心裡不安。可在我們心裡，這遠的近的地，肥的瘦的地，今後都是秋秋的，就沒什麼爭的必要了。秋秋不知道這一點，她說爸，不要把近的都給我們。我爸看一眼秋秋，說，霧冬是個道士，常常往外面跑，妳一個人做活兒，腿腳又不好，就這麼定了。秋秋就又來看我，我沒有看秋秋，分家這事兒我一樣沒興趣，我甚至覺得既然兩兄弟女人都可以共用，那麼土地還要分開就是故意做作。我心裡輕視我爸的這一件作為，就去看手裡的一本書。書是我去年的課本，都給我翻得黑了皺了。看著，頭腦裡還是一片如霧如雲的東西飄著。秋秋看我不理會她，就把頭埋下，靜靜地聽我爸說話。

我爸說到了一棵樹，這是一棵油桐樹，每年都要為我們創下一點收入。這一棵樹長在兩塊肥地中間的土坎兒上，我們儺賜的肥地不多，我爸不能太不公平，就把肥地平均分給我和霧冬。那麼這棵油桐樹就出了問題，給誰呢？我們儺賜，沒其他樹，只有油桐樹。我們的地裡，哪兒哪兒都是油桐樹，哪兒哪兒多一棵少幾棵沒個數，也沒人計較，但這個坎兒上的這棵樹太是問題了。它的樹冠很大，既覆蓋了上面的地，也覆蓋了下面的地，絕對的中立。我爸不好武斷，問我們怎麼辦？秋秋忙說，給爸媽和弟弟吧，我們不要。其實，給誰都會輪到秋秋去享受，既然秋秋都這麼說，這事兒就按秋秋的意思定下了。

我們都專心分家，岩影什麼時候走的我們全都不知道。

那天晚上，他沒有留下來聽霧冬睡房裡的那些聲音。

那天晚上，霧冬睡房裡的聲音比頭天晚上還要熱烈。

# 第二章

## 5

頭三天，他們辛苦而又快活地過過去了。接下來的事情，秋秋就該去回門了。在我們那一帶地方，回門是給新媳婦的一條退路。新媳婦到新家過了三天日子以後，今後的日子是否繼續在這裡過心裡已經有了譜。回門的時候新媳婦自己有權決定留在娘家還是跟新男人回去。

儺賜離秋秋的娘家遠，要去了又回來，得趕早就下山。

天才露出一種灰白色的時候，秋秋就起了床，在那邊鬧出了找穿著回門的衣服的動靜。那天，她選的還是鮮紅色，背上有一朵很大的牡丹花的那件嫁衣。他要霧冬也穿他的新郎衣，霧冬就真把娶秋秋那天穿的那件衣服套身上，跟她去了。

他們兩個走了以後，我爸和我媽一直都在擔心著同樣的一個問題，那就是秋秋回門這一去，是不是還會跟霧冬一起回來。面對著同樣一個問題，他們的表情卻有著驚人的差異。我爸瞪著眼，像他遙望著的前方正走來他的仇人。而我媽則把眉毛鼻子用一堆皺紋埋起來，像有人正從她的背後捅她的心。剛吃過下午飯我媽就不斷地走到院子裡，重複著她這一個表情。我爸看不慣她那種沉不住氣的樣子，說老是看個啥呢？我就不相信她去了就不回來了。嘴上是這樣說，畢竟我們莊上曾有過新媳婦回門去就不回來的事兒，我爸還是跟媽一樣的擔著心。所以，他也時常蹭到院子裡去瞧一瞧。

他們這樣忙著的時候，我一直坐在屋後的竹林裡玩著一隻竹蟲。竹蟲渾身透著一種焦黃色，硬殼下那幾頁薄薄的翅膀已經被我撕下來，夾進了我的書頁裡。沒有了翅膀的竹蟲在我平端著的書面上徒勞地張合著他的翼殼，針一樣的長嘴裡不時發出嗡嗡的憤怒之聲。可面對我這樣的龐然大物，它也僅此而已。有一陣，我爸衝到我面前，飛起一腳將我的書踢飛起來。我去追飛走了的書，我爸的罵聲就追著我。你他媽的別裝成那死樣子，你讀你那破書讀得老子背了一大坨的高利貸，你得打起精神來掙錢還債！我從地上揀起書來，書已經破了一頁，還沾了好多泥。我的心暈了一下，但我還是沒有發火。我爸為了滿足我上學的願望，的確已經在他頭上築起了很高的債台，就今年開始準備用於我繼續上學最後又被他突然用來為我娶了媳婦的那一筆錢，仍然是他到集上去借的高利貸。我知道我沒有衝我爸發火的資格。

我爸說你也得學會關心一下你媳婦，得學會掙錢來養活女人和你自個兒了。我把頭深深地埋下，表示他的話已經被我全部接收。除了這樣，我再不能做出讓父親更滿意的事情來。我知道我是不會像他們那樣站到院子裡去焦急地盼望秋秋的。可我爸並不滿意我的態度，他硬把我拉出竹林，要我去接霧冬和秋秋，還做出一種我要是不去他就要吃掉我的表情。

我只好去。

我把書摟在懷裡，及不情願地執行著我爸的命令。我媽在後面喊我，拿了電筒去，回來的時候該黑了。我站下來，等我媽給我拿電筒來，我爸就鼓著眼睛喊道，你不能偷懶啊，路上接不著，你得到秋秋家裡去接，要是秋秋不回來，你也別回來了。我說，我不回來我去哪裡？我爸瞪我一眼，說，你這頭呆羊！

我接過媽拿來的電筒，突然想安慰一下老倆口，我說，秋秋會回來的。

我爸眼睛一亮，說，那就快去接！

那個時候，白色的太陽站在對面的山尖尖上，霧已經變得如紗一樣輕一樣薄，山啊樹啊，草啊路啊，都蒙上一層朦朧的夢境之色。小路被枯草淹沒著，曲裡拐彎，像極了一條沉醉在幸福裡的蛇。踩著這樣一條小路，我的心情一下子就變得很好很好起來，像是心裡裝著好大一塊名叫幸福的東西。回過頭，想在這種心情下看看儺賜，就看到遠處的山臉上，一壟一壟的掩隱在朦朧中的脆色，我知道，那是竹籠，竹籠下還有一戶人家。又行了一段路，路正好往竹林邊兒過，就看到竹下悠閒著幾隻雞，幾片枯黃的竹葉飄飄悠悠落下來，落到一隻正打瞌睡的雞背上，旁邊的雞無意間看到這一幕，「咕」地感歎。又看到了我，就大著嗓子「咕」了一聲，還張開翅膀撲打，要飛的樣子。瞌睡的雞給呼醒了，起來伸懶腰……

我在路向著坡下直落下去的地方看到了霧冬和秋秋。

霧冬背著秋秋。

霧冬走得很艱難，一晃一晃的，隨時都要倒下去一樣，又像是故意這樣逗著背上的秋秋。秋秋一身火紅，在迷蒙的霧境中像山妖一樣炫目而美麗，直看得我心裡狂亂不已。

我心一燙，就朝著他們喊了一聲，哎！

秋秋和霧冬同時抬起了頭，他們看見了我。秋秋往下掙，霧冬卻緊緊地夾著不讓她掙。秋秋眼睛一直看著我這裡，但她並沒有堅持掙脫。霧冬還繼續背著她走。他們一步一步朝著我走近。秋秋終於把頭埋下去了，我看到的是她半個紅得炫目的臉蛋兒，霧冬一頭的汗水，擺在那兒的表情是幸福橫流。

我說，我來接你們。

霧冬不看我，很炫耀很驕傲地背著秋秋從我的身邊走過。

秋秋飛快地閃了我一眼，又把頭埋下，輕輕跟霧冬商量，我下來吧？霧冬不理她，也不理我，顧自背著往前走。秋秋又開始忸怩，要下來，悄悄說藍桐在哩。霧冬故意大聲說，你是我的新媳婦哩，別人看到了也沒啥。霧冬的手像老虎鉗一樣，越掙越緊，秋秋掙了幾下沒掙脫，只能任他背著走。

只是，她悄悄回過頭來看了我一眼。那眼神看起來有些複雜，我還沒來得及讀懂，她就把頭轉過去了。然後，我從她的背影裡看到，她在一種十分不安的情景中接受著霧冬的體貼，很有些痛苦。

我的前面，秋秋那一身火紅，還有她背後那一朵碩大的牡丹，有著類似於陽光的氣息，讓我感動著。我想，秋秋做我的嫂子也很好。

兩個山包挨在一起，把我們前面的路擠得很窄。兩邊山臉上是灰白的包穀林，包穀林上面，也就是山包的額頭，是光光的石頭，青一塊白一塊，粗一看像張人臉，細一看卻像張狗臉，再細看還是張人臉，眨一下眼再看，就什麼都不像了。

緊走慢走，總算把兩個山包擠出來的那段路走完了，可一轉彎又是一個山坳。還看不到房屋。

而太陽，不知什麼時候已經從山尖尖上掉到山的那邊去了。就像那一輪白太陽不過是一盞燈，燈一走，天就顯不出顏色來了，連那種蒼白的顏色也留不下來了。天，已經黑下來了。

迎面來了兩個黑影，一個人和一隻狗。這一次，秋秋慌忙中用了大力氣，從霧冬背上掙下來，還把頭埋到最大限度。

人和狗走到面前，原來人是岩影，狗是岩影的黑狗。

霧冬說，是大哥。

秋秋低著頭，羞羞的叫了一聲大哥。

秋秋只知道岩影是她的大伯子哥，不知道他也是她的男人。秋秋覺得讓大伯子哥看到自己被霧冬背著很不好意思。

岩影說，我來接你們，怕天黑了你們不好走路。

霧冬說，不是有藍桐來接嗎？霧冬的語氣裡透著很多不高興。

岩影不管霧冬高不高興，還說，秋秋來我背吧。

秋秋飛快地看一眼岩影，臉轟地一聲熱得像塊燒紅了的鐵，在這濛濛的夜色中，面前的這個黑臉男人很有可能看不到她臉紅了，但她的頭仍然艱難得抬不起來。我們這地方的規矩，兄弟背嫂子名正言順，大伯子背兄弟媳婦就是笑話了。岩影也是眼饞我和霧冬都得已背過秋秋，不服氣，也想背背秋秋。心裡並沒把自己當秋秋的大伯子，完全是當秋秋的男人看的。可秋秋心裡把他當大伯子，這事兒就遇到了困難。

岩影說，來我背吧秋秋。

秋秋把頭搖成波浪鼓，身子還往霧冬身上貼。霧冬毅然地說，我一直都背著她哩，這裡路已經平了，讓她自個兒走吧。霧冬可以不把我當回事，因為我是他親弟弟。但岩影跟他隔著一層，還是大哥，他不能像對我一樣無所謂。

黑狗看秋秋的頭很重，跟她搖尾巴，眨巴著眼睛跟她嗚嗚幾聲。秋秋就從黑狗的身邊走過去，一個人朝前走了。

黑狗看一眼岩影和霧冬，跟在秋秋身後邁開了腳步。於是，霧冬跟上黑狗，岩影跟上霧冬，我跟上岩影，四個人，一隻狗，踩著一條狗腸子一樣的小路，朝著家的方向走。

山開始顯出墨一樣的顏色，有竹的地方像更濃的墨巴[1]。四下都很寂然，越往深處走，眼前就越黑，他們像是在朝著一個黑洞走。岩影將帶來的手電打亮了，高高的舉著，努力把光束伸到秋秋的身邊去。我也打亮我手裡的電筒，也高高舉著。接著，那些墨一樣濃的地方，就有了如豆的一點光，像野獸的眼睛一樣溫情地看著我們。

聽到有燈的地方響起兩聲乾咳，我們就到家了。

院子裡站著兩個人，是我爸和我媽。

---

[1] 指濃墨留下的印跡。

## 6

秋秋總算安全地出現在他們面前。

我爸我媽都鬆了口氣。還無緣無故的，像白撿了個大寶貝一樣的高興，那臉上的笑意想掖都掖不住。雖然已經分過家了，但霧冬和秋秋第一步跨的還是我們這邊的門坎兒。我爸媽心裡很想來一個慶賀的表示，就都想到了燒油茶。爸說，燒一鍋油茶來吃，好久沒得吃了。媽說，還用得著你安排呀？很像鬥嘴，卻不一樣，兩個人臉上都鬆著，心裡也暖著。

我媽開始在火爐上營造一股濃烈的香味。那是儺賜人的油茶才有的香味，獨一無二的香味。秋秋聞得發醉，手忙腳亂的想摻和，卻無從著手。我媽說，就讓我做一回油茶師傅吧。我媽高興的時候也想在氣氛中弄出點幽默，可是生活卻總喜歡在她高興起來的時候給她一個迎頭打擊。

陳風水來了。

我們儺賜人誰都不討厭陳風水，但就是怕他往家裡來。

由於我們儺賜這地方跟別的地方不一樣，陳風水這個村長也當得跟別人不一樣。儺賜人住得零散，召集開個會很難，於是他就一家一家地走。他每要傳達一個什麼比較緊急的指示，就這麼一家一家地走。一開始儺賜人覺得他這個村長當得累，感動。後來就是怕。怕他來走。

陳風水這樣走的時候總是帶著他的狗。狗是土狗，毛是黑的，黑得發亮。這隻黑狗和岩影那隻黑狗是同胞兄弟，是幾年前的一個中午，陳風水從山下的小路上撿來的。但岩影那隻黑狗卻沒有這隻黑狗長得高大，毛也不如牠的黑亮。

陳風水一臉土黃色的皺紋在我們得了黃膽肝炎一樣的電燈泡下面，顯得很柔和。他進門時就擠著這一堆皺紋看著我們嘿嘿幾聲，這是他的招呼。到哪家都一樣。這樣過後，你可以不招呼他一聲，但他是要坐下來的。這麼些年走過來，那些禮節性的東西自然就被大家忽略了。他坐下來，就要說話了，說的不是他的話，是「上面的人」的話。儺賜怕的就是聽這些話。

他說，要修公路。從王家那兒往我們這兒修，不過只修到李家門前。

都不接他的話。因為都知道他下面的話。

他說，上面要集資，儺賜莊一個人頭五十。

我爸嚇著了，眼睛恨不能把陳風水吞下去。他說，那公路又沒修到我們這兒，為啥就要我們集資?!

我爸的樣子把陳風水的黑狗也嚇了一跳，可陳風水卻依然風平浪靜。他等我爸的眼睛漸漸的熄下去以後，才說，我也是這樣說，可上面的人說那公路是從這邊來的，儺賜人去趕個集什麼的也是要享用的。上面的人還說這錢不交不行。

我爸這才想起把一兩張草煙葉遞給陳風水，可一說話仍然是要鼓眼睛的，讓人覺得他的嘴巴上有個機關，嘴一動那眼睛就要鼓。我爸說，他們就知道收錢，也不看看我們這地兒，莊稼長不好，又不生銀子！

陳風水很有同感地歎一口氣，把頭低下去，伸了長長的手去撫摸他的狗。再抬起頭來時已經是一臉的慚愧，好像是他要我們交這錢。他說，不光這個錢哩，還有。這時候，我媽的油茶已經燒好了，香噴噴的一碗遞到他面前了。雖然我媽默不作聲，臉上還不好看，但陳風水不會把這看成是我媽不高興讓他喝這碗油茶。他一直都認定，他在這個時候看到的黑臉都是針對上面的人的。他默默地接過油茶，嘬起嘴喝上一口，咂咂嘴，很享受很迷醉的樣子。完了他又說，媽的，還有教育費附加，學校建設集資，這會兒一次性收。一個人頭要攤好大一坨哩。我爸不再鼓眼睛了。他被這一筆看不到來源卻必須要上交的款項打擊得連鼓眼睛的力氣都沒有了。

陳風水喝著油茶，臉上的表情由一些土黃色的皺紋扭來扭去演繹著，有些迷離。

他說，一年算下來，我們一個人頭把一身血肉都剮乾淨了還不夠往上面交。這句話他常常說的，而且都是在這種時候，說的時候感情真摯，跟其他儺賜人流露出來的表情是沒有區別的。但緊接著他又得換上副很無奈的樣子，也是一種無奈的語氣說，可是，人在屋簷下不得不低頭，上面要交的我們不能不交不是？我們不是瞞著一層嗎？只要上面睜一隻眼閉一隻眼，我們不是要比別的地方的人交得少嗎？要是我們鬧，不交，或者少交，上面的人把兩隻眼睛都睜開來我們這裡走一趟，我們村裡這些沒戶口不交公糧不上稅的黑娃不就得一個個都給查出來，到時候我這個村長當不成事小，這些娃呢？你們呢？

這些話都是很起作用的。

這些年來，陳風水瞞天過海，讓村裡多了許多「光棍」和「親戚的娃」，他們不上公糧不交稅，也不集資攤派。這筆賬儺賜人個個會算。

陳風水說，這一回，我看秋秋這個人頭就不算了。你們就當現在還沒娶秋秋，這事兒我知道，你們知道就行了。

這話聽得我媽臉上起了一絲軟和，就往他的碗裡多添了一勺油茶。

陳風水很自然地接受了這一勺油茶，又說，我還得叮囑你們，霧冬跟秋秋的准生證別忙著辦。到時候有了娃再辦不遲。這話他也是對莊上很多人叮囑過的，話到這份上就誰都明白了。兩三個男人共娶一個女人，保不准先懷上誰的娃，如果到時候懷的不是登記辦結婚證的那個男人的娃，這個娃就不能辦准生證，生下來也不去上戶口。這個娃在儺賜莊像一棵草一樣生長著，儺賜人對山外人說起他的時候，都說他是「親戚家的娃」或者「抱養的娃」。

陳風水說完了這些話就一口氣喝完了碗裡的油茶，帶著他的黑狗走了。我爸和我媽把他送到門口，臉上雖然黑著，嘴上卻關心著他路上電筒夠不夠亮。

秋秋就在這個時候突然忍不住笑起來，霧冬問她笑啥，她說，那准生證早辦遲辦有啥關係呀，看他說得那麼嚴重。秋秋的眼神告訴我們，她認為這個村長是為了討我家油茶喝才故意說那些話的。這種眼神出在秋秋眼裡，在場的人沒有理由責怪她。而且，作為爸媽和已經當家了的霧冬來說，眼前要交的錢才是他們心裡的塊壘。

我爸把眉眼擠成一團，我媽也把眉擠成一團，霧冬也學著他們的樣子。我從他們擠成一團的眉眼下面看到一場混亂的痛苦的騷動，那些白色的紅色的還有紫色的思想躁動著擠來擠去，都張大著一雙雙沒有眼珠子的空茫的眼睛在尋問，哪裡有錢哪裡有錢？我突然感覺到心暈了一下，於是，我也把眉頭擠起來。秋秋看全都擠緊了眉，猶豫著也把眉頭捏一起了。

突然，我爸說，賣一隻豬？

我媽突然說，賣啥也不能賣豬，兩隻豬都長成架子了，長長就成了肥豬，到時候再賣好歹比這會兒值錢哩。

我爸的眉眼慢慢散開，問，那賣糧食？

我媽說，哪還有糧食賣？你要讓我們餓死？

我爸的眉眼就突然炸開了，說那拿什麼去換錢？難道把我拿去當狗賣了？

## 7

看不到白太陽的時候，我們儺賜的霧，比奶還濃。都應該是太陽升起一尺高的時候了，可儺賜還被泡在濃濃的霧裡。公雞都唱了好幾遍了，可牠只是唱，並不出圈來。霧不開，牠的眼睛又不好，牠明白出來也找不著吃的。儺賜人起來，雙手亂舞一陣，想把霧撕開一點，可霧又輕得如煙，抓握不住。

爸扯著嗓子喊我起來下地，把我嚇了一跳。我並沒有深睡，秋秋來了以後我就睡不深了，其實爸用不著那麼扯開嗓子喊。可我爸就這德性，一開口那嗓子就大，像他的喉嚨裡安裝的是一隻喇叭。

我才出睡房的門，爸就扯著嗓門喊我快扛了犁跟他走。我不高興，說我還沒洗臉哩。爸聽了火就起來了，說這大霧天的，誰看得見你的臉啦！我不喜歡爸這樣的理論，正想說點啥，秋秋來到我面前了。秋秋跟我站得很近，近得我都能聞到她身體的香味兒了。她神祕地跟我說，你等著。說完她就帶著她的香味去她的睡房了。我正茫然，她又出來了，往我手裡放了一把糖果，朝我純粹地笑笑，輕聲說，還有哩，我都給你留著，去吧。天啦，她完全把我當一個不省事的弟弟了！我好一陣兒不知所措，臉上熱一陣冷一陣的。

分家以後，秋秋也得下地了。我不知道她那樣子到了地裡，幹活該有多艱難。我們儺賜莊除了村長家，其他的都沒有牛，犁地全靠人，一人當牛在前面拖，一人在後面把犁。儺賜的地也不像山下的地那麼平整，全是坡地，我想秋秋下地拖犁不行，扶犁也是很困難的。不行也得去做，在我看來是一件十分殘酷的事情。我覺得秋秋現在已經面臨一件十分殘酷的事情了，我心裡很想幫她一下，但一時又不知道該怎麼幫。我一直被我爸叫成呆羊是有道理的，因為我爸但凡看到我，我都是一副懶懶的呆呆的樣子，尤其是他自作主張為我娶了秋秋以後，我就顯得更呆更懶。我爸對我很失望，雖然吆喝著讓我起了床，卻對我去幫他下地幹活並不抱太大的希望。看我還在慢條思理地洗臉，他就叫上我媽往地裡去了，臨走時氣哼哼對我說，把屁股洗完了就趕緊來啊！

我爸是個粗人，不懂得尊重他的兒子，竟然把他的臉說成屁股，我心裡很生氣，就斷了下地的想法。倒是很想跟著秋秋他們下地去，想去看看秋秋怎麼艱難地對付地裡那一套活。

這麼想著，我就悄悄跟在秋秋的後面了。

霧濃得使人看不到五尺遠，我跟在秋秋後面，正好保持著秋秋不注意就發覺不到我的距離。有一陣，我感覺到自己這麼偷偷摸摸跟在秋秋後面很不光彩。但想到霧冬就走在前面，霧冬不光不會領我什麼情，反而會討厭我，又覺得自己在這麼一種情況下還勇敢地去關注秋秋應該算得上崇高。

這樣想，腳下就執著了，還一直跟著秋秋，決定跟到地裡。

秋秋一直在我前面，她的步態把霧劃拉成一些慌亂的煙。

霧冬右肩扛了犁，左手反回來拉著秋秋。下地的路細得跟毛線一樣，又是霧障著眼，霧冬怕她摔著。秋秋走得很幸福，嘴上的話就很多。她說，這麼厚的霧我從來沒有見過。霧冬樂呵呵笑幾聲，說，儺賜是在天上叻，妳原來是在人間，哪能看到？秋秋說，還有你們這裡的太陽也跟我們那裡不同，是白的。霧冬說，天上有兩個太陽，有一個紅的，是個火球，那是給你們的。有一個是白的，是個冰球，是給儺賜的。秋秋格格笑起來，說霧冬亂說。霧冬也笑，默認自己是在亂說。秋秋又問，霧冬你就是在這種天氣裡生的吧？霧冬說不是，我是在冬天裡生的。秋秋說，是冬天裡的一個大霧天生的吧？霧冬說，不是一個大霧天，聽我媽說，生我那一個月裡，天天大霧，滿月後我就叫霧冬了。秋秋在後面大喊，天啦，一個月都是這樣的大霧？霧冬哈哈笑起來，說，這不奇怪，儺賜這地方，最富有的就是霧，要是哪個冬天沒霧了才奇怪哩。秋秋說，冬天有霧不奇怪，怎麼現在還有啊？我們下面春天都要過完了，這裡怎麼還像冬天啊？霧冬說，我們儺賜跟你們下面不一樣，我們這兒一年有三個季節都是冬天。秋秋嚇著了，站下來不走了。霧冬回過頭來，把臉湊近秋秋的臉，看清秋秋臉上的害怕了。霧冬說，妳怕啥？這樣的天氣，人長壽哩。秋秋說，早有人說這裡不是個好地方，看來還真不是個好地方。霧冬說，誰說這地方不是好地方了？我們儺賜可是好地方哩，來吧，不想走了我背妳。說著就蹲下身，把背給秋秋。秋秋說你好好走吧，扛著犁哩。霧冬左手一環，把秋秋摟上背，背了起來。一邊走，霧冬說，我是牛哩，這會兒讓妳騎，過會兒還要犁地哩。說完自個兒先笑起來。秋秋可能覺得人當牛犁地的確好玩兒，也跟著格格格笑起來。

我心裡突然酸了一下，像給嗆了一口醋。我想這會兒歡歡笑著的秋秋走到地裡，在那一套自己把握不住的農活面前就該是一副哭相了，我替秋秋難過。

說到就到了，我看到霧冬放下了秋秋，放下了犁。這霧很厚，但又有著一面牆所沒有的透明度，如果你真有心讓自己的視線穿透過霧障，那它也不會讓你太失望。我在一個比較安全的距離裡躲起來，它正好成全了我的窺視，卻又讓粗心的霧冬和秋秋蒙在鼓裡。

我看到霧冬架好犁，要秋秋把著。秋秋說自己從來沒把過犁。她讓我看到了她既新奇又擔心的模樣。霧冬說，這個又不是什麼高科技，幹一會兒妳就上手了。霧冬太不把秋秋的身體殘疾放在心上了，我很想走上去做點什麼，比如阻止霧冬讓秋秋把犁之類。但我只把屁股抬了抬，我沒有那樣做。

霧冬把本該套在牛身上的繩子套到自己肩上，說了聲開始，就往前拖。使了一身牛勁兒，身後卻輕得像風，霧冬就把自己趔趄到地上啃土去了。秋秋笑得直不起腰，腳下一歪，倒地上了，霧冬生了一秒鐘的氣，後來也趴在地上笑得起不來了。

我發現自己把現實想像得太嚴重了，原來快樂是可以化解一切殘酷現實的。接下來的事實更是證明了這一點。

重新架上，霧冬教秋秋用力按著犁，讓犁頭殺進地裡去。秋秋聽他麼一說，又忍不住大笑起來，大概是霧冬一趔趄撲愣到地上啃土的鏡頭，忽悠一下又回到了她的眼前，她想不笑都不行。看秋秋笑得直喊肚子痛，霧冬也跟著再笑了一回。笑完後，霧冬乾脆不起來了，坐在地上說要歇會兒。秋秋說，得幹活呢，快起來，我們犁地呀。霧冬說，不行，我的勁都給笑沒了，得坐會兒，等勁兒全回來才行。秋秋說，你這頭懶牛。說完又顧自大笑起來，這下沒笑幾聲她就癲進了深厚的霧裡看不見了。霧冬喊，秋秋去哪兒啊？秋秋不答應。霧冬又說，妳撒尿還背著我啊？秋秋還是不答應，可是她卻又像仙女一樣從朦朧中漸漸顯露出來了。她手裡拿著一根細長的樹枝，癲著腿來到霧冬跟前，要舉樹枝抽他，說你這頭懶牛快起來幹活。霧冬就學一聲牛叫，騰起來抱住了秋秋。他把秋秋按到地上，要脫秋秋的衣服，秋秋又是尖叫又是大笑。秋秋喊，你這頭瘋牛，這是在地裡！霧冬說，有霧哩，這霧比蚊帳還厚哩。秋秋說不行不行不行，你別瘋。霧冬說我已經瘋了我瘋了。到此，霧冬已經把秋秋的衣服解開了，嘴已經咬住了秋秋的奶子。秋秋不再掙了，軟成了一條死魚。

但是，這裡是地裡。她輕輕地說。

霧冬說，這地是我們的地，沒人會來這裡，再說，這霧遮著，安全得很。

秋秋說，那你快點兒。

這地自從年那邊收了包穀棒子後就再沒耕過，地裡鋪著一層枯死的草，秋秋就睡在這層草上面當地讓霧冬犁，竟沒有因為硌人[2]或者冰冷而叫苦。

或許是天地寬了，或許是有霧的保護，霧冬比在睡房裡幹得更透氣更放開。不光動作牛氣，還啊啊啊直叫。叫過了還問秋秋，好不好啊秋秋？嗯？秋秋好不好啊?!秋秋一直咬著牙，不敢放開嘴。我想她

[2] 描述物體表面不平滑或有突起，會使人感到刺痛或壓迫。

是怕一不小心，她那些在胸膛裡爭著往外擠的呼喊聲就逃出來了。霧冬哇哇亂叫一氣，像殺一個仇人一樣咬緊牙往秋秋身體裡鑿。於是，秋秋的尖叫聲終於衝破了她的牙堤，衝出來了。

瘋牛啊！她喊。

她這一聲擊中了我，從我的前胸到後背，透透的穿了一個洞。有一瞬我感覺我是在夢中被一顆來歷不明的子彈打中，我中彈的時候秋秋正好喊出了這一聲。我用手捂著胸口，看見一股黑血從手指縫裡慢慢流出來。然後，我的眼前一黑。

後來，我捂著狂亂衝撞著的胸膛，對自己說，你看清楚了嗎？沒有，你看到的只是一個夢境。濃霧把他們的身影變得那麼模糊，那的確就像是一個夢境。但濃霧擋不住聲音，那個夢境又顯得那麼真實。

霧冬問秋秋，妳剛才為啥要喊瘋牛？

秋秋說，你本來就是一頭瘋牛啊。

霧冬嘿嘿笑幾聲，說，以後，妳就把我當牛使吧，我就是妳養的牛。

秋秋說，是水牛還是黃牛啊？

霧冬又露出一種挑逗的笑來，說，妳看呢？

秋秋說，我看你是水牛。說完自己咯咯咯笑起來。

秋秋說，犁地哩，牛。

霧冬就霍地站起來，朝著秋秋「哞兒」一聲，走過去拉起了犁。

秋秋扶住犁問，使勁往下按嗎？

霧冬說，是，讓犁殺地土裡去。

秋秋便使勁按著犁，霧冬這邊，一條腿向前弓著，一條腿向後蹬著，身子往前傾著，脖子拉長了，犁就動起來了。秋秋扶著犁，雖然腳下有些癲簸，但犁走得很好。犁一走，地就裂開了一道傷口。土一塊一塊地翻起來，像一片一片的充滿著渴望的潮潤的嘴唇。

我想，秋秋做得很好，我也該走開了。

# 第三章

## 8

我站起身離開時突然覺得心發慌，彷彿饑餓了很久。我想我還是回去，回到我那張床上去躺著吧。那裡躺著，閉上眼，讓靈魂喜歡去哪裡就去哪裡，是一件很美好的事情。

我飄飄的回到家，回到我那間因為霧的籠罩而大白天也黑得如夜的睡房裡，隨手抓了一本書在手裡，坐上床沿，用腳踢蹬掉鞋，我準備躺到床上去了。突然又對隔牆多起了心思。我想篾是軟的，那麼原來的縫就可以人為的變大變寬。我疲軟的身體陡然間興奮起來。我在篾牆上創造了好多比指頭還寬的縫，我把眼睛堵上去，試驗著第一條縫的可視度。我為即將來臨的這個晚上激動得發暈。

外莊死了個人，有人來請霧冬去做道場。

我說，霧冬在地裡哩。

那人說，那你去幫我叫叫他。

那人在我家院子裡等著，我幫他去叫霧冬。

我走到霧冬的地裡的時候，他和秋秋正摟坐在一起歇息。他們並沒犁多少地，但他們卻顯出一種很勞累的模樣。秋秋閉著眼窩在霧冬的懷裡，那一臉的慵懶，讓整個上午都縈繞在我腦子裡的那個活生生驚心動魄的場景又變得清晰起來。秋秋的臉在我面前開始變換出各種各樣的表情，還有聲音，那一種說不清是痛苦還是興奮的呻吟聲。我的頭又開始變大，眼睛又開始發暈。我揮了一下手，朝他們喊了一聲，哎！

我的喊聲嚇了他們一跳，摟在一起的身體忙散開了。霧冬仇恨地問我，你來幹什麼啊？我說，我來替你犁地，有人來請你去做道場。

霧冬不仇恨了，卻還是不高興，問我，哪莊死人了？

我說，小羊莊。

霧冬說，小羊莊啊，那麼遠，我不去。

我說，以前你不怕遠的啊，你不想掙錢了？

霧冬說，小羊莊太遠，晚上回來費勁兒哩，你去回信說我不去。

霧冬大概從我的眼神裡找到那種特殊的渴望了，他在自己的眼神裡多加了一些仇恨，表明他明白我要他去做道場就是為了爭奪一個跟秋秋在一起的機會。我說，你要不信我走就是了。但我卻並沒有走。

霧冬也就還是用不信任的眼神看著我。

我說，你眼下不是需要錢來交上面的款子嗎？不要把這個掙錢的機會放過了。

霧冬還是擠著眉頭，模仿著媽焦慮時的樣子。

我知道霧冬很擔心我趁機在秋秋身上打主意，又捨不得放下這個掙錢的機會。我說，你放心去吧。

這麼說著，我還故意讓他看到我眼睛發呆的模樣。

但霧冬還是說，我不想去。

霧冬不去我也沒法，我不是他爸。我只能從一份體諒出發，盡可能地跟他磨嘴。

我說，晚上回來費勁兒你晚上不回來就是，你以前在外莊做道場晚上也沒回家，你又不是大姑娘，大姑娘在外面過夜才怕別人說閒話，你怕個啥？

我知道我磨上一天都沒用，但我知道只要我在這兒磨，那邊等著請他的人就著急。別人一著急，就會找到地裡。別人親自來地裡請他，他肯定就不好說不去了。

霧冬說，你不要管我的事兒，你快回去跟那人說，叫他另外請人去。

我把目光衝著秋秋說，秋秋妳勸勸他吧，這人肯定是腦子喝了風出了氣兒了，要不怎麼連錢都不想去掙了？

秋秋笑起來，說，真的哩，你去吧，藍桐幫著我們犁地就是了。

霧冬突然對我凶起來，說，我不去，你耳朵聾了，你沒聽見沒有？

霧後面爸的聲音突然砸過來了，你不去！你媽的準備幹啥?!我爸是個唯權是命的人，什麼時候都非要顯示出他的家長威風不可。在我們看來，霧冬已經另立家門了，去不去做道場本來是霧冬自己的事情，但在他看來卻不是。

爸說，人家等了你半天，都找到地裡去了，你以為你是哪蹲神啊，這方圓地兒裡只有你一個道士啊？你這回不去，下回別人就不請你了，到時候你學個手藝來擱屁！

霧冬還做垂死掙扎，說這地要犁哩。

爸一聽來了火，說這地不是有我們幫著犁嗎？沒分家的時候，你不是也三趟四趟往外跑，那地不也犁完了？

霧冬在爸面前像個被端了底的罪犯一樣蔫巴著。

爸說，快去！要不你拿什麼來交款子？

霧冬看一眼秋秋，蔫巴巴走進了濃霧裡。

爸跟在他身後，像趕牛一樣盯著他的背。爸的聲音霧擋不住，我們聽得清清楚楚。爸說，我知道你貪婪跟媳婦那事兒，我也年輕過，我會不知道？可掙錢的事也不能誤啊，是不是？也就是兩三天吧，最多四五天，你休息好了，回來抓緊做就是了。那事也就跟莊稼活兒一樣，隔拉個幾天誤不了季節的……

聽著這些話，我腦子裡突然就進來一些想法，火紅色，由內至外燙著我的身體。我緊緊地盯著秋秋，我把我的思想赤裸裸地放置在目光的前稍。可秋秋卻看著我的樣子大笑起來，說，看著我幹啥？不認識嫂子了？又說，快拖犁去，完了回去我有糖給你。我很失望，我說我都十八歲了，妳看我鬍子都長黑了，我要的不是你的糖果。秋秋就更開心地笑起來，說你這會兒跟那會兒完全是兩個人，笑過了說過了又叫我快去拖犁。我很想說，剛才我都看見你們做那事了，我也想跟妳做。但是我沒敢說。

霧冬突然又跑回來了，他把我拉到一邊兒，仇恨地盯著我，沉著嗓子說，你小子放明白點，這個月秋秋是我的！不准你動想法！

霧冬太過分了。我突然覺得我正做著的這件事是多麼沒趣，我的思想跳了一下，似乎想跳出這濃濃的霧障。我的腦子裡在這時出現過一陣翻動書頁的聲音，嘩啦啦。但只一會兒就不見了。我聽到秋秋在問霧冬跟我說啥了。我說，沒說啥，他怕我耍懶，叫我把地犁好。秋秋說，不聽他的，你肩頭還嫩哩，哪能跟他比，我們玩著幹。

秋秋的聲音像一根溫柔的手指，撩撥得我心裡咚咚幾聲，心思就回來了。我用一個成年男人心思，在愛慕裡充滿了情慾。但秋秋故意裝傻，非要一門心思把我當個未成年弟弟，就讓我有些掃興。不過掃興歸掃興，近距離跟秋秋在一起，我的身體裡就憑空多了些積極性。我對拖犁投入了從未有過的熱情。

一邊犁著地，秋秋問我，我們家為啥不養一頭牛啊？

我說，妳知道買一頭牛要花多少錢嗎？

她說，大的千多塊，小的幾百塊。

我說，就是。

她說，也是，我娘家也沒牛，但我們到了要耕地的時候就去借牛，或是租牛。

我說，我們莊上，除了陳風水村長家有一頭牛以外，家家都沒牛，借也沒處借。

秋秋說，可以幾家人湊錢買一頭牛的，大家輪著養，要耕地的時候輪著耕。

天啦，這多像我們儺賜人娶媳婦呀。我差點告訴她，我們這地方娶媳婦就是用這種方式的。但我終於沒說，這件事又不是什麼光彩事兒，提起來沒勁。

我說，我們儺賜男人就是牛呢，一年的地都是我們耕的呢。

秋秋說，一頭牛頂十個人呢。

我想她說的真對，要是牛，哪就像我這樣容易累呢，但是我不能說我累了，我不能歇下，我心裡有一股勁推著我，要我一定要拚一股牛勁兒在秋秋心裡留下個特好的印象。

我拚著勁兒拖了好幾個來回，一塊地去了一大半，比他們半個上午幹的都多。

秋秋說，歇會吧藍桐。

我的汗水滴滴答答往地上淌，我的肩頭還火燒火燎地痛，但是我說，不累，緊著把這塊犁完了就回家做飯了。

秋秋說，你比牛的勁兒還大。

我說，我頂十頭牛哩。

那天，我奇怪自己體內哪來那麼多力氣，除了吃中飯沒使勁以外，一個整天我都使著牛勁兒拖著犁。一直到霧變成了灰黑色。

秋秋說，我們歇了吧，天都要黑了。

我不怕天黑，我還希望天早一點黑下來呢。這天我一直在幻想著也能和秋秋在這塊地裡做一回那種事情。拖著犁，我眼睛看著地下，有時候看到的就是我和秋秋交歡的景象。也就是這些幻境，讓我身體裡源源不斷地生產出力氣，支撐著我的肩頭。

秋秋不扶犁了，走到前面來，用她的衣袖為我擦汗水，還剝開我的衣服看我的肩頭，看到有一塊血紅色的傷痕，她用嘴為我輕輕吹。從她嘴裡吹出來的風涼涼的，讓我感覺到一種特別的愜意。天啦，她離我那麼近，我差點要暈了，我真想就勢把她摟進懷裡，把她摟化。可是我的手卻那麼不爭氣地發軟，我的腿也是那麼不爭氣地發著抖。我不知道我是怎麼了，秋秋嫁過來那天我不是還背過她嗎？當時我怎麼就沒發軟發抖呢？

秋秋說，看你累的，走吧，我們回去，我做好吃的給你吃。說著秋秋就扛起了犁。我的勁兒突然又回來了，我搶過了犁。

秋秋疼愛地看我一眼，往前面走了。

霧就像一個垂死的病人，臉一旦出現死灰色，就只剩下一口氣了。好像是在一眨眼間，霧就像一頂黑罩一樣把我們罩著了。

我說，秋秋來我背吧。

秋秋說，我能走哩。

我說，這路你沒我熟，我背妳吧。

秋秋說，你別逞能，嫂子重哩。

我說，我頂十頭牛哩。

秋秋說，你就是頂二十頭牛這會兒也累了。

正說話，秋秋腳下歪了一下，差點兒摔了。我搶上前，硬把她摟上我的背。秋秋卻咯咯直笑，說，哪有你這樣當弟弟的。我開玩笑說，哪條田坎不長草，哪個兄弟不愛嫂啊。秋秋就在我肩上輕輕擂了幾下，還伸嘴在我耳朵上輕輕咬了一下。我頭轟地一聲，全身燒得像一塊火炭。可我的背卻感覺到秋秋的心跳很平穩，她還是沒把我當成熟男人看。

# 9

回到家，秋秋打水讓我洗臉。看著我洗完臉，她又變魔術似的拿出一把糖果。我說我不要，我都是大男人了。秋秋笑起來，說你哪能算大男人啊，拿著吧。我很惱火秋秋故意不把我當大男人看，我生氣地說不相信妳試試。秋秋忙說是是是，你是個大男人了，要不今天怎麼能拖那麼多地呢，拿著吧大男人，這可是我出嫁時找我大哥奢侈來的，不要就沒有了。

秋秋把糖果揣到我兜裡，又要看我的肩頭。她沒徵得我的同意就解開了我的衣服。她的臉離我的臉那麼近，她的氣息打著我的臉，她的手觸到了我的皮膚。我的心頭渴望衝撞，可除了臉紅心跳，其他什麼也不敢幹。她往我肩頭上被繩子勒出的一條一條紫痕上塗一種藥膏，撅起小嘴呼呼為我吹氣。說看你，還是個學生呢，哪有這樣拚命幹活的道理？

這天，秋秋還為我煮了四個荷包蛋。分家分給他們兩隻母雞，這兩天只湊了這四顆雞蛋，她全給我煮了。我說妳也吃一個吧。她說，我不吃，你全吃了吧。我說我餵妳一個吧。她笑起來，真把嘴伸過來，把我餵過去的一隻雞蛋吃進了嘴裡。看著她一邊笑一邊鼓著嘴嚼雞蛋的樣子，我真想往她臉上啄一下。可是我沒有，看來我除了敢背她以外，其他的什麼都不敢做。

媽叫秋秋跟我們一起吃飯，可秋秋卻做了飯要我跟她一起吃。我也樂意單獨跟秋秋坐一起，就留在她這邊了。這樣吃著飯，我就有了跟秋秋是夫妻的感覺。這種感覺有些飄渺，像懸浮在空中的霧。我想讓這種感覺變得有質感一點，就有了一個想法，那就是趁霧冬不在，跟秋秋單獨在一個房間裡待待。為了這個願望的實現，我利用吃飯的時間做鋪墊。我說，秋秋妳見過鬼嗎？

秋秋愣著眼問我，你見過？

我說，我們這裡鬼很多，我當然見過，還不止見過一回呢。

秋秋臉色刷地一下白了，目光發直，脖子發硬，就像她身旁真站著個鬼一樣。她聲音抖抖的，卻故做鎮靜地說，你哄嫂子吧？

我從來沒叫過她嫂子，可她總要自稱嫂子。心裡有了點不高興，我就從臉上露出來，但我說的卻是跟這不高興無關的話。我說妳怎麼不相信我呀？秋秋忙說我相信我相信。又說，別說這個了，嫂子膽小。

我說，鬼有什麼好怕的，有一天晚上，我在路上碰到一個吐著舌頭的鬼，我也跟他吐舌頭，倒把他嚇跑了。秋秋嚇得差點摔了碗，眼睛忙往門口看。我看她臉都嚇青了，忙說，門關著哩，鬼進不來的。秋秋放鬆了一點，我又說，鬼是一股風，從瓦縫裡都可以進來。秋秋嚇得忙去看屋頂。我覺得差不多了就不說鬼了，說其他的。

我說的是一些聽來的笑話，秋秋聽著聽著就從剛才的恐怖情緒中走出來，脆脆地笑。秋秋一笑起來，我就忘了說話了，我迷醉地聽著她的笑聲。頭腦裡有一些紫色的暈斑往外飛，飛到混沌的霧裡，匯成一片迷茫。我又抓握不住自己的思想了。

秋秋開始睡前的洗刷了，我腦子裡一片一片的霧狀的東西沉了下來，我悄悄跟她說，霧冬不在，妳要是害怕就喊我。秋秋笑笑說，怕啥呢，我不怕。

經我這麼一提醒，秋秋說不害怕是假的，連睡覺都開著燈。

我媽過來看到秋秋睡房的燈還亮著，喊秋秋，問秋秋為啥睡覺了還不關燈。我媽很節約，這樣浪費電是要討媽煩的，秋秋只得關上燈。媽一走開，我就摸出門，到屋後面學起了鬼叫。我怪聲怪氣，又是哭又是叫的，連我自己聽著都鬼氣森森。叫一陣，我估計秋秋已經給嚇得差不多了，又摸了回來。秋秋睡房裡亮著燈，我從篾牆上選了一個較寬的縫，堵上眼睛往那邊偷看，看到秋秋把被子捂過頭，蜷成一個繭殼。或許這些叫聲在她的腦子裡形成好多幻像，一些鬼會站到她的床面前，吐出長長的舌頭，伸出了長著綠毛的大手，要揭開她的被子了。她突然尖叫一聲掀開了被子，床前什麼也沒有，但她卻呼吸慌亂，臉上一片晶晶汗水。

我突然覺得自己太過分了，真想在自己臉上狠狠來兩耳光。我完全忘記了自己是在隔壁偷看，我讓自己的聲音出來得那麼魯莽，我說秋秋妳被嚇著了嗎？秋秋慌亂的眼神投向了隔牆，她說藍桐我剛才聽到鬼叫了。我說那不是鬼叫，妳別怕。秋秋說是鬼叫，好嚇人的！秋秋用被子裹著身體，扭著個臉朝著我說話，很像一條傳說中的美人魚。這條美人魚被我的那些怪叫聲嚇著了，眼神不住地往旁邊飛，那可人又可憐的模樣看得我心裡直打抖，我說我過來陪妳好不好？秋秋突然不說話了，還下意識地緊了緊被子。

我媽大概是聽到這邊有動靜，又過來了，看秋秋的燈還亮著，又喊，秋秋咋還把燈點著，你瞌睡開著燈做啥？

秋秋不得已把燈關上了。

我的眼前一片黑暗，看不到秋秋生動的臉了。我在心裡埋怨媽多事，感覺媽已經離開了，我輕輕叫秋秋。我說秋秋妳要是怕就把燈打開吧。秋秋在被子裡說，開著燈媽要罵我的。我說媽不會過來了，你打開吧。秋秋就真把燈打開了，又讓我看到她可人的模樣了。

我說，秋秋，我過來妳就不怕了。

秋秋猶豫了一會兒，說，我不怕了，開著燈就不怕了。

我心裡冷了一下，說，那我睡了啊。

秋秋看著隔牆不作聲。

我說，不怕的，我只是陪妳說話，和妳一起等霧冬回來。

秋秋說，你就這樣跟我說話吧，這樣也很好。

我說，我是把嘴堵在牆上說話，很累呀。

秋秋猶豫了一會兒，說，那，你過來吧。

天啦，我成功啦。我屁顛顛從我的睡房裡出來，正要去推秋秋的門，就聽到背後的門響了起來，接著就聽到了霧冬呼喊秋秋開門的聲音。我嚇了一跳，愣了一會兒，去給霧冬開了門。霧冬在黑暗中跟我說，今晚沒道場，我回來了。我又沒問你，你跟我說什麼呀？我聽見自己心裡響起幾聲乾笑，很像自嘲，又彷彿有著別的意思。秋秋聽到這裡的動靜了，感覺可能是霧冬回來了，就大著嗓門喊霧冬。霧冬忙不迭答應著就趕過去了，連外屋的門也顧不上門。我回頭門上門，真真的把自己嘲笑了一回，灰溜溜進自己的睡房去。

霧冬回來得太有捉弄性了，我仇恨地把眼睛堵進了隔牆的縫裡。

秋秋已經拱進霧冬的懷裡，是那種巴不得拱進他的肚子裡的樣子。霧冬以為秋秋想他了，很感動，把秋秋往死裡摟，還雞啄米似的親秋秋。

霧冬一邊親著秋秋一邊關了燈，秋秋說，別關，好害怕。

霧冬說，害怕啥呀，有我呢。

秋秋拉亮了電燈，說，有鬼呢，剛才我聽到鬼在屋後面叫呢。

霧冬說，妳是心裡害怕，耳朵聽岔了吧？

秋秋說，不光叫，還哭哩，像人一樣哭，把我嚇死了。

霧冬愣著眼想了想，衝著牆說，鬼啊，你難道不曉得我是道士，就不怕我把你捉了？

秋秋毛骨悚然，全身打著抖往被窩深處拱。

霧冬說，明天我給妳畫個符，妳戴到脖子上，就不怕鬼了。

秋秋說，現在就畫。

霧冬說，好。霧冬正二八經到外屋洗了手，回來找了張黃色的紙片，緊著腮幫莊嚴地畫符。看著他舞龍跑蛇地畫，秋秋也漸漸穩住了心。畫好以後，霧冬還閉著眼咕咕噥噥唸了一會兒，啪地一聲，雙手拍到那張除了道士誰也看不懂的畫面上，就算結束了。霧冬把符替秋秋掛到脖子上，說，這下不是妳怕鬼，是鬼怕妳了。秋秋說，你早就該給我一個。霧冬說，我們來吧。秋秋說，來啥？霧冬把秋秋按倒，秋秋明白過來，咯咯笑。霧冬在關燈前往隔牆看了一眼。後來，在黑暗中我聽著他故意弄出的聲響才完全明白了他那一眼的含義。

我在自己臉上使勁掐了一把，我說藍桐你真無聊！

## 10

媽說，我們早上要栽洋芋，秋秋妳在家做飯，我們回來吃過飯讓藍桐去幫妳犁地。一聽這樣的安排，我就決定不去地裡了。我沒有對爸媽說出我的決定，我只是摟了一本書站到院子裡去看天空。霧跟昨天一點都沒有兩樣，它好像死在儺賜了，一動不動的樣子。天空很低，一抬頭鼻子就頂到天頂了。我懷念那一輪白太陽，我知道它一出現，天空就會高一些，闊一些。我爸媽叫我下地，我說我頭痛。我爸生氣地罵了我一句呆羊，但並沒有強拉我下地。

秋秋出來問我，藍桐你要不要吃頭痛粉？

我說，我頭不痛，我想看到太陽。

秋秋愣了一下，後來就善解人意地笑了。她笑著說，我小時候也裝過病，那是不想去上學。

我說，我喜歡上學，不喜歡幹活。

秋秋說，你天生就是個書生，讓你在家幹活真是苦了你了。

我說，我不是書生，但我不喜歡幹活，我懷念太陽。

秋秋說，這地方太陽是太少了。

我說，我懷念白太陽。

秋秋愣了一小會兒，突然脆脆地笑起來，說，讀書人就是這麼說話的嗎？

這麼說著，我已經跟秋秋進了門，坐到了火爐上。我看著秋秋在屋裡忙來忙去，跟她扯著一些話頭。我們說得很歡，岩影卻來了。岩影來了也不說話，對我他也視而不見。他跟秋秋低三下四地笑。

秋秋說，大哥有啥事啦？

岩影說，我來看看妳的火爐好燒不。

秋秋說，好燒著啦。

岩影說，我砌的火爐我知道，燒到中途總是要出點毛病。說著就去看火爐，用火鉗掏掏捅捅，說暫時還沒出毛病，就坐下來喝秋秋倒來的茶水。

一邊喝著茶水，眼睛一邊在秋秋身上溜來溜去，說些莊稼活兒的話。

秋秋就在這個時候感覺到火爐上的火沒勁兒了，煤煙也起來了，滿屋子都是嗆人的煤煙味兒，嗆得我趕忙往堂屋裡逃。秋秋說，大哥，看你砌的火爐真出毛病了。岩影就放下茶碗，認真過去檢查。有模有樣的弄了一陣，說真是有毛病了，他弄弄就好了，以後就再不會出毛病了。

秋秋說，大哥砌的火爐大哥瞭解啊，你怎麼就知道今兒早上這火爐要出毛病呢？

岩影說，我都做了二十幾年的泥灶工了，這就像你們生娃，自己生的娃還不知道娃的德性啊？

岩影弄啊弄，弄了十來分鐘，火終於呼呼笑起來了。秋秋高興得不得了，說，今早上要不是大哥來了，這頓飯就做不好了。我明白岩影這是在故意要花招接近秋秋，我在一邊為秋秋心酸，卻又不能揭穿岩影。

可這時岩影的肚子也痛起來了，他說，完了，我發痧[1]了。說完就咬了牙不說話，眼睛白著，臉青著。秋秋慌了神，直喊大哥怎麼辦啦大哥怎麼辦啦？岩影吃力地說，得給我打火罐兒放血。秋秋眉頭皺成個疙瘩，抖著聲音說，大哥我該怎麼做啊我沒打過火罐啊。岩影咬著牙說，妳找個小瓶子來，我教妳。秋秋就真跑去找小瓶子。這個時候岩影意味很深地看著我，說，大哥的事你小子不要摻和，你各自躲你屋裡看你的書去吧。我說，你不該糊弄秋秋，她遲早不都會跟你嗎？岩影很不耐煩地咬著牙，說，大哥的事你別管！

秋秋真找來一隻小玻璃瓶兒，給他。

岩影又裝出一副很痛苦的樣子，對我說，把你的書撕一張下來。我說，我的書不能撕。岩影的做派讓我明白了他的意圖，我覺得他好噁心。他又對秋秋說，去撕一條爛布來。秋秋就真跑去撕布。拿來以後，岩影叫秋秋點上布條，放進瓶兒裡，再把瓶兒蓋到他的光肉胸口上。

過了一會兒，岩影叫秋秋替他拔下火罐兒，秋秋就看到了一個紫黑色的圓巴。岩影說，妳拿塊碎碗渣來，替我把死血放出來。秋秋找來了碎碗渣，卻不敢下手扎。岩影就自己拿過碎碗渣往黑巴上紮，一股黑血汩汩湧出來，秋秋看得有些頭暈，就把臉轉過去了。

---

1 大陸西南地區把喝了生水，或者中暑引起的肚子痛叫發痧。

再轉過頭來的時候，岩影已經擦乾淨了血，但他要求到秋秋的床上躺躺。秋秋想也沒想就說，大哥去吧。岩影站起來，走路像喝醉了酒，秋秋說藍桐你扶扶大哥。我站一邊看著岩影故意裝出來的病態，讓秋秋從我的臉上看到我的不情願。秋秋只好自己扶著他去睡房。這樣進了睡房，秋秋就出不來了。

我明白噁心的事情已經開幕了，我闖了進去。

這個時候，岩影已經把秋秋壓到了他的身下。一開始秋秋悶著嗓子在岩影臉上亂抓，我闖進去以後她就像一隻逃殺的小豬仔，又是掙扎又是尖叫，可岩影僅剩下的那隻手比兩隻手的力氣還大。秋秋怎麼掙也掙不脫，岩影還有嘴幫忙，脫衣服的事兒就交給了嘴，岩影還有門板大的一塊身體壓著秋秋。

我被眼前這一幕弄得腦子裡空白了好一會兒，等我回過神兒來時岩影已經拔出了自己的東西，但他那個東西剛一見天就臭火兒了。岩影的那玩藝兒，軟的！像不是他身上肉一樣，對他的激動只做旁觀姿態！岩影回過頭來看我，眼睛裡仇恨噴濺。這仇恨轟地一聲把我腦子裡一直悶著的一團煙火點得明晃晃起來，我眼睛一暈就把岩影扯到了床下。我也吃驚我哪來的這麼大力氣，我甚至在他還沒弄明白自己怎麼就到了床下的時候，就把他提起來扔到了秋秋的睡房外面。

岩影露出了一副十分赫然的表情，他喃喃著說，你，這呆羊！後來，他臉上漸漸走上很多代表著無地自容的醬紅色。他灰溜溜走了。

剩下我和秋秋，妳看著我，我看著妳，都不相信剛才發生的事情是真的。突然，秋秋像一隻被打昏了的兔子，在屋裡亂撞一氣，才又用洗衣盆裝了一大盆水到睡房裡，關上了門。

那可是一盆冰涼的井水呀，喝進嘴裡都冰牙的呀。我說秋秋妳要做什麼？秋秋不回答我。我說，妳要用這樣的水洗澡會受涼的。屋子裡響起了一陣水聲，我想像著冰冷的井水接觸到肉體時的刺骨，禁不住打了幾個冷顫。接著，我聽到了牙齒打架的聲音，那麼清晰，似乎不應該是秋秋發出來的，但又只能是她發出來的。一陣嗚嗚哭聲起來，牙齒碰擊的聲音也跟著大了起來。

秋秋一直嗚嗚哭到我爸媽回家，飯也忘了做了。我媽回來看到沒有做飯，很費解地看著我。我說，岩影大哥來過了。我媽似乎不明白岩影來過跟秋秋不做飯有什麼關係，眼神顯出白癡狀態來。我說，妳去問秋秋吧。我媽在秋秋的睡房外面聽到秋秋在哭，就站在門外輕輕喊她，秋秋，妳咋的了？秋秋不哭了，也沒答理我媽。我媽沒有走開，她固執地拍著門。秋秋在屋子裡窩了一陣，終於開門出來了。媽看秋秋哭紅了眼睛，還青著一張臉，很擔心地看著秋秋，牙縫裡漏出些嘶嘶的聲響。秋秋忙強裝出一個笑，說剛才肚子痛。媽問她怎麼個痛法，說要是發痧就得喝石灰水。秋秋說這下已經不痛了。秋秋忙著去做飯，強迫自己把剛才那件事情放下。但我媽剛才說到「發痧」，又無意中把那件事情明明白白地提到她面前來了。於是，一邊忙著鍋裡，秋秋還一邊忍不住哽咽。

我媽看出秋秋不是肚子痛這樣的事兒，她到火爐上幫著秋秋忙。秋秋避著她的眼睛，假裝很忙。

媽說，娃，妳碰上啥事兒了？

秋秋把頭一個勁兒地搖，把一顆熱嘟嘟的淚珠搖到媽的臉上去了。

媽擦掉這顆淚珠，說，娃，妳到屋裡去歇會兒吧，我來弄飯。

秋秋就真到睡房裡，躺進被窩裡流淚去了。

我媽這下把希望全部寄託於我，她想知道秋秋到底是咋了。媽說，藍桐你說秋秋是咋了？我本來不想說的，那事想起來就噁心，但看媽那樣子不知道個底細就有可能吃不下飯，我就大概說了一下。

媽聽完了臉就黃了。

當晚，我沒有去學鬼叫。我知道霧冬會回來，還覺得那樣的事實在無聊透頂。秋秋一天都躺在床上，不吃不喝，我很想過去做一些安慰的表示，但我又找不到走進那間屋子的理由。往日，我睡前總是用看書這種方式來平靜被秋秋掀動了的浮躁的心。當晚，這種方式對我也沒用了。書在我眼前全變成了秋秋傷心的臉，偶爾，一些字會變成秋秋臉上的淚珠，在我眼前漸漸變得無色，變得晶亮，慢慢爬動，爬出一條傷心的尾巴。傷心的秋秋呈現了另一種美麗，一種叫人心痛欲裂的美麗。我突然預感到這一種美麗會很多次甚至會用一生的時間停留在秋秋的臉上，我開始想像秋秋跟霧冬過完一個月，明白擺在她命運裡的還有一個藍桐和岩影的時候，將是怎樣的一種驚訝和傷心。我想像了很多種，想得自己一臉的淚水。

霧冬回來了，而且鬧出了很大的動靜。

我忙把眼睛堵上隔牆。

霧冬去掀秋秋的被子，秋秋不理他。霧冬很奇怪地問，秋秋妳咋啦？

秋秋把自己裹在被子裡不讓霧冬看見她的臉，也不說自己怎麼了。霧冬顯出一些不耐煩來，說，你到底咋的了？我走的時候還好好的，這下我從大老遠趕回來妳卻不讓我進被窩中。秋秋還是不理霧冬，霧冬就強行把秋秋的臉從被窩裡剝了出來。電燈下，霧冬看到了秋秋紅腫得如桃一樣的眼睛。霧冬驚叫起來，秋秋妳眼睛怎麼腫成這樣，誰欺負妳了？

誰也沒有欺負我，是我自己喜歡哭。秋秋說著，拉滅了電燈。霧冬又拉亮電燈，要認真看秋秋的眼睛。秋秋不讓看，扯被子蒙頭。霧冬就那麼坐在床上沉默了一陣，沉默中，他慢慢地把頭扭向我這邊，良久地看著隔牆。

他就這麼看著隔牆問秋秋，是不是藍桐欺負妳了？

他這麼想很有道理，因為我離秋秋最近。他說話的時候還搭配了一些仇恨的表情。他是個細心人，他肯定知道只要他那邊亮著燈，隔牆縫上就一定有我的眼睛。他這是做給我看的。

秋秋替我說了公道話，她說，不是藍桐。

霧冬眼睛一亮，說，那就是岩影？

在我們儺賜莊，幾個男人打夥娶一個女人，排在後面的瞧上空檔偷一口是常有的事。這樣的事在我們莊上算不上犯法，最多只能算是違背約定，被別人當成一個守不住褲襠的輕浮男人來笑話。所以，霧冬只能在我們兩個身上打問號。秋秋還不知道這些，她驚訝的聲音立刻就從被窩深處跑出來了，她說，你怎麼知道是岩影？然後，秋秋用心築起的長堤垮了。女人遇到這種不好啟齒的事情以後，最先總是想把這件事情藏起來的，但那是在沒有找到覺得可以為自己分擔心事的對象的時候的想法，或者是在還沒有發現別人手裡已經掌握著打開這件事情的鑰匙的時候。歸根結蒂，女人的心太脆弱，裝不下這麼重的事情。現在，霧冬輕易的就把秋秋的心門打開了。

秋秋哇地一聲哭起來，說道，岩影他不是人！

什麼都明白了的霧冬，語氣裡是一種純粹的仇恨，他說，我揍死他去！

秋秋大概以為遇到了可以信賴可以為她找回尊嚴的人了，她嗚嗚嗚一邊哭著一邊一五一十把什麼都告訴了霧冬，包括岩影突然陽萎並沒能把她怎麼樣和我突然來了大力氣把岩影提出了門。說到後來，她不哭了，她說，沒想到藍桐還有那麼大的力氣，他一下就把岩影提到門外去了。

霧冬突然嘿嘿笑了幾聲，接著又笑了幾聲。秋秋說你笑什麼啊？霧冬說，沒想到藍桐那呆羊還救了妳。又說，我揍死岩影去，等我有空了我就揍死他去！但語氣分明已經不如先前堅決了。

# 第四章

## 11

霧冬的道場還沒做完，我還得替他犁地。就在我們駕起犁的時候，天邊拱出了一輪白太陽，像一隻憂鬱的眼睛，凝視著我們。於是，儺賜的霧開始移動。在你眼前，像棉花一樣，又像水上的冰塊一樣，緩慢移動。

我說，秋秋妳看，白太陽。

秋秋抬頭，朝著我指的方向看。秋秋的眼睛像此時的太陽一樣憂鬱，一樣深邃。秋秋聲音像是風從天邊吹過來的，她說，這太陽，看著讓人心裡發揪。

我說，妳的眼睛也一樣。

秋秋突然就把神兒從太陽那裡收回來，很現實地朝我笑笑，說，我們犁地吧。

這天，秋秋帶到地裡一包炒黃豆。她裝些在我兜裡，要我一邊拉犁一邊放幾顆到嘴裡嚼。秋秋說，小孩子的嘴饞，一邊嚼著幹活就不覺得累了。我說我不是小孩子。我想說我都是你男人了，但我說的還是「我不是小孩子」。秋秋把頭埋下去一些，說，還看不出你這麼小的人，有時候還真像個大男人一樣有力氣。我知道她在說什麼，我說，我是不想看到別人欺負妳。秋秋埋著的頭輕輕點了點，學著蚊子的聲音說，感激你了。我想說點什麼，卻又沒說，我把頭埋下去，像一頭真正的牛一樣拖著犁。秋秋說，聽說你正上著學哩，怎麼不繼續上學啊？我想說，爸媽把我上學的錢拿來跟霧冬他們合夥娶妳了，就沒錢上學了。但我說的卻是，我不想上了。秋秋說，上學多好啊，幹活多累呀。

霧一團一團的移動著，就把一個孩子哇啦哇啦的尖叫聲傳過來了。是四仔，像隻山羊羔一樣跑著跳著哇啦啦直喊。他離我們不到五十米遠，只是霧太厚，我們互相都看不見。聽到喊聲我放下犁尋聲趕過去，他就扭住我往回拖。我跟著他跑過去，看到岩影的爸，我媽的另一個男人，管高山，正在按四仔的媽。四仔媽的衣服已經給撕開了，露出了白花花的一片肚皮。管高山正在剝她的褲子。

管高山一邊撕扯著四仔媽一邊嗷嗷叫，像一隻正在打點獵物的野豬。四仔媽啊啊啊叫著，像一頭被拖上案板的豬。我跑過去，抓住管高山後面的衣服往後拖。管高山不顧我拖不拖，繃著勁兒在前面忙活。看著四仔媽的羞處都要見天了，我忙著在管高山臉上來了一巴掌，順便還在他背上來了一腳。我那一巴掌打著了他的眼睛，男人有兩個地方是最怕別人打的，就是襠下和眼睛。管高山啊地叫一聲，用手去護眼睛，我就順勢把他往後一扳，他就像一隻巨大的包穀棒子一樣，被我從四仔媽的身上摘了下來。

這時候，秋秋也跟到這邊了，她已經明白這邊發生什麼事了。四仔還在嗚嗚哭，秋秋就磁著眼看著四仔。霧團在她頭頂上緩慢移動，她的眼前還有絲絲縷縷來回地飄。

四仔媽得救後，忙爬起來躲到霧後理她的衣服。

管高山就在這個時候睜開了他的瘀脹的眼睛，那眼睛紅得像剛從血水裡撈起來的。這雙眼睛一描上我，他就找到拚命的對象了。他野獸一樣哇地一聲跳起來，在我還沒反應過來的時候就掐住了我的脖子，還用他山一樣的身體死死壓住了我。他的手像鐵鉗一樣，我感覺到只一秒鐘後我的頭就鼓了起來，耳朵沒有了聽覺，眼睛也看不清。他那張瘋狂的臉，那張咬牙切齒的臉，在我面前漸漸的變得模糊不清起來。他喉嚨裡發出的野獸一般的低吼也漸漸的變成一種山洪洶湧時的隆隆聲。我迷迷糊糊看到秋秋急得像小獸一樣在管高山身上頭上亂抓亂打，還有四仔媽，撿了身邊的泥塊往他身上亂砸，四仔用嘴在咬他的腿。他們的聲音我都聽不見，只看到他們皮影一樣的在演著一場解救我的戲。可是，管高山這回像是金剛一樣，雷打不動。

我想我是要死了。

我特別想再看一眼秋秋，我把身體裡全部的力量集聚在眼睛裡，努力讓我的眼睛明亮清晰一點。秋秋就在我垂死的眼睛看到她的時候，突然想起了一著，那就是咬管高山的手。管高山這時候全部的勁兒都在手上，秋秋把自己的嘴變成一隻狼嘴，狠狠地咬住管高山的一隻手。管高山啊呀一聲，鬆了這隻手想把秋秋掀開。可秋秋咬住不放。這邊，四仔媽看到這一招管用，用同樣的招數攻擊管高山的另一隻手。這樣，管高山才不得不鬆了我的脖子，讓我回到了人間。

管高山鬆過手後，四仔媽放了嘴，可秋秋還沒放，秋秋像長在他手臂上一樣。管高山看過被四仔媽咬出的一圈兒黑紫色牙印，轉身就開始撕拉秋秋。秋秋被他生生地從手臂上摘下來，像掄一條絹子一樣掄著圈兒。緩過勁來的我哪能讓他這樣，我上去揍他，他又反過來掐我的脖子。但是這回還在他把手伸過來的時候，我就在他的襠下來了一腳。這一腳把他踢得怪叫一聲，他就像一面牆一樣轟然垮陷了。但就在他垮陷的那一瞬間，他還順便在我臉上抓了兩把。

除了四仔，這兒的人都受了傷。秋秋的嘴在流血，她把管高山咬流了血，也把自己傷了。她的牙是跟她配套的嬌嫩的女兒牙，經不起那麼使勁。我的臉上也火辣辣的，我能感覺到血汩汩滲出來，集成一股鮮豔的血流，在我臉上爬。

我攙了秋秋，要離開了。我對四仔媽說，妳也回去吧，到別處去幹活也行。

四仔媽衝我點點頭，說，今天這事兒，連累藍桐兄弟和秋秋妹子了。話剛落下，只聽一聲嗷叫，管高山又向我們撲來。管高山褲襠裡那頓要死要活的疼痛剛緩了一點兒，他又想起秋秋了。他像是看不到我的存在一樣，顧自拉著秋秋使勁。他也不知哪來那麼大的勁兒，居然把我像掀一條狗一樣掀到了一邊兒。這回，要不是我媽趕來了，我想他不死也要殘了。我能讓他欺負秋秋嗎？肯定不能！我能忍下被他像一條狗一樣掀開的氣嗎？肯定不能！

我媽來了，他是我媽的另一個男人。他誰的都不聽，就聽我媽的。他什麼時候都聽我媽的，哪怕是瘋著的時候也是。我媽和我爸在離我們百米不到的地方犁地，聽到這邊鬧的動靜太大了，想來看看。我媽是走在我爸後面的，他們事先沒有想到這事兒裡邊扯著管高山和我和秋秋。等看清是我們了，我媽就斷喝了一聲。她這一聲可比什麼都有用，管高山遭雷擊了一樣硬挺挺地待著了。母親上前去，在他臉上啪啪兩下。他才木偶兒似的看著媽，輕輕叫，素花。

我爸來時本來是想來折架的，不想興沖沖來，這戰事給我媽一聲斷喝就平息了。他很掃興，還很瞧不上管高山。於是，他哼哼了兩聲回頭走了。

管高山定定地看著我媽，我猜想他這時候眼裡心裡都只有我媽。他一聲聲，像夢囈一樣地叫，素花，素花。

我媽也看著他，聽著他一聲聲叫。我媽的眼睛在他身上上下游走，看著他襤褸髒汙的一身，嘴巴不斷地抖動，一會，淚就下來了。先是一顆，從左眼角滑出來，流星一樣劃過媽的臉頰。再是一顆，從右眼角跌落到我媽的衣襟上。

看著我媽流淚，管高山也流淚了。他吸溜了一聲，雙淚齊下，接著鼻涕口水也出來了。我媽恨恨地喝他，回去！你的地都犁完了?!管高山說，沒哩。我媽喊，那就犁地去！管高山嗚嗚哭起來，慢慢的走了。

霧很快就把他吞沒了，我們只能聽到他像孩子一樣委屈的哭聲。

我媽忙回過頭來看我，看到我臉上滲血的抓痕，淚就洶湧起來。我知道這個時候她的心裡有多矛盾，一個是她的兒子，一個是她的男人。她無法言說她內心那種複雜的痛，就只好流淚。她的眼淚像山洪一樣流得稀里嘩啦，她用衣袖擦淚，兩隻衣袖都濕透了，淚流還是一如既往地洶湧。她就用這樣一雙淚流不斷的眼睛看過了我，又去看秋秋。秋秋嘴角上還殘留著血痕，我媽就去替她擦。秋秋說，媽。我媽就拿起秋秋的手，冷不防扇了自己一巴掌。秋秋沒想到媽拿她的手是派這個用場，急得高喊了一聲媽。這一下過後，媽就下決心不讓自己流淚一樣，深深吸了一口氣。然後，她走到四仔媽面前，說，他嫂子，這事兒對不住妳了。四仔媽忙說，嬸兒這是說啥話呢，這又不怪妳的。嬸兒，沒事了，妳忙妳的去吧。

媽點點頭，揩著似乎永遠也流不完的淚走進了霧幕。

我也準備叫上秋秋回我們的地裡去了，可秋秋突然問，這個瘋子怎麼聽媽的話？偏生又遇到四仔媽是個喜歡說話的人。四仔媽拉過秋秋，一板一眼的說，妹子是不曉得吧？這瘋子是岩影他爸，也是你媽的男人。他也不是哪個時候都瘋，是你媽在你們這邊來了，他那邊屋裡沒你媽了才瘋。就這樣瘋也不是時時都瘋，是看見女人了才瘋。也不哪時看見女人都瘋，有時候他看見女人也不瘋，有時候他看見女人了突然就瘋起來了……

我不耐煩四仔媽那碎嘴，說，秋秋走吧，犁地去哩！

秋秋就跟四仔媽點點頭，跟我走了。

秋秋跟我回到地裡，扳過我的臉要看傷，還看我的脖子。她像一個母親一樣，輕輕吹著我臉上的傷，問我痛不痛。我真想像小孩子一樣伏在她胸口哇哇嬌哭一回，但又想到自己是個男人，就滿不在乎地跟她說，沒事兒。她離我太近，我心裡不得不生出一些個美麗的想法。但是我什麼也不敢做，我只能說秋秋妳的嘴剛才流血了。秋秋說是哩，我的牙現在還痛啦。接下來我就不知道該說什麼了。秋秋看著四仔媽消失在那一片滾動著的霧浪裡，眼睛變得迷茫起來，她跟自己說，這莊上怎麼這麼多瘋子啊？

突然又回過神來問我，四仔媽說的都是真的？

我想了想，覺得瞞得過初一瞞不過十五，說，是真的。

秋秋說，為啥岩影的爸也是媽的男人？是媽跟他離了婚才嫁給爸的嗎？

我說，不是。

秋秋說，那是怎麼的？

我不說了，我不想對她說，管高山是我媽的另一個男人。

秋秋追著問，是他們沒有離婚媽就又嫁給爸了嗎？

我說，也不是。但覺得她這樣說似乎也對，又說，應該是。

秋秋好一會兒沒說話，我想她肯定是在思考什麼，就想趁此機會把話題岔開。我說，他們還有一個兒子，因為高山叔瘋病發了，沒人管，四歲的時候掉進火坑裡，把臉燒壞了，還沒了雙手。說完了我才發現我還是沒能把話引到別的方向去。

秋秋聽了後又想了半天，好像也沒想出個結果，就又來問我了。

藍桐你說明白點啊，為什麼媽沒跟岩影大哥的爸離婚就嫁給我爸了？

我被這個問題難住了，想用沉默來回答。但秋秋不依不饒，追著問，我只好說，媽是我爸的女人，也是高山叔的女人。

秋秋驚得忘了扶犁，問，為什麼？

這樣的事對於秋秋來說，不亞於聽天方夜談。看起來，上天是想在今日讓秋秋看到自己的命運，但秋秋太粗心，問過為什麼卻沒有繼續追問。她驚呆了大半天，後來可能想到再問下去不好，就沒問了。

## 12

媽做飯的時候，我爸在院子裡搓繩。那是拖犁的繩，他怕正拖的時候突然斷了，誤了活，趁這會兒閒功夫修修。他叫我也把霧冬的犁繩檢查一下，我沒有。我不想去做這些事，對於農事，我一樣也不感興趣。我隨手拿一本舊課本，窩到秋秋的火爐上翻看。課本於我已經成為歷史，我隨便翻到哪兒都是回看歷史。一個字一顆標點符號，都能勾起我一連串的回憶。那些回憶有時候會像儺賜的白太陽一樣憂鬱而美麗，有時候又像儺賜的霧一樣沉重而迷茫。我緊緊的盯著書本，就深深地淌進了回憶，一會兒浮起來，一會兒又沉下去。

秋秋在她弄出來的一片霧氣後面忙碌著，像一個影子在演一部無聲電影。有一陣，秋秋的笑聲突然打進我的耳朵，我才看到我的面前站著陳風水和兩個幹部模樣的人。我爸在他們旁邊說，他媽的念書念呆了！又衝我喊，愣著幹啥，領導在問你話哩！我的腦子裡還裝著一些雲霧一樣的東西，我不知道領導問了我啥話。我衝這幾個人懶懶地笑笑，站起來，做出要讓座的樣子。一個幹部卻揚手制止，說，你看書看書，現在農村能有你這樣愛看書的不多嘛，是學生吧？想考大學？沒等我回答，陳風水接過話頭說，是我們莊上最高文化人，上過高中。幹部們就跟我笑笑。又問是不是想考大學。還是陳風水說，都沒上了，上不起學了，在家幹活。幹部們點點頭就對我失去興趣了，問起了旁邊的秋秋。問我爸這是你家哪個？陳風水又搶過話頭說，這是他大閨女，要出嫁了。一直沒說話的那個幹部白一眼陳風水說，怎麼都是你在說話，別人家又不是沒長嘴。陳風水訕訕地笑笑，沒說啥。一直問話的那個幹部就轉過臉去問我爸，你們是一家人？問著也沒等誰回答就伸著脖子背著手往我媽那邊去。看我媽也在火爐上忙，就問，你們是兩家人？我媽剛把嘴張開來，陳風水的話就響在空中了，她就是那兩個娃的媽嘛。幹部白一眼陳風水，問他，一家人怎麼分兩個火爐做飯吃？陳風水嘶地吸了一口冷氣，說，這些是他們的家事兒，領導們就不要操心了。領導臉上輕輕扯了扯，回頭找我爸。看我爸沒在人堆裡，又回轉頭問我媽，你們今年種不種烤煙[1]啊？我媽去看陳風水，這回陳風水卻不搶話了，他說，妳看我做啥，想種不種，照實跟領導說。我媽就說，我們這地方不出烤煙哩，栽上沒長大就死了。幹部問，那準備拿什麼來完成任務啊你們？我媽突然有些氣乎乎的，說，年年都是拿錢抵任務的。幹部是很知道分寸的，聽出我媽有氣了，就不問了，說，其實，你們只要得到方法，種烤煙是很能掙錢的。一邊說山下哪家種烤煙種成了萬元戶，一邊就從面前的門往外走了。陳風水始終跟在後邊。很像一直跟他後邊的黑狗。

走到院子裡，三個人和一隻狗又都站下來，幹部們看著我爸問，修公路的集資款沒意見吧？我爸鼻子裡輕輕哼了兩聲，說，沒意見？有意見也得交啊不是？幹部們還想站下來跟我爸多說兩句，陳風水說，思想工作我都跟他們做了，他們都願交的，沒意見的。幹部們多看一眼我爸，看出我爸不願意跟他們囉嗦，就知趣兒地走了。

看這些個人走了，秋秋悄悄問我，村長為啥要說我是你們家大閨女呀？

---

[1] 是一種煙草，用於製作香煙的植物。

我說，如果這會兒你的身邊站著兩個娃，本來兩個都是你的娃，但他肯定要說，其中有一個是別家的，或者說是你親戚家的。

秋秋說，為啥呀？

我說，不是一對夫婦只能生育一個娃嗎？你身邊有兩個娃，肯定得有個說法了。

秋秋說，那他為啥要說我是你們家大閨女呀？

我說，瞞吧。他都是這麼跟那些人說話。

秋秋笑起來，說，這麼瞞也能混過去呀？

我說，我們這地方離幹部們太遠，幹部們來一回不容易，像今天這樣下來走更是幾年才有一回的事，要想瞭解情況就全憑陳風水村長那嘴。

秋秋沒有實在指向地輕輕笑幾聲，去火爐上忙去了。

四仔媽跟著就來到了我家院子。她帶來了她的三個女娃，在院子裡跟我爸說，幹部們今天要留在她家吃飯，她得把她們擱我們家來。四仔媽是陳風水的兒媳，這些年來我們莊上唯一是一個男人娶一個女人的即陳風水家。陳風水是，陳風水的兒子也是。陳風水的爸只有陳風水一個兒子，陳風水也只有四仔爸一個兒子。四仔爸娶四仔媽以前得過肺結核，娶過四仔媽來以後，就一天比一天更像柴禾，榨幹了全身的油才生了三個閨女。陳風水眼巴巴盼著他能種出一棵兒苗來，可他卻倒下了。出門都怕被風吹倒了，整天就躺在床上或者蜷在火爐上，一把骨頭撐起一張紫色的皮，偶爾咳幾聲，弄出點動靜表示他還是個活物。可就這樣還是有了四仔，莊上人就說那四仔是陳風水生的。這些話是閒話，不說也罷。

四仔媽以前生下的三個閨女，陳風水都沒讓上戶口。一對夫婦只能生一個娃，陳風水說這是國策，不能犯的。四仔媽生下四仔後，四仔才上了戶口薄。

四仔媽說，我爸說了，等他一把幹部們帶走，我就把大妞她們帶來你們家藏著。

三個女娃依次叫做大妞二妞三妞。三個妞都長得跟她們的媽一個模樣，臉隨時都是一副被打腫了的樣子，翻著兩片很厚的嘴唇。她們對於這種跟幹部們捉迷藏的遊戲已經玩慣了，無論走到哪家都跟在自己家裡一樣，沒有生分的感覺。她們都到了上學的年齡，卻並沒有上學。我們莊上離學校很遠很遠，所以我們莊上的孩子上學的時間也比別的地方的孩子要推遲一兩年。但我知道她們沒去上學還有一個原因，學校突然說要學生的戶口，沒有戶口報不了名上不了學了。

大妞二妞三妞還都跟她們的媽一樣愛說話，她們媽把她們扔在我家以後就走了，走的時候她們也沒看她一眼。她們先圍著秋秋轉一會兒，又來圍著我轉。她們嘰嘰喳喳，把我們家吵得很熱鬧。

突然添了三張嘴，我們家兩個火爐上煮的飯就合在一起吃。飯是黃米飯，依稀能見到一粒白米。但外來的這三張嘴卻一樣的吃得很香。我們四個大人，嘴上臉上都沒顯山露水，但心裡卻都想著要忍一忍嘴，要不然，那三張嘴就填不飽了。

## 13

霧冬也就是在外莊做四天道場，我爸看不慣他奔命似的天天深夜往家裡趕。爸說，你個個夜裡沒命的往家奔做啥呢？道場不好好做，還想不想掙錢呢？一兩個晚上不在家就把活兒耽誤了？就不怕別人說你黃牛離不了尿桶？霧冬被罵得不好意思，咕噥說今晚不回來了就是。我爸說，催交款子了，你看看能不能幫我也借幾個錢回來。

霧冬咕噥說，外莊的錢也不是說借就能借的。

我爸把眼睛鼓到最大限度，把聲音也提到最高，說，你在外面做了這些年的道場了，連幾個錢都借不回來呀你?!

霧冬咬著嘴不作聲，我爸就說，今晚你可以回來，但一定得帶著錢回來！

我們儺賜人根本沒有夜生活，晚間的那頓飯吃過，弄一些家務活兒幹了，像爸這樣的抽一桿煙，不抽煙的，就都上床睡覺了。所以，一到天黑，我們儺賜就跟地獄一樣寂寞一樣黑暗。

我還是像往常一樣，習慣性地把一本課本拿在手裡，得了黃膽肝炎一樣的電燈泡發出要死不活的光，把課本也照成了一種病態的黃色。我看不進書，想一想我的未來。這個問題我一直在想，但這麼些年來我一直就沒想明白過。我無論怎麼絞盡腦汁，我的眼前都跟儺賜一樣濃霧重重。我看不到自己的未來。

秋秋來了過後，我隱約看到了未來的模樣。那就是像我爸或者像高山叔他們那樣，一輩子守在儺賜這個地方，和自己的兄弟共同守著一個女人，度一段畸形的人生。我知道我不喜歡這樣的未來，但我一時又不知道我是不是還可以有我喜歡的未來，所以我得想一想。

我爸來到我的睡房。我爸不懂得敲門的禮貌，突然聽到門響了一聲，他就站到了我床前。呆羊。他說。我看他一眼，重新把眼睛放回到書本上，希望找回剛才的那種雲裡霧裡沉浮的感覺。他又說，呆羊，霧冬回來沒？

秋秋忙在那邊說，爸，霧冬還沒回來哩。

我爸衝著我點點頭，好像剛才那句話是我對他說的。他說，霧冬回來了叫他過我那邊去，我等著他給我借錢來哩，這心裡毛得慌。

秋秋在那邊說，要得。

我爸白著眼看我一會兒，罵我一聲呆羊，走了。出了門也沒想起替我關上門。

秋秋在那邊問我，你在幹啥呀藍桐？

我說，我在看書。

一陣瑟瑟索索的聲音響過，秋秋的聲音逼得很近，你在看啥書啊？我把臉往隔牆湊近一些，就看到一隻眼睛正堵在隔牆縫上滴溜溜轉。我忍不住呵呵笑起來，說秋秋妳偷看我啊？眼睛不見了，那邊燈也亮了。秋秋說，這些縫是你摳的吧？我說，不是，原來就這樣呢。秋秋說，你說霧冬今晚會回來嗎？我說，會的。她說，我說他不會回來了，他借不到錢，不敢回來了。我說借不到錢他也要回來，他捨不得妳呀。秋秋說，明天我叫霧冬把這牆糊了。

我們就這麼衝著一道隔牆說著話，霧冬就回來了。

霧冬回來得很隱祕，他沒有喊人替他開門。他是用一把割草刀慢慢撥開了大門的門閂，悄悄進來的。一進睡房，他就拉滅了燈，還輕輕說，你們都別作聲。還神祕地要我也把燈關掉。秋秋說爸叫你過去，他等著要錢呢。霧冬悄悄的說，就是因為這個才不能作聲。他說，我沒有借到錢。秋秋說，那怎麼辦？爸說他等錢等得心裡發毛哩。霧冬不說話了，一些細微的聲音告訴我，霧冬在用另一種形式製造安靜。

可是爸卻突然過來了。

就像爸剛才一直在旁邊看著聽著，這會兒他的聲音突然就在黑暗中響起來了。

霧冬，借到錢了沒有？他喊。

隔壁屋子裡一陣慌亂的聲響，霧冬就開門出去了。門縫裡透進來一絲燈光。我爸說，你借的錢呢？霧冬說，爸，沒借著。爸說，是沒借還是沒借著？霧冬說，是沒借著，我借了好幾家呢，都說這陣往上面交的款子多，自個兒還得去借錢叻。爸說，媽的！爸和霧冬的聲音是兩個極端，爸的很高，霧冬的很低。爸又罵了一句，媽的！不知道他是在罵霧冬還是在罵不借錢給霧冬的人。突然響起一個驚人的聲音，像是椅子飛起來砸到了鍋，鍋又從火爐上掉下來，碎了。

霧冬喊，爸。

爸沉下聲來說，沒用！

# 第五章

## 14

霧終於變薄了，像紗一樣飄悠在人面前。雖然頭頂的還厚著，但畢竟鼻子跟前的薄了，人也就覺得呼吸要通暢多了。到了白日頭上到兩根竹竿高的時候，鼻子跟前那紗一樣的霧就飄到頭頂上去了，眼前就沒有霧了，連紗一樣的霧都沒有了。霧在頭頂上形成一個天頂，和地一起把我們儺賜人夾在一個不到一根竹竿高的縫裡。

秋秋說，這天地像一塊夾心餅，我們是餡兒。

秋秋說，只是這天氣，莊稼長不好。

我們儺賜的地很多，但都不愛出莊稼。所以我們得多耕多種。就是多耕多種，還得看老天高不高興讓我們多收一點兒。我們這裡的春天都比山外落後，別人的春天要完了，我們儺賜才趕著別人的春天的屁股開始我們的春天。但我們儺賜的秋天和冬天又比山外的提前，別人的夏天還只過了一半兒哩，我們的秋天就來到了。這樣，我們儺賜人就特別渴望乾旱。山外旱得苗都能點燃了，我們儺賜就能遇上一年好收成。但這樣的天氣不多，我們的苗因為春天來得晚，種下得也晚，出土也晚。還沒等它們全身都曬暖和，又到秋天了。它們就只好結一些像小老鼠一般大的包穀棒子，交了這一年的差。所以，要是我們不多種，拿什麼交公糧，又拿什麼填肚子啊？

秋秋說，我和霧冬的地，趕得上我們娘家三家人的地。

我說地多有什麼用，這地長不好莊稼，也不長人民幣。秋秋說，我們應該買一頭牛。秋秋看著旁邊的一頭正拉著四仔家的犁的黃牛，眼睛裡全是羨慕。

一個男人，趕著一頭牛，一個女人，把握著一把鋤頭，一個孩子，在地裡追蛐蛐。在秋秋看來，那可真是一道絕美的風景。

我說，這地方，有牛也沒用。

秋秋說，有牛，人就不這麼累了。

秋秋一說累，我就垮了。我不拉犁了，我一屁股坐在地上，眼睛竟然痠痠的有了想流淚的感覺。

四仔媽在一邊兒翻那些牛耕不到的邊角地，磨盤大的屁股朝著我們這邊一撅一撅的。我衝著她的屁股，卻對一邊駕著犁的陳風水喊，你們用牛耕出來的地能生人民幣嗎？四仔媽放下屁股，抬起臉來看我們，大著聲兒說，藍桐兄弟你喊個啥啦？我突然就後悔了，我想我為什麼要喊那麼一嗓子呢？我又不是瘋子。我把臉埋下去，去看一隻黑螞蟻艱難地爬行。

陳風水趕著他的牛來到了這邊，牛頭和人臉都衝著我了。陳風水抽空看了我一眼，說，藍桐上學把骨頭上懶了，不想幹活，就想著這地裡能長人民幣呢。說完自己呵呵直笑。四仔媽說，藍桐兄弟怎麼也該把學上完了，看你那樣子是骨頭還沒長硬啦。說過了，放下鋤頭到一邊地角上倒茶水喝。像牛一樣咕咚喝過了，又倒了一碗，問陳風水喝不喝。她把一滿碗茶水端過臉，朝陳風水晃晃，也不作聲。陳風水雖然正犁著地，可她一晃，他的眼睛就看到空中晃著的茶碗了。陳風水叫牛停下，兩手互相拍拍，咳嗽一聲，把黏痰吐掉。這樣，四仔媽就端著那碗茶水過去了，遞到他手上，看著他咕咚喝完了，接過碗，把碗拿回到地角邊去。

四仔手裡捏了好大一把蛐蛐，也跑到地角邊去喝水。一隻手忙喝水的事於他好像還不太勝任，捏著蛐蛐的那隻手上去幫忙，蛐蛐就趁機逃脫，滿地蹦。

秋秋看得忍不住呵呵笑起來，四仔就掉過臉來盯著秋秋看。四仔的眼睛很深，像井。這雙眼睛把秋秋身上的一種什麼東西吸走了，她打了個冷禁。我看到她臉都白了。她說，藍桐，四仔不像個娃。我認真看看四仔，覺得他還是個娃，就問秋秋，四仔不像個娃又像個啥？秋秋搖搖頭，說，他那眼睛，不像個娃。

陳風水和他的牛再一次朝著我們這邊拖著犁過來了，秋秋突然說好熱。

秋秋說著熱，就把外衣脫了下來。秋秋裡面穿的是一件火紅色的線衣，這一脫，我們全都感覺眼前突然冒出個太陽似的晃眼。對於我們，在這麼個霧氣沉沉的天氣裡，有這一團晃眼的紅，就多出了一份溫暖。可牛就不一樣了。牛似乎被這一團紅勾起了什麼往事。牛頻頻地朝秋秋看，不光看，還喘氣流白口水。我說秋秋那牛是流氓。秋秋呵呵笑起來，朝牛打過去一個土疙瘩。這一打，牛就憤怒了。四蹄一騰就朝著秋秋來了。它身上還掛著犁，但它拖著犁也來得一樣猛。我們還沒來得及眨眼睛，它就把秋秋摔上了天。秋秋落下來時，我才醒過來。剛醒過來的我也沒想個啥就抓住了牛的雙角，然後，我就被牛舉了起來。我巴在牠的臉上，牠看不清前面，就想扔掉我。這時候它已經瘋了，不管主人怎麼打牠怎麼拉了繩扯牠的鼻子，牠還是發誓要摔死我。我緊緊抓住牠的角，牠就一下一下瘋狂地摔我。我像牠手裡的一隻麻布口袋，被它扇幾下又摔幾下，終於給摔到天上，又落到了地上。牠的視線終於打開後，就再一次看到了秋秋。秋秋當時正在一邊拚命呼喊著我的名字一邊揮著鋤頭挖牛的肚子。但牛一直騰著四蹄在蹦，牛還鼓著一肚子的氣，還有可能是因為牛皮太皮實，秋秋的舉動並沒見傷著它。但牛卻沒有商量地認定秋秋是仇人了，牠再一次在人們無力抵擋的情況下把秋秋摔上了天。飛上天再落下來，是很快的事情。牛再一次把奇角對準秋秋頂來也是很快的事情，我也只好拿身體去擋牛角了。於是，我也有了第二次騰空和跌落。這時候，我的肚子上有了一個洞，看得見我的腸子在裡面顫抖。

牛是陳風水在牠頭上使勁砸了一鋤頭以後，白著眼傻傻地倒下的。牛是不是死了，人們當時都顧不上去關心了。我的肚子在冒血，像山泉一樣地冒。秋秋脫下自己的線衣包了我的肚子，又用鐮刀把外衣割成條把我的肚子紮起來。然後，陳風水把我抱起來，把我送到一個土醫生那裡，可土醫生聽說牛在我肚子上頂了個洞，就不敢接我了。這個人有一天突然在他家最顯眼的地方放一些藥瓶兒，說他能治病，有人真到他那兒買了些藥吃了，說是還真吃好了病。從此他就成了我們莊上的醫生。他說你們還是快些抬到集上去吧。集上就是我們的鎮上，但那裡離我們好遠。於是，這事兒很快就讓爸也知道了，爸叫上莊上的另外兩個男人追上了我們，把四仔媽和陳風水換下了。

還沒到集上，我已經昏迷了。

我的靈魂在身體裡睡到我被抬到集上的時候醒來。醒來後，飛到屋子上空，看著秋秋摟著我的頭哭得淚人兒一樣，我心裡一陣酸酸甜甜，身體就跟著醒了過來。

這個時候，霧冬也趕來了。他已經做完了小羊莊的道場，回到莊上聽到我的事兒就趕著來了。我想他看到秋秋摟著我的頭，肯定又要揍我了。可他居然沒有那樣做，他像看不到秋秋正摟著我一樣。他說，我們，把那牛殺了，給你補身子骨。這種話一般都是大人們用來哄小孩子的，霧冬跟我說得鄭重其事，我想笑，可剛一笑，肚子就鑽心的痛。我只得把笑忍住。

後來霧冬並沒能殺了那牛。牛的主人說，牛是個畜生，不懂事兒，眼睛看不得穿紅衣服的人。說十多年來跟他生活在一起，比他那病秧子兒子還讓他心痛，要是霧冬要殺了他就得把他也一起殺了。這些話是霧冬跟我說的，我當然不會相信。陳風水是村長，他的牛還沒有把我頂死，霧冬怎麼會去殺他的牛呢。

不過陳風水還是讓人比較滿意的，他不光負責了我的醫藥費，還把這牛借給我爸使了三天。

## 15

莊戶人不敢在醫院老待，我在鎮醫院待了四天，就回家了。傷口已經縫上了，我的腸子沒有漏出來的危險了，剩下的只是消個炎養個傷口的事兒。只是，我流了很多血，需要補血，我媽殺了我們家除了拖著十幾隻雞娃的老雞婆以外的所有雞，秋秋也殺了分給她的兩隻母雞。這些時間，我可是幸福死了，像坐月子一樣地吃，還有秋秋像痛兒子一樣的呵護。

霧冬對我也不再仇恨，甚至，秋秋對我的那般呵護他看在眼裡也不見嫉妒。但是，霧冬卻一直記著岩影詐奸秋秋的事兒，雖然秋秋說過他並沒有成功，但他心裡一直仇恨著。不過也無非只限於在心裡仇恨著，他也並沒有真像他說的那樣去揍岩影。那樣的話別人會說他是無理取鬧，要是因為這個岩影反過來揍他，他會連一個幫他說話的人都沒有。

那麼其他的懲罰總該有的。

霧冬坐在我的床前，像是跟我說又像是跟秋秋說，岩影大哥怎麼也不來關心一下？秋秋白他一眼，意思是不願聽他提起岩影。霧冬就閉了嘴，把眼睛看著牆壁做思考狀。我從他的半個臉上看到了他當時的思想，他在想藍桐是為秋秋受的傷，秋秋有一份兒是屬岩影的，他岩影沒有道理不湊點錢來意思意思。後來他轉過頭對我說，我得叫他出點錢來給你補身子。站起來要走，又說，不出錢，力氣也得出點兒對不對？他要去找岩影，腳跨出我的睡房門的時候他突然叫起來，對了，叫他把他的黑狗殺了，狗肉可是很能補身子的。

這個突然萌生的靈感使霧冬高興得臉都紅了，他用這張漲紅了的臉衝著我說，他一直把黑狗當他兒子哩，我去叫他殺了！

霧冬太高興了，他到外屋把這句話對秋秋重複了一遍，就真往岩影家去了。

秋秋一直看著霧冬走出院子，然後來問我，他真去叫岩影殺狗？

我說，他肯定去了。

秋秋說，你想吃黑狗的肉嗎？

我說，我不想吃，是他自己的主意。

秋秋說，狗跟人親，那黑狗多乖的狗哇，要是岩影真把它當兒子，那霧冬這樣做就太缺德了。

我說，霧冬是討好妳呢，妳去說一聲叫不要殺，就殺不成了。

秋秋就真去了。

剩下我一個人躺在家裡，我的心思就再一次開始亂飛。我的眼睛盯著屋頂的某一處，那裡隱約的就有了一隻狗的圖紋，黑色的，跟岩影的黑狗一模一樣，似乎扭頭看著我。我想看清它的表情，就把眼睛裡的力量加重一些，重得我的眼睛都有些痛了，它卻又不是黑狗了，成了一個心臟，紅色，能看得見裡面激烈的搏動，突然又聽到它搏動的聲音了，咚咚！咚咚！又突然，這聲音居然打擊著我的胸膛！這個時候，它開始迅速變大，如一座山，如一片天，後來如整個世界一般吞食了我。

我捂著被自己的幻覺擠壓得差一點死去的胸膛，感覺著它裡面慌亂的跳動，開始幻想秋秋那邊的情景。秋秋還沒見過管石頭，這一去肯定會碰上的。有可能是在見著黑狗之後，黑狗已經成了一具正在被人解剖的屍體讓秋秋傷心而赫然，而管石頭那半個像是剛塑好的泥胎給大雨澆爛了，又被潑上了一盆血水一樣的臉，突然從黑狗的屍體前抬起來，面對著秋秋，秋秋就該嚇得跳起來。我想，如果是這樣，秋秋也該回來了。

但是，秋秋很久才回來。

秋秋回來的時候，身上顯露出一種被侵略過的髒亂，還有一臉的驚懼殘痕。我問她怎麼了，她不說，只跑到自己的睡房裡去咽咽哭。我猜測她肯定遇到什麼事情了，那麼霧冬呢？我問她，霧冬呢，霧冬怎麼沒跟妳一起回來？秋秋哽哽咽咽回答我，霧冬給岩影買藥去了。我不明白怎麼憑空又有了一個岩影需要藥的細節，我敏感地認為有可能是岩影又做了什麼花樣謀劃。我抱著一動就痛得鑽心的肚子慢慢向秋秋接近，想問個明白，霧冬回來了。

霧冬帶回來一股十分躁動的氣流。他直奔秋秋，在一種旁若無人的狀態中把秋秋緊緊摟進懷裡，吧吧地親著秋秋的淚臉，喃喃地安慰著她。秋秋在他的撫慰下瞬間就把委屈化成了憤怒，她猛然推開他，把聲音變成刀子一樣尖利地問他，你咋現在才回來?!霧冬辯解，他娘的那土醫生沒在家，我去地裡找到他才買到了藥。又說，我去的時候管高山不在的，誰又會想到恰好那一陣他又回來了呢？

那天，霧冬把岩影那邊發生的事情說給我聽了。

他說他們並沒有殺了黑狗，因為岩影病了。岩影下面那東西腫成了一條爛蘿蔔，躺在床上起不來了。他說岩影都躺在床上兩天了，管高山整天瘋瘋癲癲，管石頭又是個白癡，沒有人管他吃過飯沒有。他說秋秋去了以後，他就叫秋秋做鍋飯給岩影吃，自己去買藥。他說，他走的時候專門看過了，管高山並不在家。岩影的家是從管高山的家裡分出來的，屋子連著管高山的屋子。他知道秋秋害怕管高山突然發瘋。但後來，正好在秋秋替岩影做好了飯以後，管高山就回來了。那個老瘋子！霧冬咬著牙說。

接下來，他變得有一句沒一句，很不願說，卻又因憤怒而渴望控訴。

那個老瘋子，竟然敢在秋秋身上耍瘋！霧冬說。

霧冬牙根兒出血，啪地吐出一泡血水，說，要不是岩影提了扁擔打，黑狗也上去咬他的屁股，他說不定今天就把秋秋給糟蹋了！

他說，秋秋都逃掉了他還追，要不是那會兒正好我趕了回來，把他拖回去打得半死，他肯定還會追著秋秋跑我家來哩！

他說，媽的！

## 16

我爸從外面回來時兩手空空。他什麼話也不說，徑直走到我媽面前，默默的把他身上所有的口袋都翻開來，讓我媽看。我媽知道他是什麼意思。一大早我媽就叫他出去想辦法找錢來交集資攤派的款子，因為我媽不讓他賣掉圈裡的豬。我爸翻口袋給我媽看時，眼睛是圓的，兩個眼球像太陽一樣光芒如炬。翻完了口袋，他就朝著豬圈走去。我媽知道他要做什麼，她趕在他前面跑到豬圈門前，像衛兵一樣守護著她心愛的豬。

我爸看看她，掉轉了頭。我媽以為他放棄了，正愣眼，他又回來了。他手裡多了一條麻繩，這條麻繩說明他不但沒有放棄，而且賣豬的意志更堅決了。

我媽把臉拉得很長，說，你就不知道再去想想其他辦法？

我爸突然暴躁地喊道，我怎麼沒想辦法？我頭都想爛了怎麼沒想辦法？妳以為那辦法好想妳怎麼不想想？妳能妳就把我要替妳交的那半份錢給我吧？

我媽咬著嘴唇恨著眼罵他，你良心餵狗了！

我爸說，我良心餵狗了，我把腸肝肺都餵狗了！

我媽臉一橫，把背貼到豬圈門上，做出一副誓死也要保衛她的豬的樣子。豬才剛吃過，肚子不餓的豬也會對人的生活產生好奇，它把粉紅的嘴從牆板的縫裡伸出來，癡癡地聽我爸和我媽吵架。

我爸看著從牆板縫裡伸出來的豬嘴說，妳以為我捨得賣豬啊？他說，可眼下借不到錢，我也是沒辦法呀。他說，藍桐娶媳婦兒借的那筆高利貸，還沒還哩，去年交村建費時借的那筆高利貸現在都長到一頭牛的錢了。那高利貸是什麼東西啊？是比草都長得快的東西啊，妳還讓我去借高利貸啊？妳不記得那年被放高利貸的人來抄家牽豬的事了？我爸這麼數落著，就越數越生氣。到後來，他也不跟我媽囉嗦了，要強行牽豬。我媽一急就長著嗓子叫秋秋，秋秋妳還不來幫幫我，妳爸要賣豬哩！可爸也跟著衝秋秋喊，秋秋妳要是敢攔我我就把那些高利貸全套到妳和霧冬頭上去。到頭來，秋秋不知道幫誰才好，只好白癡一樣站在一邊眼巴巴地看。

我爸把媽拖開，強行打開了豬圈門。

我媽沒拗過我爸，紅著眼站一邊抹淚。

這件事一直被秋秋看在眼裡，當我爸往豬身上套繩子時，秋秋就拿了她手裡所有的錢去給我爸。這些錢裡有她出嫁時哭嫁哭來的，有霧冬前兩天做道場做來的，還有她做姑娘時從指甲縫裡節省下來的。總共也就是兩百三十二塊錢。秋秋說，爸，這些錢你拿去吧。這豬就別賣了，我媽難過叻。我爸回頭看著秋秋手裡那些新新舊舊的錢票，臉上有過兩秒鐘的迷茫。被他摟在面前的豬這個時候用牠的長嘴在他臉上觸了一下，那冰濕的一吻讓他醒了過來，打一巴掌豬頭，他說，妳把這錢借給我們了，你們拿啥去交？秋秋說，我們不是就交霧冬那一份嗎？我叫霧冬去借。那一陣，我媽竟然就以為這事情有了救，以為她的豬可以逃脫了。她呼嚕吸了把鼻涕，手都扶上豬圈門了，意思是等我爸一出來，她就關上門。這樣，豬就保險了。

她沒有想到秋秋的錢也沒能救得了她的豬。我爸不要秋秋的錢，我爸說，妳這些錢抵不了事，我借了妳這些錢也得賣豬才行。秋秋不明白。我爸就耐心的跟秋秋解釋，眼前我們不光是要交集資攤派款，我還想還一點高利貸。還一點少一點，妳是不知道，那高利貸可不得了，再過兩個月不去還，那債就該長成兩頭大肥豬了。

我爸沒接秋秋的錢，他早在回來前已經找好了買主，他牽了豬去就能拿到錢。他還打算把豬賣了就直接奔集上去還一點兒高利貸。在他心裡，這筆像草一樣見風就往上竄的高利貸就跟一團火一樣，早一天掐掉一點就能讓他心裡少燒灼一會兒。

他就這樣從我媽的眼皮底下牽走了豬，但晚上回來後，他還是找秋秋借了一百五十塊錢。他說豬賣了但交款子還差一百五十塊。

晚上，秋秋坐在火爐上發了一會兒呆，然後問霧冬，我們是不是也去買個豬仔來餵？霧冬把眼睛迷起來，似乎讓思想跑去很遠的地方走了一遭才回來。他說，忙什麼啊。秋秋說，分了家，我們就該像個家一樣了，得養個豬什麼的，像今天這樣急著要交個款子啥的……霧冬截住她的話說，要買也不是現在。霧冬說這話時看了我一眼，眼神一閃即過，卻讓我看到了他心底的那份難堪和悵然。秋秋說，買豬仔你也要看個黃道吉日啊？霧冬說，得等我們有了娃，等你懷上了我的娃。秋秋捂著嘴左右找人，這個說法太好笑，她想找個人分享。她家的火爐上除了她和霧冬，就只有我。於是她就看著我笑起來，意思明擺著要我跟她分享這份快樂。她一邊笑著一邊說，沒見過這種人吧？我不好回答她，霧冬說的是一個非常嚴肅的事實，我們三兄弟共娶了秋秋，今後，秋秋先懷上了誰的娃，就先跟誰過一年半的安定日子，只有有了安定日子，才有條件養豬。所以，霧冬前面的那些話，在我和霧冬看來沒有一點好笑的地方。如果要笑，那也只能是苦笑，像她這麼愉悅是不可能的。我當然笑不出來。我甚至因為霧冬正在黃下去的臉膛而變得心裡發痠發痛。可是秋秋不知道這個事實，她以為霧冬古怪，古怪得好笑。

秋秋在我這裡掃了興，乾脆自己給自己找臺階，打了一下霧冬，訕訕地說，沒聽說過你這種人。看秋秋那樣子，霧冬臉上扭曲著一些複雜的表情。他說，我們睡去吧。秋秋說，早著啦，誰這會兒就睡了？霧冬說，妳不是想餵豬仔嗎？秋秋大概覺得霧冬古怪得有些過分了，讓她有些害怕了，她黃了臉，說，你腦子有問題啊，這下睡覺跟餵豬仔有啥關係啊？霧冬忙故意扯出一臉的笑，說，我們有了娃，就可以餵豬仔了啊。秋秋白了一眼旁邊的我，拿一張黑臉去衝著霧冬。霧冬笑得臉皮發僵，貼的面具一樣，但還是笑著，說，跟妳說著玩呢，我是怕妳累著了，妳真要買豬仔，等下個月去買一隻來就是。秋秋這才緩過臉色來，嗔聲嗔氣地說，以後說話可別顛三倒四的了。霧冬滿口答應，然後就拉秋秋進睡房。

# 第六章

## 17

一大清早起來，秋秋就驚叫，哎呀，我們住到天上來了！原來是霧突然掉了腳底下了。頭頂是藍藍的天空，腳底是如雪毯如雲被一樣的霧，秋秋還從來見過這樣的景緻。霧冬說，妳今早上把飯做好一點，燒上一鍋香噴噴的油茶，我們請王母姑姑來吃飯啦。秋秋咯咯咯笑出一串兒，說，是哪個王母姑姑啊？天老爺可娶了四個女人呀。霧冬說，哪個最管事兒就請哪個，等我去打聽打聽。秋秋就又笑出一串泉水叮咚來。

我媽在那邊喊，秋秋，妳幫著媽煮一下豬食，我下會兒地，我們的飯我自個兒回來做。秋秋這邊歡歡的說，媽，妳去吧，我馬上過來。

爸又喊，霧冬，霧冬，跟我們下地。

霧冬嘴裡咕噥了一聲，又跟秋秋說，妳看著，我們騰著雲去下地。

說著話霧冬已經趕著往爸媽的屁股後面攆去了，留下秋秋一個人呆呆地看著腳下厚厚的一層霧。

霧，像厚厚的雪，又像輕盈的棉，更像是駕仙的雲。霧平平展展鋪在腳下，秋秋一走，它就輕輕浪動，秋秋天真得像個娃娃一樣衝我喊，藍桐，出來看駕雲啊。

又喊，哎呀，太陽變紅了！這霧怎麼這麼多顏色啊！藍桐你快出來看啦！

我沒有立刻出來，但我能想像得出秋秋看到的情景。算算時間，我們儺賜的春天應該在這個時候開始了。每年，春天開始的時候，儺賜就會出現一種奇幻的霧境。白太陽變成了紅太陽，陽光照下來，能把霧變成一層紫色，一層藍色，一層金黃色，很美很美。

這樣別異的景緻，秋秋一定要找一個人同她分享。她要來拉我去看。她很著急，說要是霧冬在就好，霧冬可以把你抱出去看。我的肚子動起來還很痛，而且這樣情景我們也見得多，但看她是真高興真激動，我不想掃她的興。我讓她扶我起來，跟她一起去看。

跟著秋秋來到清明的天空下，我頓時感覺到一種從心到腦的快暢。暖融融的粉色陽光灑下來，在空氣中彌漫著一種馨香。似乎，還因為這樣的天空下站著秋秋，陽光比往日更溫暖了，空氣也比往日更清新了，腳下，那一層一層奇幻的美景也更美麗了。這個時候的秋秋，在我的心裡注入了一種以前不曾有過的感動。

秋秋扶著我，我和她是零距離接觸。我比秋秋高出半個頭，我的手臂挽著她的手臂，手就恰好貼著她的乳房。我感覺到一種綿軟和溫熱，從我的手臂流進去，流遍全身，讓我整個人從頭到腳地溫暖。在這種溫暖中，我感覺自己是一片正在融化的雪花。我看到自己漸漸化掉花瓣，最後化成一個水珠。這個水珠最後成了我的眼淚，掛在我的眼角，被秋秋捕捉到了。

秋秋說，藍桐你怎麼哭了？

我說，我化了。

秋秋愣了一下，最後還是決定對我的神神叨叨見怪不怪。她說，你以前也沒見過這麼好看的霧嗎？

我說，見過，每年都能見到這樣的霧。

秋秋說，往年不是這樣的嗎？

我說，我想曬曬太陽，秋秋妳替我把椅子拿出來好嗎？

秋秋真替我從屋裡搬來一張竹躺椅，讓我躺在暖暖的太陽底下。我說，秋秋妳這會兒別走開，我給妳講講這霧和桐花節吧。秋秋就真端了個小板凳坐到我旁邊，像個聽話的小學生一樣支楞著耳朵聽我往下講。

我說，這霧哪一天變成五顏六色，就說明春天已經走進我們儺賜來了。不到兩天後，我們儺賜滿山遍野就會開滿桐花。

我說，山外的春天是從杏花桃花李花開始的，油菜花開在中間，接著才是桐花。桐花開過就是夏天了。我們儺賜的春天減去了前面那些程序，乾脆那些樹在這兒就不開花了，直接從桐花開始進入春天。桐花開齊了的時候，是我們儺賜最美麗的時候。

我說，那幾天裡，儺賜的天空亮得沒法兒說，空氣香得也沒法兒說。

我說，儺賜人把一年中的四月十二和十三叫做桐花節，完全是儺賜人才過的節日。因為儺賜的歷史上有一個「桐花姑姑」。據說在很久遠的一天晚上，一個不叫儺賜的村莊，突然遭遇了一場大火。隨著大火而來的還有一群手持刀槍的人，他們借大火的掩護瘋狂地殺人。整個莊上的男女老少，弱的沒能逃出火的魔爪，被火燒死了，從火中逃出來的，又被入侵者的刀槍刺穿了胸膛。這場大火過後，村莊沒有了，逃出來的只有四個人。這四個人中有三個男人，他們都不同程度地受了傷殘，另外一個就是十八歲的姑娘桐花。他們四個人在通往深山的一條打柴路上相遇，然後結伴逃進深山，在後來被他們起名叫儺賜的這個地方住了下來。

據說逃難前的那個白天，桐花在地裡清撿採收時落在地裡的黃豆角。桐花把撿來的黃豆角剝了，把黃豆放在一個小布口袋裡。桐花回家的時候，斜掛在自己身上的小布口袋已經裝得滿滿的了。回家的路上她跟結伴的姐妹一起去了別人家，大火起來時她正挎上小布包準備回家，逃難時這個還沒來得及放下的黃豆口袋就被她帶出來了。這一包黃豆不多，但桐花分一部分搗爛，用山泉水調成豆漿分給三個男人喝下，以助調理傷勢。另一部分她種到地裡，成了他們後來賴以生存的糧食。

為了重新拯救他們的村莊，桐花自覺地跟了這三個男人，做了他們的妻子，為這三個男人生下了很多兒女，從此繁衍了後來的儺賜莊。據說這三個男人和桐花住下來以後，這深山溝裡突然就長出了一片又一片的油桐樹，油桐樹長出果來供他們榨油點燈。後來又被他們帶出山外換取鹽和布匹。

後來，桐花就被儺賜人稱作「桐花姑姑」，被儺賜人當成神娘，每一年定在四月十二這天，桐花開得最燦爛的時候，儺賜人都要集體焚香唱戲撒黃豆來祭奠她。

我沒有說，從此，儺賜人就延習了一個兩三個男人共同娶一個女人的風俗。

我跳過這一說，去說節日。

我說，十二那天，全儺賜的人都穿上自己的盛裝，聚集到灘上去。那灘，是儺賜春天和夏天發山洪沖出來的，在還沒發山洪之前，它沒有爛泥，潤潤的鋪著一層淺草。這淺草有年前死去的乾草，有幾天前才悄悄冒出來的新草。儺賜人就坐在上面，男人坐一堆，女人坐一堆，祭奠「桐花姑姑」的儀式完了以後，就唱一天的情歌。不管老少都唱，唱完一首，女人就把事先炒好的黃豆兒往男人堆裡撒，男人就跟一群雞一樣激動著滿地找炒黃豆吃。十三那天，還是全莊人都聚集在那裡，女人圍成一圈兒，看男人們打竹雞蛋比賽。有時候，也會唱上一壇儺戲，或者玩上一回高腳獅子。

秋秋就掐著手指算日子，今天是四月初八，還有四天了。她說。

秋秋被這個就要臨近的桐花節激動著，嘴裡哼出的歌就更動聽了。忘了告訴你們，秋秋有個習慣，只要心情不是很糟，在做家務的時候就會一邊做一邊哼歌。哼著哼著的她會不經意地大聲唱起來。秋秋唱的歌都是從山外傳過來的流行歌子，秋秋的嗓音又泉水叮咚那般清脆，所以我們一家人都愛聽她哼歌。如果我爸我媽從地裡回來正碰上秋秋哼歌子，爸和媽會有意識的把動靜弄得小一些。

我說，我教你唱我們的山歌子吧。她馬上就起來了極大的興趣，歡歡兒的說你等我去架一把柴在豬灶裡來啊。說著就癲癲兒的去了。我看著秋秋的背影，心痛地想，要是秋秋的腿沒有殘疾，那她跑起來該是多好看啊。

我正想，我該教她唱哪一首山歌子呢，秋秋在那邊喊我。藍桐，黑狗拉我，是啥意思啊？喊著，就看她往我這邊走來，而岩影的黑狗攆著她，不住地拿嘴咬著她的褲腿往外拖。秋秋說，你看它是啥意思啊？秋秋的臉上有很多疑惑，也有預感到不祥的恐懼。她說，是不是岩影有事？

我也感覺到一件非同尋常的事情正在降臨，我說，妳快去看看吧秋秋。秋秋說，我害怕。我知道秋秋害怕管高山，還害怕遇到她心裡那個不敢說出來的預測。我說這個時候高山叔在地裡，一定是岩影大哥找妳有事。我又分析說，肯定不是什麼嚇人的事，因為黑狗肯定是岩影叫牠來的，還專門叫牠來找妳。

秋秋說，還是等霧冬回來了後再去看吧。

我想了想，覺得這樣也行。

但是黑狗一個勁兒咬著秋秋的褲管兒拖，秋秋衝黑狗發火，黑狗也不管，白著一雙眼，喉嚨裡還發出嗚嗚的聲音。秋秋的臉色開始發青，她哀求黑狗，放了我吧，我去地裡叫霧冬，讓霧冬跟你去。黑狗放開了嘴，卻嗚嗚跑來咬我的褲子。我們還從來沒看到黑狗做個類似的事情，牠讓我和秋秋都有些害怕了。我和秋秋妳看著我，我看著妳，任黑狗在我們之間跑來跑去咬著我們的褲子。後來，我突然決定跟秋秋走一趟岩影家。秋秋說你走不動啊。可我卻發現我的肚子那兒不存在痛感了。我奇怪地摸摸傷口那兒，摸到一種麻木的感覺。我說，不痛了，我能走了。秋秋也很奇怪，但我們都沒心思去想這些事情。岩影正生著病，會不會是岩影要死了，臨死前想見見秋秋呢？這是我的想法。

我們心驚膽顫的被黑狗領到岩影的屋裡，岩影果真就是如我們想像的那樣，快要死了。岩影聽到我們喚他，把下身指給我們看。秋秋不敢看，偏過頭，卻又忍不住偷偷往那裡瞟。他說，血，你們看，血。岩影指的那地方，果真就有一片黑紅色。岩影說，我不行了，霧冬給我買的藥吃了沒用。剛才，我在迷糊中，一個臉上蒙著黑布的老婆婆跟我說，我這病是因心裡渴想一個女人引起的，必須用這個女人的奶水或者血擦洗，我才能好起來，要不，我就只有死路一條了。

緊挨我站著的秋秋讓我聽到了她惶恐的心跳聲，我能想像得到她的胸膛裡有幾隻被憋得要死過去的老鼠在想著逃出來透氣。

岩影說，我這病是自那回我不檢點後得的。那回我發現我不行了，回來後，我老想著它為啥就不行了，如果真不行了，那我以後怎麼辦啦？秋秋妳聽我說，我們這種光棍漢，平時想個女人我們也不覺得那可恥。可妳說這回我怎麼就得了這可恥的怪病呢？

秋秋一直背對著他，完全是看他可憐不得不聽。岩影說著說著的還哭了起來，哭聲像在吃麵條兒。他說，我想，那個仙婆婆說的我渴想女人得病，那女人不就是妳嗎？妳要是願意救我，就給我點血，要是不願意，妳就走吧，就讓我死了吧。這回，他的哭聲變成嗚嗚聲了。秋秋一直站著不動，不說願意獻血，也不說讓他死。岩影就號啕起來，哭聲裡全是絕望。

岩影除了臉上的皮能動以外，好像其他什麼地方都不能動。他那麼僵硬地仰躺著，把一臉的慘白擠成一堆，讓喉嚨裡乾乾的哭聲從張大的嘴巴中衝出來。

我想勸勸秋秋幫他，但秋秋卻在我剛剛產生這個念頭的時候走出了岩影的屋，在岩影絕望的哭聲中，用岩影的菜刀劃開了自己的食指肚，讓鮮豔的血一滴一滴落進一只小碗裡。血在往下滾落，淚也在往下滾落。秋秋這時候的哭很複雜，不是單純的哭自己，也不是單純的哭岩影。所以，她的哭沒有聲音。

岩影不哭了，以為秋秋已經走了，他絕望得喉嚨裡已經發不出一個聲音。

秋秋的傷口不流血了，滲出的一個血珠把傷口包住了。秋秋看碗裡的血太少，就捏了手指頭往外擠。血又開始流了，比剛才還流得快。直到手指頭被擠得慘白白的了，秋秋才停下了。秋秋把碗裡的血端到岩影的床前，看著碗裡的血說，大哥，這裡是我的血，你用吧。說過了，她出門，在外屋等我。

我替岩影塗了秋秋的鮮血，肚子上的傷口突然就痛起來了，火辣辣的。

於是，我讓秋秋扶著我，慢慢回家。

那時候，腳底下的霧又多了一層鵝黃色。

## 18

秋秋被選作這個桐花節的「桐花姑姑」。

這個消息是霧冬帶回來的。我們莊上每年都要有一個「桐花姑姑」，這個人一定要年輕漂亮。倒不是說她得傾國傾城，但必須得是我們莊上最漂亮的一個女人。前幾年一直是莊上的一個姑娘擔此重任，今年那姑娘嫁了，莊上人就看上秋秋了。

秋秋很驚喜，但又很自卑。她說，我這樣子，行嗎？

我們都知道秋秋說的是什麼。我搶先給她打氣，怎麼不行啊，妳比我們歷年來的「桐花姑姑」都漂亮。

秋秋的底氣還是不足，去看我媽，看霧冬。他們就把鼓勵和肯定融進微笑裡，不住地點頭。秋秋沒去看爸，但爸也要說話，因為他也高興。爸說，那「桐花姑姑」是神，在戲裡不跳也不舞，往那兒一站就行了，妳咋不行？又說，妳媽過來也扮過一回呢。

秋秋就纏著要媽教她如何扮演「桐花姑姑」。

媽笑著用下巴指示霧冬，你跟她說吧。

霧冬開心得一口牙全露了出來，說，抽時間我教妳。

秋秋就被這個即將來臨的桐花節激動得臉色發粉。

當然，桐花節的臨近不只有秋秋一個人才興奮，這兩天，我爸我媽臉上也總發著光，眼睛從來都瞇著，嘴角從來都往上翹著。我媽給秋秋量了身材，要為秋秋做一件桐花節的盛裝。秋秋要去參加儺賜人的桐花節了，就得穿一身儺賜人的衣服去。

我媽還要教秋秋唱儺賜人的山歌子，她說秋秋的喉嚨好，學會了，到時候唱死別人去。秋秋也高興學，就坐到我媽面前，乖乖的聽我媽教。

我媽沒當過教師，教歌不得要領。抑或她歌唱的興奮多了一些，自個兒就把一段唱出來了。

一進堂屋四角方，三排板凳四排亮。

三排板凳四排坐，坐的都是唱歌郎。

一邊坐著的爸聽到這一段兒，也興奮起來，好像這時候他是個小夥子，他正跟他心儀的小女人對歌。他也唱：

一進堂屋看四方，抬頭不見唱歌娘。
見不著我的唱歌妹喲，抹抹眼淚想回程。

我媽還要接著唱，秋秋忙打住他們，說，你們這樣要唱到啥時候啊，我一句都記不住啊。又說，我看調子都是一個樣，媽先教我唱一段兒，其他的把句子讓我記著就得了。

我媽呵呵笑起來，說，那我認真教啊？

說著，正二八經清清嗓，一句一句教起來。教兩句，又呵呵笑，做教師的感覺讓她變得跟年輕人一樣愛笑了。

這晚，我們家像提前過起了桐花節，老老小小的都在唱。我爸還提前砍了竹，破好了篾條。這晚，我爸就坐在火爐上一邊聽我媽教秋秋唱山歌一邊編竹雞蛋。

竹雞蛋並不像真雞蛋那麼容易碎，它還有個名字叫篾球。但是，我們儺賜人每年過完了桐花節，就把剛玩過的竹雞蛋丟了，也把它忘了，來年要過桐花節了，再編新的。在對待竹雞蛋這個問題上，我們儺賜人最是喜新忘舊了。

我爸似乎有些嫉妒我媽這陣擔任的角色，秋秋被選作扮演「桐花姑姑」的榮譽在他心裡也多出一份感動，他也想多跟秋秋近乎近乎。他說秋秋啊，你還不曉得這篾球的來歷吧？秋秋說，不曉得。爸說，「桐花姑姑」那個傳說妳曉得吧？當時，「桐花姑姑」已經決定做這三個男人的女人了，但又不知道先跟誰好。正好看到地上有一根篾絲，她就用這根篾絲編了這樣一個球。然後，她要三個男人玩這個球，誰玩得最好，誰第一個跟她進洞房。後來，我們儺賜的小夥子到了娶女人的年齡，就三兩個約了，看準一個姑娘，就去她面前打篾球，唱山歌，姑娘就跟「桐花姑姑」一樣選人。

秋秋咯咯咯笑起來，說霧冬怎麼沒去打篾球給我看啊？

爸說，那是很多年前，現在，儺賜好多的風俗都沒有了。

秋秋又笑，說，現在都不用三個男的娶一個姑娘了，還用這篾雞蛋做啥？

爸和媽互相白了一眼，把頭埋下去，不跟秋秋搭訕。

情形一下子就變得不如先前諧和了，正好看到霧冬回來了，秋秋把他拉到靠我一邊兒的角落裡說話。霧冬卻並沒有把聲音壓到她滿意的程度，他說，好了，全消腫了，也不流血了。這樣的聲音在場的只要耳朵沒失聰都能聽到，秋秋白著眼把霧冬的衣袖扯了扯，還看我一眼，意思是沒見過這麼讓人掃興難堪的人。霧冬這回卻是一丁點都不想壓抑了他的聲音，他像平常說話那樣，讓聲音變得舒舒暢暢吐出來。我哄妳做啥呀！跟妳說吧，有些病靠藥就是不行，得靠我們道士。

既然這樣，秋秋的苦心經營只能宣告失敗。

我爸問，啥事啦，還遮遮掩掩的？

這話裡有責怪秋秋的意思了，秋秋臉上起了尷尬，也起了幸災樂禍。她飛給我的一個眼神裡說，看他怎麼跟爸媽說這件事兒。

霧冬沒覺得難以啟齒，他說，岩影大哥生了點病，我幫他治好了。

我媽忙問，岩影得了個啥病？

我爸搶過去說，能是啥病？連我們霧冬都能治好的病能是啥病，不是發痧就是哪兒生了個毒瘡。沒聽說消了腫，不流血了嗎？我爸這麼說著，把玩著剛編完的篾雞蛋呵呵直笑。

我媽也笑，說，就是啊，霧冬要是能治病哪也能當醫生了啊？

秋秋趁火打劫，也跟著呵呵笑。

霧冬有些掛不住臉了，說你們笑過啥呀，岩影大哥那病可不是簡單的病，不治就要死人的。我媽的臉一下就黃了，擰著眉頭盯著霧冬。隨後，我爸和秋秋也都把霧冬緊緊盯著。霧冬並不害怕這種陣容，說到底他這個時候就是一門心思想炫耀一下。他臉皮因得意而流光溢彩，他說，是我求得儺婆婆去給他說了藥方，又是我用咒語叫黑狗去找到了能給他藥方的人，岩影才得救的。

秋秋突然跳了一下，然後，我就看到她臉上起了好多雞皮疙瘩。

## 19

好像是接到了什麼命令一樣，四月十二這天，霧全部撤走了。而我們儺賜，成了桐花的世界！就像上天一直用霧把這麼個美麗的世界遮掩著，到了這天，上天才揭開霧罩，讓我們看到了這一世界絕美的桐花！

滿莊子都是興奮的聲音，滿莊子都是炒黃豆的香味兒。

我媽炒黃豆，秋秋也炒黃豆。我爸和霧冬，大清早起來就扯著嗓子唱山歌，意在練練嗓，過會兒到了灘上好大顯身手。

草草的吃了早飯，穿上盛裝，就全往灘上去了。

儺賜人的盛裝，男人跟女人都是黑色。衣服的肩背處環了一圈兒紅色花邊兒，袖口處也環一圈兒花邊兒。褲子一律是桶口粗的直筒，在褲腳處也環一圈兒花邊兒。這些花邊兒是儺賜女人平常抽時間專門繡的，全用粉色和紅色絲線，圖案是清一色的桐花。不同的地方，只在於男人的衣服對襟，女人的衣服斜襟。男人在頭上纏一根黑色絲帕，女人則只在耳鬢邊插一兩朵桐花。這一種服裝屬哪一個民族，儺賜人不知道。一代一代的祖輩，只告訴儺賜人要過桐花節，過桐花節的時候要穿這樣一身盛裝，但並沒有告訴過我們是什麼民族。就是說，儺賜人不知道自己是什麼族。

我們儺賜人，全住在坡上。你家住一個山坡，我家住一個山坡。這天，在熱熱鬧鬧的粉色中，各個山坡上都有幾個黑色的人往坡下走。往遠處看，這些著盛裝的儺賜人就像花海中鑽出來的黑魚。這些黑魚一路高著嗓門唱著，往坡下的灘上去，去慶祝儺賜一年中最美麗的日子。

我們一家五口人，像一群紅頸烏鴉出了窩，在爸和霧冬還有秋秋的喧鬧聲中往灘下進發。秋秋著這一身盛裝，粉臉由粉花襯著，平常的那一身美麗中又多出一份神祕優雅。她就像我們這一群紅頸烏鴉中脫穎出來的精靈，使得我們腳下的山坡比別處多了很多靈氣。又因為她今天是「桐花姑姑」的扮演者，我們身邊還多出了一份神祕和莊嚴。

聽著爸和霧冬還有秋秋都放開嗓門兒吼，我也想吼一嗓子，但我怕把肚子掙開了，就忍著。我媽也高興，但我媽不習慣大著嗓門兒像獅子一樣吼。聽著大家吼，她就瞇瞇笑，偶爾笑出個聲來。

霧冬帶著他演儺戲的家什，他說今年莊上除了要唱祭「桐花姑姑」以外還準備了一場儺戲和一場高腳獅子。第一天，敬完了「桐花姑姑」就唱山歌，唱完山歌就唱儺戲，第二天，先打篾球，再玩高腳獅子。

我跟秋秋說，妳運氣真好，一嫁過來就不光成了「桐花姑姑」，還看到了我們儺賜最氣派的桐花節了。

秋秋臉上毫不保留地溢滿了自豪。

「桐花姑姑」許多年來一直倍受我們儺賜人的尊重，秋秋明白。

我們儺賜莊，全聚集在一起，也只有三百多一點兒的人，但我們湊在一起時卻像是有上千人湊在一起一樣的熱鬧。我們吼，是吼給太陽聽的。我們唱，是唱給雲朵聽的。我們樂，是樂給天老爺看的。我們感謝太陽終於趕走了霧障，給了我們一世界桐花。我們祈求我們的「桐花姑姑」每年都給我們一個晴朗的桐花節。

我們全聚集在灘上。我們被一世界的桐花包圍著，被一世界的粉色包圍著。我們頭頂上是藍藍的天空，是白白的雲朵，是炫目的陽光。我們的心裡清清朗朗，是一年中最空曠最舒暢的時候。我們，開始過節了！

男人和女人，自覺分兩邊坐下，在草灘上形成一個對陣。陣地上，齊刷刷長出一排向日葵一樣的笑臉。笑臉上大大小小的月牙，在太陽下閃著炫目的白光。

一聲鑼響，人們全把嘴閉上，弄一副很嚴肅的表情在臉上，靜靜地等待即將開始的戲。又一聲鼓響，只看見一道紅光閃過，霧冬舞著的一件鮮紅色長袍出來，舞出一股紅色旋風。接著，鼓聲鑼聲，像雨點一樣密集起來。我們，全儺賜莊的人，嘴裡同時呼呼哇哇叫起來，跑起來，而霧冬，把長袍舞成火焰，把手中的劍舞成魔鬼的爪子。等到鼓聲和鑼聲漸漸輕下來，我們，全五體投地，表示我們已經不見了，已經被這場從天而降的災難消滅了。後來，在另一邊有三個男人慢慢的爬了起來，接著又有一個姑娘站了起來。這站起來的三個男人，每年都是有規定的。今年定的是我，霧冬還有岩影。這一個姑娘是每年的「桐花姑姑」，今年是秋秋。不知道是巧合還是因為「桐花姑姑」是秋秋才有意這麼定的。現實中，我們是秋秋的三個男人，戲裡，我們也是秋秋的三個男人。

我們三個男人，張望四周，看到蒼涼荒蕪一片，就抱成一團哭起來。這時候，秋秋走上前來了。秋秋身上斜挎著一隻小布口袋，口袋裡裝著黃豆。看起來，秋秋很想把路走好，儘量讓自己不要像平常那麼瘸。但是因為心裡緊張或者是激動，她比平時還走得更差。不過，沒有人在意她的路走得怎麼樣，這個時候她是「桐花姑姑」，她是儺賜人心中的神。秋秋一瘸一瘸來到我們面前，把口袋裡的黃豆一人抓了一把給我們。然後，秋秋就拿出一個毽球來，我們三個就開始假裝踢毽球。然後，秋秋要點她的第一個男人了。秋秋拉了霧冬到一邊生起一堆火。火焰升起來，下面伏著的小孩子就起來幾個。秋秋拉了我到一邊生了一堆火，下面伏著的小孩子又起來幾個。到她跟岩影生火的時候，下面的人就全起來了，他們將代表「桐花姑姑」和她三個男人的後代。

人們沸水一樣呼呼啦啦站起來，又啊哈啊哈跳了起來。全莊子人，手拉著手，轉著圈兒跳啊唱啊，歡慶我們民族的再生。

霧冬換下紅袍又穿上了他的黑袍，在「桐花姑姑」的面前點起了三柱紅色的高香。歡鬧的人們就歇下來，對著這三柱高香，對著他們的「桐花姑姑」一次又一次地磕頭。到了差不多的時候，「桐花姑姑」把手指向了一棵早被莊上人定下的桐樹。那是一棵就近的開得非常繁茂的桐樹。人們在「桐花姑姑」的指引下，神情莊重地走向那棵樹，折下一枝桐花，這枝桐花帶回去，就能帶回去一年的平安一年的幸福美滿。

到此，這個戲也就完了。不管怎麼看，這戲都太表面太形式。但儺賜人做起來卻是那麼莊嚴那麼不容輕眼。

接下來，就是自由的輕快的了，沒有一個儀式開始前的正經的主持，也沒有故作的扭妮。陣勢一擺開，就有年輕的搶著站起來，亮開嗓門兒唱山歌。山歌來得乾脆，吼得也響亮，山裡人的慶祝活動就跟山裡的人和山裡的風一樣直接一樣樸實。

男：今天是個豔陽天，整天想妹心不安。
　　喝茶吃飯想著妳，眼淚落在碗中間。
女：馬兒吃草在溝邊，妹妹想哥淚漣漣。
　　吃茶吃飯想到妳，哥哥掛在妹心間。

當一個人的嗓門亮開，其他人的嗓門就開始發癢。於是，等這一個的歌子剛剛唱完，那一個又亮開了嗓門兒。霧冬搶在別人後面站起身，眼睛看著對面的秋秋唱了起來：

情妹長得像枝花，如同後園白菜芽。
白菜長大來配碗，情妹長大配哥家。
情妹長得白生生，細眉細眼像觀音。
妹是觀音當堂坐，哥是繡球滾上身。

秋秋接過來唱道：

太陽出來明又明，照著哥家大財門。
財門上面貼門神，門神上是守門人。
太陽出來亮堂堂，照在哥家田坎上。
田埂彎彎堵田水，哥妹相會對成雙。

秋秋的聲音像百靈，一出來就與眾不同地脆亮。儺賜的男人女人們，大人小孩們，都差一點兒就聽傻過去了。她的歌聲剛落下，男人堆裡就湧起一陣激越的浪頭，都爭著站起來要接秋秋的歌。岩影搶到了前面。岩影一邊唱一邊手舞足蹈，全身都充滿了激動和得意，但秋秋沒接，四仔媽接上了。在這種歌堂上，誰接誰不接都很自然。這個時候誰都不會把不高興的事情裝進心裡去，陽光太燦爛，不高興的事情最多只能在臉上留下半秒鐘的陰影，然後就化去了。

一個一個的唱了一陣，又組合起一組一組的歌隊。

我們就這麼唱啊唱，一直唱到太陽偏西。我們都唱啞了嗓子，唱沒了勁兒。女人堆裡不知從誰開始，揚起了黃豆雨。接著，小雨就成了暴雨，嘩啦啦，黃豆淹沒了我們這些儺賜男人。我們在暴雨下瘋狂起來，我們都成了瘋子。我們啊啊啊吼著，瘋狂地搶著天上的地上的黃豆。我們把搶來的黃豆甩進自己的嘴裡嘎嘣嘎嘣嚼。我們比誰搶的黃豆最多，誰搶的吃的最多就說明「桐花姑姑」最疼誰，誰今年就最幸運。在我們的心裡，一顆黃豆代表一個好運。

就這麼鬧到了該吃下午飯的時候，我們還並不回去吃飯。我們還要看一場儺戲。儺戲是我們儺賜人流傳下來的一種巫戲，專為儺賜人祈福消災的。一般情況下，儺戲都是跟道場聯繫在一起的，但儺賜人為了使桐花節過得有意味一點，有時候就把儺戲搬到節日裡來。道場上唱的多是為死者安魂，為生者祈福的戲，節日裡唱的卻是為儺賜這個地方祈福，為儺賜所有的人消災的戲。

這天，霧冬他們組織的儺班唱的是「山王圖」。

霧冬穿上山王服，先行了一番祭禮，然後，戴上了山王面具。

頭頂上突出兩隻角，兩角的邊上還有兩隻小尖角，臉彷彿是鹿的，但兩個圓睜睜的眼圈凸出的眼洞裡沒有鹿的眼珠，就沒有了鹿的溫順了。眼眶下面，是鏤空了的，顯出兩道月牙形黑槽，尖尖兩角挑起，又是別一種猙獰。鼻子以下又彷彿是一張正癟著嘴的老人臉，皮肉乾瘦，骨骼分明，但兩邊緊綳的嘴角上翹起的尖尖獠牙，又煥發出一種剛毅和年輕。

霧冬戴上這副面具，黑眼珠從兩洞眼眶裡幽幽閃爍著鬼魅之光，他變成了一頭充滿魔怪氣息的野獸，變成了一位全身張揚著獸性的「山王」。

「山王」手持「斧子」，在搭檔的第一聲鼓響過後，大唱：鼓打一聲東，吾神披掛好英雄。身披獅子連環甲，一步踏出寶殿中！鼓點密集幾下，「山王」張牙舞爪走到人前，唱道：吾是師州山王神，金爪鐵斧帶隨身，要問吾的真名姓，盤古是吾山化身。陰有陰現，陽有陽現，緊砸鑼鼓，山王出現。鼓點再一次密密響起，「土地」出場……

這則戲傳說的本來是紂王巡查城門的將軍秦文玉，魂被狐狸精用攝魂瓶攝去，秦長期臥床患病。後請王、鄧兩道人收妖，王、鄧兩道人法力不濟，鬥不過狐狸精。最後只有請山王來降妖。山王在途中焚香沐浴，紅色大板斧被蝦子精偷走，山王只得請來清水仙娘，到五湖四海尋訪。經過一番打鬥，找回了板斧。可板斧已經給蝦子精咬壞，無法收妖。於是又尋訪能鑄造板斧的譚鐵匠，請其把板斧修好，最後才驅邪收妖，把狐狸精的攝魂瓶打倒，取回了秦文玉的魂魄。

霧冬他們拿到桐花節來演的，卻說的是我們儺賜山裡有一隻狐狸精，一隻勾引著我們的山神和土地神，使得我們這個地方長年都處在一片混沌的大霧裡，長時間見不到天日。為了讓我們山神和土地神能正常工作，就請王、鄧兩個道人來收妖。中間的細節跟原來一樣，結尾照應開頭，說的是我們儺賜的山神和土地神終於醒過神來，於是，我們就獻上刀頭肉和豆腐，還有酒水和茶水，燃上香，儺班就請他們吃，勸他們賜福於我們儺賜。

傲偉天神，地盤業主，
現在指名請祢們：
雨那的阿把，
舀抄羅的阿諾，
抹刀扛的阿穀，
達早正的阿尼，
者戞的阿業，
務幼的阿蔔……
請祢們來喝茶，
請祢們來喝酒，
請祢們來吃肉，
祢們喝了要賜福，
祢們吃了要保佑……

第二天，我們依然來到這個灘上，男女老少圍在一起，看篾球隊員們打篾球。那情形和山外人踢足球時的情形差不多。一群男人追來趕去，全是為了一隻篾球。旁邊觀看的人眼睛也跟著球場上的人追，追到激動處就扯起嗓門喊兩嗓子。不同的是，這裡沒有正規球場那氣派，這種玩法也顯得野了些土了些。但，快樂卻是一樣的多，或許更多呢。

這一趟玩過，我們自己組織的玩獅隊又玩起了高腳獅子。十二張八仙桌和十二把椅子錯綜相疊，構起一座看起來隨時有可能被風吹倒的樓架，獅子和逗獅子的羅漢卻要在上邊玩出很多花樣。

玩到後來，獅子和羅漢都在天空中懸舞，下面看的人就全張著嘴看著天空，就是鳥屎掉進嘴裡也不會眨一下眼。

桐花節過完了，儺賜人還意猶未盡，回到家，要看著香龕上頭天放上去的一枝桐花發好一會兒呆。香龕久經煙燻，焦黑，一些似蟲又不像蟲的灰掛又使其顯得灰頭土腦。桐花被放置上去，絕對是真正意義上的「鮮花插在牛屎上」。但儺賜人卻怎麼看怎麼順眼，怎麼想怎麼順心。

# 第七章

## 20

美麗的傳說給我們留下了這麼美麗的節日，卻又給我們遺傳下了一個嚴酷的現實。

兩天狂歡過後，就到了我媽去管高山家的日子了。

大清早起來，我媽還去煮豬食。我爸把她從灶前拉開，憋了一肚子氣似的，把柴禾使勁兒往灶洞裡塞。我媽像蚊子一樣說，我把豬食煮好了再過去。我爸嗓門卻像大炮，說，妳去呀妳去吧！好像這幾十年來的約定是媽自個兒定下的，他是受欺負的對象，他好委屈似的。他說，妳去呀，再不去那瘋子就要來接妳了！我媽的臉木著，看不出她的思想。她像隻貓一樣靜悄悄地去打理自己的衣裳。我媽的衣服不多，每到要換人家的時候，她都得把自己所有的衣裳帶上。

秋秋去幫著媽收拾，媽看她一眼，臉上的表情也沒有變化，就像秋秋並沒有在她身邊，她剛才不過是看了一眼空茫。

秋秋小心翼翼地學著蚊子的聲音，叫了一聲媽。

我媽於是又朝她看一眼，但仍然一臉木然。

秋秋怕嚇著她似的說，媽，妳一定要過去啊？
這回我媽沒看她，但說話了。我媽說，一定得過去，幾十年來都是這樣的。
秋秋說，幾十年的約定也是可以改的嘛。
我媽說，怎麼能改，這邊是我的家，那邊也是我的家呀。
秋秋不吭聲了，定定地看著媽。
我媽看她一眼，說，我嫁過來就是兩個男人的女人，我就得為這兩個男人生兒育女，輪著跟他們過日子。
我媽說，妳看看那邊那個家吧，我一走，就糊塗得跟個什麼似的。
秋秋說，媽，妳為啥要嫁兩個男人啊？
我媽不說話，像沒聽見一樣。
但秋秋知道她聽見了。
秋秋說，媽，是誰叫你們這樣的呢？
媽還是不吭聲。媽這個時候已經裝好了她的衣服，準備走了。
秋秋輕輕喊，媽。
我媽長歎出一口氣，跟秋秋乾巴巴笑笑，說，還有幾天妳也嫁過來一個月了。我媽沒往下說，秋秋也把這句話當成是我媽信口發出的感歎了。
秋秋說，媽，我送送妳吧。

我媽點點頭，前面走了。走幾步，又回頭，很有深意地看我一眼，說，藍桐，你陪秋秋一起送我。我沒有猶豫就跟上去了。

秋秋走在我前面，出院子的時候突然想回頭看看我爸，正好看到我爸的眼睛像癩皮狗的嘴一樣緊緊咬著我們。秋秋喊，爸，媽過去了。我爸大炮似地喊起來，我還不曉得她過去了?!秋秋被嗆了回來，跟媽說，媽，爸不高興妳走哩。我媽默默地走，平靜地走。

後來我們又聽到了急促的腳步聲，還有我爸的呼喊聲。秋秋站下了，走在最後的我也只能站下來。我媽沒站下，還往前走。我爸喊道，妳站住！我媽才站住了。爸趕到我媽前面，把二十塊錢塞進媽懷裡，生著氣說，我叫妳帶去的，妳咋故意不帶?!妳不帶過去，那瘋子把一個家折騰得一塌糊塗的，妳一下子怎麼緩得過來？

媽木木地站著，我爸看似還有話要說，還有氣要生，她想等我爸生完了氣說完了話再走。可我爸遠遠地看見管高山沿著一截狗腸子路跑來接我媽了，就哼了一聲往回走了。我爸還說，藍桐和秋秋你們就不用送你們媽了，有人來接她了呢。但秋秋還堅持送，她怕管高山，雖然她明明知道管高山一到我媽面前就成正常人了，但她還是要拉著我。我媽也說，藍桐你跟秋秋一起吧。

我和秋秋，繼續跟在媽身後，向著管高山跑來的方向走。

媽這時候突然放開嗓子說話了。

媽說，秋秋，妳高山叔瘋的時候做的事後來他全都記不住，妳別覺得不好。

秋秋說，哦。

媽說，只要我過去了，他就能做整整半年的正常人。

秋秋說，哦。

管高山跑到我們跟前兒了，牛一樣喘息一會兒，說，素花我來接妳了。又說，藍桐秋秋你們送你媽呢？

秋秋看到他跑近，身子嚇得往後縮。看他真跟一個正常人一樣，才稍稍鬆了口氣。往前走的路，由三個人變成了四個人。

桐花已經開始凋謝，滿地都是粉色的花朵。它們還鮮豔著，卻過早地撲向土地，結束它們輝煌的一生。

我媽說，這桐花一落完，就該種包穀了。

秋秋說，哦。

這個時候，媽的心情已經不是離開家時的心情，而是回家時的心情了。這是幾十年來練就的功夫，不知道秋秋需要多少時間才能練就這樣一種處變不驚的城府。

管高山已經把飯蒸在火上了，我們一進屋就聞到了一股包穀飯的清香。石頭坐在火爐上，看著媽嘿嘿笑，口水隨著笑聲滑出嘴，吊了很長。管高山一進屋就安板凳，好像來的是客人。看一邊還有一雙裹滿泥的膠鞋，忙上前去拿開。看秋秋和我媽都沒坐，又忙著用衣袖擦板凳。

我媽也跟秋秋笑，這笑不再是從我家出來時那樣乾巴，好像走了一段路，我媽的笑腺吸飽了山風裡的濕潤，那笑竟然有桐花一樣的顏色。媽說，秋秋妳坐下吧。秋秋老老實實坐下，再不知道自己該怎麼辦，來看我。我衝她點點頭，卻自己也沒弄明白這點頭表達的是什麼意思。媽說，我做飯，你們吃了再回去。秋秋聽了就忙站起來，說自己也該回去做飯了。我媽也沒強留我們，說，那你們先回去，這一個莊住著，三天不見兩天也能見著媽的。

秋秋拉了我，迎著一陣陣甜潤的山風往家裡趕。她說得趕緊回去做飯，吃了飯得下地了。偶然回頭，我看到管高山巴在門框上目送著我們。看我回頭，他就衝這邊喊，秋秋藍桐你們慢走啊。

於是秋秋也掉轉頭，我們整齊地衝他點頭衝他微笑。

## 21

彷彿是在有意無意間，我從一簇桐花中突然看到了一個正在向我迫近的日子。它像一隻火熱的眼珠，又像一顆狂亂搏動的心臟，在那一簇粉色的花朵間，它用一種磁鐵的力量吸引著我，並以一種越來越大的方式向我迫近。只那麼一會兒，它就變得比世界還要大，它覆蓋了世界，我變成了無邊黑暗中的一粒塵埃被緊緊地吸附，然後窒息，死亡。

你肯定明白了，這個日子就是秋秋跟我的新婚。

秋秋跟霧冬的一個月新婚眼看著就到了盡頭，秋秋很快就該到我的床上，來幫著另一個男人創造另一個新婚。可秋秋渾然不覺。

有一陣，我又回到了以前的那種懶散狀態，不把我爸的話放在心上，連秋秋在我心頭激起的那份可憐的激情都消失乾淨。我不愛幹活，大小的活都不愛幹。我甚至覺也不好好地睡，我躺在床上跟坐在地頭一樣，半睜著眼，看著我頭腦裡那些紫色的或者黑色的紅色的思想像蝴蝶一樣飛出來，在我眼前翩翩起舞。它們似乎要帶我離開儺賜，去另外一個地方，去過另外一種生活，可是，我身體裡卻沒有能夠支撐起我兩腿的力氣，我像一個軟體動物一樣讓它們失望。

秋秋有一天突然定定地看著我，直看到我眼前那些蝴蝶樣的思想逃遁乾淨。她說，你得去醫院看看。她的眼睛裡除了擔心什麼也沒有。她說，藍桐你病了，得去醫院看看。她給了我一些錢，要我自己去看病。我拿著這些錢走出門，一簇桐花撞進我的眼睛的時候，我就看到了那個正在向我迫近的日子。眼前一片暈黑過後，從我的腳底生出一股力氣，涼涼地穿過我身體直抵我的頭頂。我回轉身，邁著健步回到秋秋的面前。我想告訴秋秋，一天過後，妳就得到我的床上去了。我想看到她聽到這話以後的表情。可是，我徒勞地張了幾下嘴，一個聲音也沒發出來。秋秋說，藍桐你咋了，是不是要人陪你去？我乾乾地跟她笑笑說，不是，我沒病。我把錢塞回到她手裡，快速從她身邊離開了。

我躲在一邊，看到秋秋把錢塞給霧冬，要霧冬陪我去醫院。霧冬對她的熱心很不是滋味，攤著雙手衝她叫喊，藍桐沒病，他是懶，不想幹活！這個話，我爸也對她說過，但她沒想到霧冬也會這麼說。秋秋說，爸糊塗，連你也糊塗嗎？霧冬還想對她喊點什麼，但嘴動了幾下，沒有聲音出來。

看著秋秋不停張合的嘴，我的耳朵進入了一種失聰狀態。在這種狀態裡，我的腦子裡又開始蜂湧著一群蒼白色的蝴蝶。秋秋很善良，秋秋很美麗，秋秋身上有我爸為我湊上去的一份份子錢，秋秋有一份日子屬我，秋秋很快就要到我的床上來了……

可是，秋秋一直被我們蒙在鼓裡。

我們很殘酷是吧？

我走到溫暖的陽光下，找一塊鋪滿枯草的地方躺下來，靜靜地看著頭頂上一方灰白的天空，幻想秋秋在第二天早上，在知道她已經結束了和霧冬的新婚，從那個時候她就該到藍桐的床上去的時候，應該是個什麼樣子。在我的眼前，灰白的天空像銀幕一樣，把我意想中可能出現的情景像電影一樣不斷切換。我不眨眼地專注著這些情景片斷，腦袋就開始發生一些變化。先是腦頂凸出一塊，接著是臉頰慢慢地鼓起來。就像腦袋裡有好幾個拳頭，奮力地想把我的腦袋撐起來，撐到最大限度。在我的感覺中，這些拳頭最後真把我的腦袋撐得很大，大得要衝破天頂，要到太陽上去。後來我的眼前就飛起一片狂亂的黑色斑塊，再後來，我的眼前一片黑暗，秋秋的影子在我的眼前就變成了血紅色。一些血紅的影子。我的臉上湧滿了血紅的淚水。

我的眼睛充滿了血絲。

然而，太陽還是落下去了。

## 22

太陽一落下去，就是時間宣佈秋秋和霧冬的新婚結束的時候了。第二天，秋秋就該跟我一起度我和她的新婚了，當晚，秋秋卻來了紅。這個晚上對於霧冬來說，是個非常殘酷的時間。一串好日子，眨眼間就到頭兒了。他像一個正吃著美味卻突然聽到說自己馬上要挨槍斃的人一樣，不知所措一陣，就認定了死前一定要抓緊吃，把自己撐死也要吃。

天剛黑，霧冬就要拉秋秋上床。秋秋不幹，霧冬就把秋秋抱起來，抱進睡房裡了。秋秋說你要幹嘛呀？霧冬說我要做妳。秋秋壓低了聲音嗔怪霧冬，小聲點兒，藍桐在隔壁叻。霧冬沒有聽她的話，他知道我們之間僅隔著一層沒有任何輔助材料的篾牆，他還知道那道單薄的隔牆上有我製造出的一些窺望孔，我不光能清楚地聽到他們的聲音，如果他們開著燈我還可以清楚地看到他們的舉動。

霧冬說，不管那隻呆羊。

霧冬把秋秋放上床，就把燈關了。

我承認當時我真的把眼睛堵到篾縫上了，但我的視線雖然穿過了篾牆，卻只能看到一片黑暗。黑暗裡不斷地跳動著一些刺目的熒色光點，我知道那是聲音。我收回眼睛，把耳朵支楞起來。

霧冬說，快脫了。

秋秋說，我來紅了呢。

霧冬說，來紅了也不怕。

兩個人較勁的聲音扭纏在一起，然後是一聲非常響亮的，啪！

聲音突然消失。我的耳朵前一片靜謐。

是誰打了誰呢？我想，應該是秋秋打了霧冬。

可是，秋秋一哽一哽的聲音響起了，你說過發誓不打我的。

霧冬的聲音仍然沒有出現。

我明白了，是霧冬打了秋秋。

我還明白，這陣霧冬正木樁似地騎在秋秋的身上，睜著雙一個突然暴死的人的那種眼睛。

秋秋開始委屈地數落，說，自嫁過來以來，你天天晚上沒少上我的身子，我也沒說過不。說，你像野獸一樣折騰我，我也沒怪過你。今兒個我身子來好事兒了，這是不能幹那個的，你難道不知道嗎？

霧冬的聲音終於響起了，他說，妳不知道……

不知道什麼，他沒有繼續說下去，秋秋追著問他他也沒說。

秋秋就說，我也沒弄懂你是個啥人，像個餓死鬼一樣，天天晚上都得幹。日子是一輩子呢，又不是一天兩天一個月，有你這樣拚著命過日子的嗎？

突然一串吧吧啵啵聲。

秋秋哽哽咽咽說，剛才還打人哩，這下又來了，你以為我是三歲小孩呀？

霧冬突然放開了聲音說，妳不是三歲小孩，我才是個還在吃奶的娃。我不是男人，打自己女人的男人都不是男人，是條狗，比狗都不如，是他媽的狗屎。

說，這堆狗屎是你的娃，娃餓了，要吃媽媽的奶。

吧嘰吧嘰！吧嘰吧嘰。

嘿嘿嘿。霧冬的笑聲。

吧嘰吧嘰，吧嘰吧嘰，吧吧吧。

嘿嘿嘿。霧冬的笑聲。

你小點兒聲。秋秋壓著喉嚨說。

吧嘰吧嘰！嘿嘿嘿。霧冬笑得有些癲狂。

呼哧呼哧，呼哈呼哧。

嘰哼啊不要跟你說了的你個瘋子霧冬……啊！

叮咚叮咚叮咚咚！

那邊突然出現的死寂把我的心跳聲托舉起來，響得驚天動地。

很久過後，響起了一種從牙縫裡吸入的聲音，嘶——

接著，篾牆上的那些縫突然由黑色變成了黃色。我把牆縫上的耳朵換成眼睛，看到霧冬光著的肩膀上有一個紅色的圓形，像一個吻痕，可霧冬卻衝著木在一邊的秋秋說，妳把我咬流血了。

看來，秋秋這一口有著西伯利亞寒流的威力，一秒鐘就把霧冬沸騰的血液凍住了，霧冬的語氣裡有著冰一樣的東西。一個血液剛剛還在跳舞的人突然被凍上，那模樣就有些變形，我看著都覺得那不像是霧冬了。

待了一會兒，霧冬下床去了。

秋秋輕輕問，你要去哪？

霧冬沒說要去哪，只埋著頭往門外走。秋秋的眼睛也就癡癡地跟著他，一直把他送出門。又把他迎回來。

這時霧冬才說，我去上了個茅廁。

他回到床上就把秋秋摟在懷裡，緊緊地摟，巴不得從此變成秋秋的皮膚或者一個什麼器官才心甘一樣。

秋秋說，你咋不怪我呢？

霧冬說，我為啥要怪妳呀？

秋秋說，我不讓你做，還咬你，你為啥也不生氣？

霧冬說，妳該咬。

秋秋說，女人身上不乾淨的時候做那事是要生病的。

霧冬說，我知道，但是我太想了。

秋秋說，那你來吧，我不怕生病。

霧冬說，不來，我不能讓妳生病。

秋秋說，你是想我早一點給你懷上個娃是嗎？

霧冬說，是。

秋秋說，我們都還年輕，不忙，我們慢慢來，不是有陳風水村長打掩護嗎？我也給你生十個八個。

霧冬把摟著秋秋的手緊了一些，問，假如妳是我媽的話，妳會多疼我爸一點還是多疼高山叔一點？

秋秋說，我是你媳婦。又問，你怎麼突然問起這樣的話來？

霧冬歎一口氣，說，沒怎麼，突然想起了，今晚就想跟妳說說話兒。我娶了妳一個月，光顧著做妳的身子了，還沒好好跟妳說一回話哩。
秋秋說，那你就說吧。
霧冬說，我媽一開始並不知道她嫁的是兩個男人，跟她到集上去登記的和跟她拜堂的是我爸，第一個月是跟我爸過的，第一個月完了她才知道，還有高山叔在等著做她的男人。
秋秋說，他們怎麼能這樣欺騙媽呢？
霧冬說，不是他們想欺騙她。
秋秋說，那是誰想欺騙她？
霧冬說，是錢。
秋秋說，不是「桐花姑姑」？
霧冬說，其實，桐花姑姑傳下來的那個風俗很早就沒了，後來陳風水的爸看儺賜人要交很多的稅啊費的，交過了就沒錢娶媳婦了，他就叫儺賜男人湊錢娶媳婦，說這也就是繼承祖上的風俗。
秋秋說，儺賜所有的男人都這樣娶？
霧冬再沒有張嘴，眼睛閉著，裝成一副已經睡著了的樣子，過一會兒，還扯起了兩個呼嚕。秋秋就把燈關上了。

# 第八章

## 23

那一晚，我一夜沒闔眼。我感覺到霧冬也一直沒睡。我是因為明天將要出現的日子而興奮得無法睡覺，他肯定是因為明天是自己拱手把自己的女人讓給別人的日子而沮喪而傷心得無法入睡。還是在天剛剛露出些許亮色的時候，他瑟瑟索索起床，站到屋外去了。他大概是想看看這個日子是不是跟別的日子有不一樣的地方。當他看到山還是如墨一樣濃，天空的灰白還是沿著起伏的山巒貼著一條纏綿的亮亮的線；公雞還是跟以往一樣，一聲接一聲很有紀律地打著鳴，屋後的竹籠還是像原來那樣，在無風的黎明裡保持著一份沉默和文靜；什麼什麼，都沒有因為他的日子變得特殊而有所改變的時候，他又回到了睡房裡。他站床前靜靜地看著秋秋好一會兒，然後，他把頭扭過來，朝著篾牆。他在看我。雖然他不把眼睛堵到牆縫上來就看不清我，但我明白他一定是在看我。

如果他能的話，他會衝過這道牆，掐死我嗎？我從篾縫裡看著他，這樣問自己。

今天將要發生的這件事在我爸看來似乎很簡單。大清早起來，第一件事就是把我們全吆喝起來，說在堂屋聽他說話。看我們全齊了，爸就直截了當地跟秋秋說，從今天起，妳就搬到藍桐這邊來。秋秋把爸的話聽得很清楚，但這話是什麼意思她沒弄明白。她的身上還殘留著一層睡意，使得她身子軟塌塌的，眼睛也睜不大開。她把一個剛要冒出來的哈欠捂回去，揉揉眼睛問爸，為啥呀爸？爸說，妳嫁到我們家裡來，不光是霧冬的媳婦，還是藍桐的媳婦。妳跟霧冬的一個月新婚已經滿日子了，從今天開始，妳要和藍桐過一個月新婚。

人還沒睡醒就聽到這種鬼談，秋秋以為自己還在做夢呢，雲裡霧裡的把我們看一陣，還跟我們天真地笑笑，說，我們爸還在那個戲裡沒有回過神來哩。說著就笑著對爸說，爸，那是戲，是前天演的戲，我現在已經不是「桐花姑姑」了，我是秋秋啊，你是不是還沒睡醒啊？爸說，什麼戲啊戲的，戲是戲，日子是日子。秋秋不笑了，試著問爸，爸，你是不是生誰的氣，給誰氣糊塗了？爸不滿意地哼一聲，說，老子沒生誰的氣，也沒給誰氣糊塗，老子比你們誰都清醒著啦。秋秋再一次看看霧冬又看看我，自己跟自己笑笑，用一種跟自己說話的低分貝聲音說，要是不糊塗，怎麼大清早起來就跟人開這種玩笑。爸這回哼了兩聲，兩個似是而非的笑聲。爸說，我沒開玩笑，這事兒就是這麼回事兒。

秋秋看著爸的眼神不動了，像看著爸又不像是看著爸。好半天，她的脖子開始轉動，轉到霧冬這邊的時候停住，看著霧冬。霧冬不敢把眼睛跟她對接，站起來，往門外走去了。

秋秋身上的睡意一下子就全都跑光了，像誰劈頭澆了她一盆涼水。她打著激棱扭了幾下脖子，突然轉過臉來看著我，我忙跟她點頭跟她笑，不知道是個孫子的樣子還是個兒子的樣子。但秋秋沒跟我搭訕，她看著我，問的是我爸。她說，爸，你是說我也跟我媽一樣，到儺賜來是嫁的兩個男人？爸光明正大地回答，不錯，你是霧冬的女人，也是藍桐的女人。又義正辭嚴地把手揮一下，說，儺賜的女人都是這樣的。秋秋的眼睛還咬著我，把我弄得像被抓了個正著的小偷一樣心虛。秋秋說，爸，藍桐才多大？爸說，我們這地方，十八歲就算是個大男人了。秋秋的視線像被我身體裡的一隻手揪住了一樣，天長日久，一動不動。屋子裡特別靜穆，彷彿在一瞬間世界就成了啞巴。一個世紀都過去了，秋秋的似有似無的聲音才輕飄飄傳進我的耳朵，藍桐，爸說的是真的？到這個時候，昨晚上燃燒在我身體裡的興奮已經全部消失了，我突然發現我跟霧冬一樣害怕這個日子。但我想了想，還是跟她點了點頭。

秋秋不願相信這是真的，攆出去問蹲在屋簷下的霧冬。霧冬被她一問，著了火似的跳起來，喊道，怎麼不是真的，這樣的事兒也有跟妳說著玩兒的?!

秋秋被霧冬的喊聲震得斷了電，再一次成了木頭疙瘩。

我爸大概是覺得這件事情已經說清楚了，他的任務已經完成了。跟出門外對在他看來是正在尋思這件事情的秋秋說，這種事情又啥深想的，妳不是才演過「桐花姑姑」嗎？我們儺賜人娶媳婦都這樣，又不是妳一個，入鄉隨俗吧。跟著，他就開始吆喝我們下地了。他說，我們該下地幹活兒了，秋秋在家弄飯。從今兒個起，這一個月秋秋來這邊做飯，頂替你媽那套活兒。霧冬的飯就自個兒做了啊。

秋秋才不做飯呢。秋秋像一隻被雷擊懵了的雞突然醒過來一樣，嘎嘎嘎撲著翅膀往坡下跑了。我和霧冬都不知道秋秋這是往哪去，爸卻知道，爸說秋秋這是回娘家去哩。說著就朝著秋秋去的方向喊，秋秋，回來把這只母雞抱去，妳空著手怎麼能回娘家呢？秋秋怎麼會聽得見他的話？或者說，秋秋怎麼會聽見了他的話就真回來抱母雞？

我爸從雞窩裡把還摟著一群雞娃的母雞抓出來，也不管雞娃母雞哇啦哇啦叫成一片，把母雞塞到我懷裡，要我快攆秋秋去。我正猶豫去還是不去，他又從我懷裡奪了母雞塞到霧冬懷裡，說還是你去吧霧冬，她娘家人只知道你是女婿。

霧冬抱著母雞狂奔，秋秋腿腳不好，霧冬剛奔上勁兒就到秋秋身後了。我爸抓過我，像我是他的一個仇人一樣的咬著牙對我說，你也去呆羊，不管秋秋耍什麼性子，都要把她弄回來，扛也要把她扛回來，她是你媳婦！說過這些，我爸把我往前推了一把，狠狠地瞪著我，於是，我也攆上去了。我心裡反覆念叨著爸的囑咐「一定要把她弄回來，扛也要把她扛回來」，我怕走一段路，我就把它忘了。

霧冬抱著母雞跟在秋秋身後，心裡似乎窩著一團烈火，聽我嘰哩咕噥，他猛然回頭朝我吼，藍桐你咕噥個啥呀?!我被他嚇成了比呆羊還呆的模樣，他才熄了火，說，呆羊！

秋秋剛才是賭著氣在跑，聽到我們來到身後了，她心裡堵得鐵緊的氣就忍不住衝出來，把眼淚沖下來了。秋秋一邊癲著跳著，一邊咳嗽。那咳嗽是哭在喉嚨裡憋成的，嗆成的。我們都不知道該怎麼樣去安慰她，就默默地跟在後面，像她的兩條還不通人性的狗。

走了一陣，秋秋很不滿我們這樣跟著，被蛇咬了一下似地突然回頭尖叫，你們跟著我做啥?!霧冬懷裡的母雞被嚇著了，在她的尖叫聲還沒落下的時候也尖叫了一聲，還撲出了一隻翅膀，差點飛走了。霧冬忙說，我跟妳一起回娘家。秋秋像趕好多好多蒼蠅一樣亂掄著雙臂朝我們喊，我不回娘家，我沒臉回娘家！霧冬問她，那妳要去哪裡？秋秋喊，我去哪裡你們管不著！我愛去哪裡去哪裡，就是不回儺賜！霧冬說，妳不回儺賜我也不回儺賜了，我跟妳一起，妳去哪裡我也去哪裡。秋秋大哭起來，淚珠子像雨點一樣飛，她說我去死，你去不去?!霧冬連忙說，我也去。秋秋恨恨地瞪著我，喊，你呢藍桐，你跟著我做啥？我支吾了一陣，說，是爸叫我跟著的，妳要是煩，我不跟就是。秋秋喊，我煩，你回去！但我並沒有回去。我說，爸說的要妳跟我一起回去。

秋秋拿我們沒辦法，賭氣又往坡下走。

我們又像兩條狗一樣忠實地跟在後面。

其實，秋秋也就是跟絕大多數女人一樣，在受到巨大委屈的時候就跑往娘家去傾訴，至於是不是能解決問題，她也沒有把握。由於我們一直尾巴一樣跟著她，回娘家的路又長，路走到一半兒的時候，秋秋突然不走了。

一走出儺賜，空氣就開始熱嘟嘟起來，越往下走，天空越明朗。這些地方，地已經給莊稼染綠了。秋秋坐到一塊包穀苗地裡，看著一株半尺高的水嫩嫩的包穀苗發呆。我們兩個，自然也只有坐到她旁邊。

秋秋說，藍桐，我一直把你當弟弟。

我忙說，這是爸媽安排的。

秋秋白我一眼，抽泣起來。她說，你們儺賜人，全都是騙子！

我和霧冬都深埋下頭，看著自己的腳尖兒聽著她數落。

秋秋一邊哭一邊說，藍桐你還記得嗎？我出嫁那天，你在這半路上來背我，在場的人都說你是霧冬的弟弟哩，原來你們全都合起夥來騙我！

我們的確是合起夥來騙了她，我們無話可說。

秋秋說，藍桐，你是個上過學的人，你知道這種事情是不好的。

我說，我知道這是犯法的。

秋秋抓到救命稻草一樣眼睛一亮，說，那你還願意做犯法的事情嗎？

秋秋不知道她還有一個只有一隻耳朵一支手臂的男人，那個曾經對她有過不尊重行為被她唾棄的男人。她以為等著要跟她過日子的只有我哩，她簡單地認為做通我的思想工作，讓我退出這事兒就完了。這讓我心裡突然生起一陣悲涼，我看著我對面那一片湛藍的天空，說，以前的儺賜人這樣做是不是真因為有個「桐花姑姑」我不知道，但現在的儺賜人要這樣做的原因我是知道的，他們主要是為了減掉一部分往上面交的款子，這麼些年來儺賜人就這樣過著，如果說要追究的話，全莊子人都是在犯法。

秋秋說，那我們怎麼辦？也跟著犯法嗎？

我說，我也不知道怎麼辦。

秋秋說，我知道怎麼辦。我要去告你們！

霧冬趕忙拉著秋秋，要她跟我們回去，秋秋歇斯底里地尖叫，像霧冬的手上長著惡蛇的毒牙。她喊，放開我，你這個尖腦殼！「尖腦殼」在我們儺賜一帶專用來比喻男人拱手把自己的女人讓給別的男人的行為。霧冬被秋秋氣得噴血，破口大喊，說，我他媽的也不願意，可我一個人娶不起媳婦，他們湊了錢，我也不能把他們都殺了啊！

他們?!秋秋喊起來，除了藍桐還有誰？

我趕忙說，沒別人，就是我，我是他兄弟，他不能殺了我。

秋秋不想聽我說話，她本能地揮著手臂趕我的聲音，她喊，我要去告你們！我就要把你們儺賜人全告了！

接下來，又是先才的那一幕，秋秋在前面一邊抹眼睛一邊癲著跳著，我們兩個，像兩條狗一樣默默地跟著。

霧冬在後面不住地勸說秋秋，妳不能去告的，妳一告，全莊子人都完了，把我們全抓去坐班房不說，坐完了班房以後我們得多交好多款子，多交好多糧食，儺賜人就活不下去了。

秋秋說，不告也可以，我們家的這種事情要取消。

我們都知道這事兒沒那麼簡單，於是，我們只好歎息。

## 24

一抹濃厚的綠，掩蓋著秋秋的娘家。空氣中有杏的酸，有梨的澀，有李的苦，還有竹筍的青甜。秋秋的娘家，一座青瓦頂，青磚牆，一正一偏並排連著的房。

先是一條皮毛光滑的黃狗汪汪幾聲歡迎我們，接著就是秋秋的嫂子捲著一股熱浪來迎接我們。

嫂子人還沒到跟前聲音就到了跟前，說，啊呀！是哪股風把我們妹妹給吹回來了！嫂子手裡端著一只碗，嘴角上還黏著一粒白米飯。嫂子說，看看，來得正是時候，我們正吃飯哩。她這麼一咋呼，大哥也端著碗出來了。

這樣，我們三個，就在黃狗，大哥大嫂的夾道歡迎下走進了屋。

霧冬把母雞放下，母雞在陌生的環境裡嘎嘎幾聲，黃狗看不慣牠大驚小怪的樣子，上前汪汪汪說牠。母雞就嚇得飛起來，翅膀把一屋子的灰塵都扇起來，我們眼睛都睜不開。嫂子趕出黃狗，忙著收拾桌上的殘羹剩菜。這些顯然是不夠待客了，她得重新做飯。嫂子說，回個娘家，來就來，抱什麼雞呀。

我們三個的臉色都不太正常，雖然我們極力地掩飾過了，但很多東西還是沒逃得過大哥大嫂的眼睛。他們交換了一下狐疑的眼神兒，大哥就一個一個地看我們的臉。看完了，就把眼睛放在秋秋頭頂上，問，出啥事了？

秋秋一直不吱聲，坐一邊兒裝出一副輕鬆的樣子跟黃狗玩兒。

大哥拿出煙來撒，我們都不要。

我們不知道接下來要發生什麼事情，心裡打著鼓，不敢接這煙。

大哥說，你們儺賜，好像說的是正忙著種包穀吧？

霧冬說是。

大哥看著我，說，這是你兄弟？

霧冬忙說是。

大哥說，大忙季節你們棒勞力不在家幹活兒，是有啥事？

霧冬支吾著，臉有些紅了。我忙搶過來說，沒事兒，我們家的包穀昨天就全種完了，我們送秋秋回來看看。

大哥的眼神裡全是不信任，但他還是說，哦。

說話間，嫂子給我們一人端來了一碗香噴噴的麵條。嫂子說，這會兒做飯怕來不及，餓著我們了，先做個麵條我們吃，待會兒再慢慢做飯。

我們兩個端起麵條呼嚕呼嚕吃起來，秋秋卻說她不餓。嫂子早看出秋秋的眼睛是腫的了，只是不好當著眾人的面兒直接問秋秋為啥腫了眼睛。秋秋不吃麵條，嫂子就不能不問了。嫂子說，秋秋妳遇到啥事兒了？秋秋假裝沒事兒地跟嫂子笑笑，說，沒啥事兒。嫂子看一眼大哥，用眼神把一種不好言說的意思傳導給他，才回頭問秋秋，那，妳眼睛咋腫了？秋秋說，我這眼睛這兩天生了病。嫂子說，妳不吃飯是吧？妳嫁過去了我才嫁過來，我們還從來沒正經一起拉過話哩，妳要真不吃飯，我們到外面說話去。秋秋站起來，跟著嫂子到了院子裡的李樹下。嫂子端了一條板凳放樹下，兩個女人就並排坐在板凳上看著自己腳邊絨球一樣滾來滾去的小雞說話。

嫂子說，是做姑娘的日子好過還是做媳婦的日子好過？

秋秋說，一樣的。

嫂子說，才不一樣呢。

秋秋說，我覺得是一樣的。

嫂子說，妳哭過。

秋秋說，沒有，我的眼睛真是給涼著了。

嫂子說，你們來這裡肯定有事兒吧？

秋秋說，沒事兒，我是想來看看你們活兒忙不忙，來幫幫你們。

嫂子說，那好，一會兒我們就下地，你們全幫我鋤地去。

但我們沒有去幫他們鋤地。全窩在屋子裡等嫂子弄下午飯。

吃過下午飯，離天黑就不遠了。霧冬說，秋秋我們回去吧。秋秋說，我不回去。霧冬說再不回去天就要黑了。秋秋說，天黑不黑關我什麼事啦？霧冬說不要耍脾氣了，我們回去吧，我們儺賜那，天一黑就什麼都看不見了。秋秋說，我說過了，我再不去你們儺賜了，別在我面前提你們儺賜！霧冬說，妳不回去我們也不回去了，你們這裡可是個好地方啊，妳去跟大哥說說，騰出一間屋來我們住，再分些地給我們。秋秋喊起來，你做夢！

本來他們是躲在豬圈那邊兒的杏樹下悄悄說的，秋秋一喊，大哥大嫂就聽見了。大哥喊秋秋，你們吵啥呢，我看秋秋妳別使性子了，你們早點上路回家吧。秋秋說，我不回去！大哥大嫂也不吃驚，早看出秋秋在跟我們鬧彆扭了。大哥說，妳不回去那妳去哪？妳都是嫁出門的姑娘了，難道妳還住在我這兒不走了？秋秋終於沒忍住眼淚和哭聲，說，大哥，我不嫁了還不行嗎？你就把我當個嫁不出去的人一樣看，我幫你們幹活，只要你們管我吃管我一身衣裳就行了。大哥很生氣地盯住霧冬，問，到底出了什麼事兒？霧冬說，沒出什麼事兒。大哥凶起來，眼珠子都要掉出來一樣瞪著霧冬，恨恨地問，那為啥秋秋不跟你回去？嗯?!霧冬實在不知道該怎麼回答，這個憤怒的大哥就抓住了霧冬的衣服。霧冬忙說，你去問秋秋吧。憤怒的大哥真把霧冬放下，去問秋秋，出了啥事兒？嫂子也趕上來了，問秋秋到底出了啥事兒？

秋秋蹲在地上嗚嗚哭，就是不說出了啥事兒。

我看這事兒不好解決，心裡突發奇想。我把大哥拉得遠遠的，告訴他，秋秋是不想跟霧冬了，想跟我了。大哥像隻呆鴨一樣看著我，顯然是不相信我的胡謅。他說，你小子說明白點兒。我心裡突突跑著兔子，心想這傢伙要是飛起一腳或者揍來一拳，比被牛頂一回也好不了多少。但是，我不能呆熊，我得像個漢子。不為自己的面子，也得為能嚇唬一下對方裝裝樣子。我說大哥，我說的是真的，秋秋耍脾氣是因為霧冬不同意這事兒。大哥好像頭痛了一下，皺了一下眉頭，還吸了一口涼氣。這個信號告訴我，大哥有些信我的話了，最起碼也是半信半疑了。

他徑直走向秋秋，拉起秋秋走到另一邊兒，走得太不小心，把一隻金黃色小雞踢出去好遠。覺得可以了，大哥才放下秋秋，問她，妳真跟他兄弟勾上了？秋秋驚訝得哭都忘了，問大哥你聽誰胡謅的呀？大哥說，就是他兄弟說的。秋秋說，不是這樣的大哥。大哥說那是怎樣的妳說。秋秋說，大哥你嫁我的時候真的不知道嗎？大哥說我知道啥？秋秋說你把我嫁到儺賜那地方我也認了，可你讓我嫁的是兩個男人，是他們兩兄弟。大哥抓著秋秋的手突然僵硬得像石頭。這樣的嫁法他還從來沒聽說過，即使是從自己親妹妹的口中說出來他也無法相信。

但秋秋告訴他，這完全是真的。

大哥再一次憤怒了，他放下秋秋朝我飛奔過來。在相信這事兒已經是真的以後的第一時間裡，他的憤怒本來是沒有目標的。但稍往後一點兒他就想起了我，想起了我的那一通胡謅。於是，他像風一樣就來到了我的面前。我還沒來得及思考該怎麼應付，他的拳頭就出擊了我。一悶拳砸在我鼻子上，我眼前一黑就乾脆不思考了。

憤怒的大哥並不管我思不思考，他把我當一個稻草耙子一樣打理。練過了拳頭，再練腳。這就惹怒了另一個大哥。霧冬怪叫一聲撲過來，朝著這個欺負他兄弟的舅兄揮起了拳頭。於是，接下來，就是兩個大哥打仗了。我癱坐在一邊兒，滿臉是血。我的臉已經腫起來了，我的小腿還在火辣辣地痛著。兩個女人，先是被這突然而起的戰爭弄得發了會兒傻，後來，秋秋撲過來，嫂子也跟著撲過來了。

女人一參與進來，男人就自覺把戰鬥停下了。

宣佈戰鬥結果吧，我自不必說，霧冬也受了傷，是嘴上。這傢伙專門喜歡打人的臉，我的鼻子腫了歪了紫了，霧冬的嘴也歪了腫了紫了。他呢，好像沒哪兒傷著。

秋秋痛哭著，摸摸霧冬的嘴，又過來摸摸我的鼻子，好像這些傷都是她身上的，她好痛好痛似的。嫂子哭著個臉，但臉上沒淚。她說你們這是做啥呢這是？這是做啥呢這是？

沒有人回答她我們這是做啥。

戰鬥的結果讓秋秋的大哥有些意外，這種勝利好像不值得驕傲。他原地癱坐下來，把頭埋進雙膝間，年深日久地沉默。

後來，他突然抬起臉，看著霧冬說，這事兒你們打算怎麼辦？我跟你們擺明瞭，這事兒讓你們騙了也就騙了，打了你們我也算出氣了。但這事得解決好。

霧冬說，我們儺賜都這樣，不是我們能說了算。

秋秋大哥再一次把眼睛瞪成銅鈴狀，不相信霧冬說的話是真的。他說難道你們一個莊子上都這樣？

霧冬說，我們一個莊子上都這樣。他說你們莊子上的人不知道這是犯法？霧冬說他們知道這是犯法。他說知道犯法還這樣做，就不怕別人告你們？霧冬說，都很多年了，告也有人告過，告了也沒用。又說，大哥你們不能告。大哥說，我為什麼不能告？霧冬說，你一告，我們一莊子人都完了，你們是殺了一個儺賜莊。

秋秋大哥看著霧冬，瞪圓的眼睛慢慢地扁下來。他說，要是我硬要告呢？

霧冬說，大哥何必跟我們儺賜莊人過不去呢，你們如果硬是不讓秋秋回去，把錢退我們，我們讓秋秋回來就是了。秋秋大哥再一次把眼睛睜大一些，問霧冬，你就沒想到過一個人娶秋秋？霧冬說，我想也沒用，我一個人拿不出那麼多錢，娶秋秋的錢是湊的，秋秋就不是我一個人的媳婦。秋秋大哥突然呸出一口痰，說真他媽荒唐！喊過荒唐以後，他就把腦袋埋下去做思考狀。這一想就想了好長時間，後來，他把秋秋拖著到一邊兒去說話。

他說，妹妹妳聽我跟妳說，這事兒成都成這樣兒了，這事兒又不是什麼光彩的事兒，說出去多不好啊，人家還說我犯糊塗呢。

秋秋說，那不說出去你就不是犯糊塗了？

他說，其實，我看這兩兄弟人都不錯，我看他們都不會錯待妳，我看被兩個人疼著可能還比被一個人疼著好得多呢，妳不如就依了這事兒算了。

秋秋用一雙火辣辣的眼睛乾瞪著她大哥。

他說，妳曉得的，錢也娶妳嫂子了，我哪來錢還他們啦。我看既然你們那地方都這樣，也不是妳一個人才這樣，也就沒什麼稀奇了。我看你也別鬧了，我不是把他們揍了嗎？以後要是他們對你不好，我揍不死他們才怪……

秋秋啪地一聲吐了她大哥一臉口水。

## 25

一開始，秋秋不知道自己該往哪裡去。她的胸膛劇烈地起伏，眼淚像倒豆子一樣。她像一隻頭發暈的小母雞在院子裡轉了兩圈兒，眼神就再一次碰上了她大哥的眼睛。就這樣，她突然決定賭氣往儺賜走。

這時候，路的前面是什麼她已經不管，她只知道大哥太讓她絕望，她就真朝大哥指的方向走，她要走給他看，她要讓大哥為他的話付出一生都不得心安的代價。

秋秋在我們前面，朝著儺賜，那個越來越黑的地方，悲壯地走。

我和霧冬跟在後面，誰也不敢發出一個聲音。

從霧冬的眼神裡，我看到了他的不踏實。秋秋回儺賜不是因為他，也不是因為我，她這麼走下去，會走向哪裡他摸不準。當然，我也摸不準。不過，霧冬的眼神告訴我，他會一直跟著秋秋，不管她會走到哪裡，他都會一直跟著。我卻不是，我在跟著秋秋往回走的時候，我的心已經動搖了，我挨了打，身上很多地方都正痛著，是這些痛點讓我覺得我正在做一件非常無聊的事。這件事情從頭至尾我並沒有從心裡認可，那麼我為什麼要為這件事情付出呢？我想。

不管秋秋這一次會走向哪裡，我都會回去睡覺。我想。

我們在回儺賜的半路上碰上了我媽和高山叔。我媽說她是怕天黑了，我們看不見路，送電筒來的。她手裡還真拿著兩支電筒，怕我們不相信她，還把電筒往上舉了舉。

本來，秋秋這麼走著，眼前晃著的總是她大哥最後留在她腦子裡的那副嘴臉，就是說，這一路上全是由她大哥為她舉著仇恨的火把。我媽和管高山一出現，就把她大哥的影子擠開了。這樣她就不走了，她站下來，東張西望一陣，又回頭往回逃。

霧冬一下抓住她的手臂，不讓她走。秋秋掙，叫霧冬放開她。霧冬說，妳不要回去了，妳大哥不會讓妳進屋的。秋秋說，你別提他，我死也不會回大哥家！霧冬說，那妳還能去哪？秋秋說，我去死！霧冬硬硬地紮著她，要把她的骨頭都抓斷了一樣。他說，我不讓妳去死！

我媽上前來，把一臉的心痛和同情從眉眼間擠出來，去撫秋秋零亂的頭髮。秋秋把頭亂搖，躲著我媽的手。

我媽突然就對霧冬凶起來，說，愣著做啥？這麼難走的路，就不曉得背上秋秋走?!

霧冬一下子明白過來，強行把秋秋扛了起來。

秋秋就在霧冬的背上喊，我不回去我不回去放下我讓我去死我去死我死也不回儺賜去……

不管她喊什麼，我們都默默地聽著。

這很像一種什麼儀式。她的喊聲和我們的腳步是這個儀式的主要形式。

到儺賜的路還有些長，而且這個時候天已經完全黑了下來。秋秋的喊聲已經由弱到沒有，在深深的黑暗中，她也沉默了。管高山在這個時候替下了霧冬，之前我媽用電筒光照過我的臉，她從我的臉上沒有看到可以替下霧冬的積極性，所以她拉了一下管高山。管高山在被她拉過之後，就對霧冬說，來我背吧。就把秋秋接過來了。

秋秋被換到管高山背上的時候又開始了喊叫，休息了一會兒，她的聲音又變得有些高了，而且還有比先前更加尖利的勢頭。霧冬大概是不想聽到這種尖利的聲音，要不就是想跟她和一曲。他也開始唱了。他唱的是經，什麼經我不清楚，但我知道那肯定是經。霧冬的聲音比秋秋的粗重，對秋秋的聲音有著一種包裹性。秋秋的聲音很快就被包裹住了。接下來，我們聽到的就只有霧冬的唱經聲了。

墨一樣的群山把黑夜點染得十分蒼涼，霧冬的唱經聲在這一片蒼涼之境播種著更加深重的蒼涼。

我媽說，霧冬你別唱了。

霧冬真的不唱了。

我們的腳步聲在這冷寂得跟一塊鐵一樣的黑夜裡，顯得那麼膽小可憐。不過，好的是，我們終於到儺賜了。

秋秋被管高山放到電燈光下，有一會兒沒能睜開眼睛。等到她把眼睛睜開，她發現她已經站在岩影為她壘的火爐前了。她沒有看面前站著的這些人，她把眼皮低下去，青著臉往門外走。她當然沒走得動，霧冬把她拉住了。即使霧冬沒拉她她也走不出門，岩影還躲在屋外的黑暗裡。這件事情到這個時候他還不宜出面，他躲在黑暗裡為了在事情需要多一個人幫忙的時候出現。

秋秋被霧冬拉著，動不了，但秋秋臉上是青成鐵皮一樣的倔強。

我媽一直默不作聲，但我們都能感覺到她的眼睛在說話。她看一會兒霧冬，霧冬就領悟了她的意思，懶懶地酸酸地跟秋秋說，秋秋，藍桐替妳擋過牛呢，為了妳他命都差點送了，妳不跟他就是欠下他了。這話在我聽起來怎麼聽怎麼都有一種諷刺的味道，我那一刻差點笑起來。可我媽盯著我看，我就沒笑得出來。媽的眼睛裡那麼多可憐那麼多心酸，我看得心直往下沉。我說，媽，秋秋不同意，我退出算了。我媽被我的話嚇了一跳，臉上的皺紋有過一陣慌亂的扭動。

我爸的聲音在一邊響了起來，說你他媽的說胡話！我很認真地迎視著我爸，說，你們不就是想我有一個媳婦嗎？我往後娶一個就是，何必要逼著秋秋呢？秋秋在這個時候飛快地瞟了我一眼，我驚異地發現那眼神裡感傷比感激要多。她敏銳的情感觸腳簡單地把我的話當成了對她的輕視。但是，這個時候我們已經沒有時間去計較去解釋這一個話題。我爸被我氣瘋了，上來狠狠地甩了我兩耳光，讓我本來就青腫的臉更加青腫。我爸打完我後說，你他媽的讀書讀出息了，會說幾句話了不是？說你他媽的也不撒泡尿照照你的樣子，就你這熊包樣還能自己娶回來媳婦？你他媽在你面前現成的都不敢弄，還想自己去娶？你他媽的就是娶回來了你養得起嗎你?! 我爸這麼罵著我的時候，眼睛裡有淚光在電燈光下閃爍。我被這些不斷閃爍的淚光晃得眼前發黑，心裡悶得有些缺氧。於是，我深深地埋下頭，決定用這種方式把我的思想藏起來。

媽蹭到秋秋面前去，長久地看著秋秋。秋秋長久地埋著頭，並不準備理會我媽的眼睛。秋秋還使足了勁想掙脫霧冬鐵箍子一樣的手。我媽不管她是掙還是不理會，就那麼固執地看著，看著。秋秋終於沒抗得住，抬起頭叫了一聲媽。兩雙女人的眼睛終於對接了，像兩股遙望了好久的水流終於交匯在一起。兩雙眼睛同時流下了滾燙的淚。

但是，秋秋還是說，媽，我不能。

媽就嗚嗚哭起來，像長江決堤一樣哭。

我媽不光是在為現在哭，還是在為過去哭，不光是在為秋秋哭，還是在為自己哭。這是一顆痛楚的心對另一顆痛楚的心的悲憫，也是一顆痛楚的心在乞求悲憫。眼淚的交流讓兩個女人的心一下子緊緊擁抱在一起。秋秋呼嚕吸溜著眼淚鼻涕，悲悲地叫著媽。我媽則在秋秋的呼喚聲中更加傷心地哭。哭聲像一股洪流把如鐵的現實沖得搖搖欲墜。

我媽說，娃啊，妳就依了吧，媽也是從這條路過來的，不也走過來了嗎？

秋秋說，媽，不能啊我。

媽說，沒有過不了的路，咬咬牙就過去了。

秋秋嗚嗚哇哇，泣不成聲。

後來，秋秋終於受不了這種悲痛的氣氛，突然往屋外逃。可能是聽她們的哭聲聽得太忘我了，這一下，霧冬竟然讓她逃到了屋外，可還是被岩影抓住了。秋秋看清是岩影，哀哀地求，大哥你放了我，讓我走吧。可岩影不放，岩影的手像鋼鉗一樣。

我爸突然衝我喊，藍桐，去！火爐上的繩，拿來把秋秋綁到你床上去！爸知道這場戲演到最後要動繩子，早就準備好了。可是我不想用繩子把秋秋綁到我床上去。如果非要讓秋秋去我床上的話，我也希望秋秋鬧過一陣，最後自己走到我的床上去。甚至，這個時候，我也如秋秋一樣有一種逃走的渴望。我爸從我這裡沒看到一線希望，他有些絕望地扯了幾下嘴角，像烏鴉一樣怪叫了一聲，然後撲通跪在了秋秋的面前。我爸不光跪下，還咚咚地給秋秋磕頭。秋秋覺得，天都蹋下來了。她也撲通一聲跪到爸面前，嘶破了喉嚨，喊出了能讓隱藏在黑暗中的儺賜眾山也震顫的一聲，爸——

# 第九章

## 26

秋秋現在睡在我的床上了。

一個美麗的女人躺在我的床上！

我明明白白地不能再無所謂了，我的心突突打擊我的胸膛。

我的血液開始狂歡，我感覺腦子裡轟的一聲，我就不是我了。我成了一隻被幸福沖昏了頭腦的山羊，不知道是舞我四蹄好還是舞我的犄角好。

我看到秋秋，一個花一樣的女人，一個一直把我當成弟弟一樣愛著的女人，像死人一樣躺在我的床上，完全是一副聽天由命的絕望樣子。一種犯罪感在我的腦子裡若隱若現，就像一個調皮的孩子在我沸騰的血液裡遊戲，一會兒探出個頭，一會兒又舉起一隻手。我感到喉嚨發乾，呼吸急促，腦腔裡火辣辣的。

我在床前手足無措了好一陣，還是不知道該怎麼辦？最後我選擇了說話，我想我怎麼也得跟秋秋說點什麼。

我說，秋秋這不能怪我也不能怪妳。

秋秋沉默著，有一雙無形的手，把她的淚腺拉得好長好長。

我說天啦妳哪來這麼多淚，妳把妳一輩子的淚都流完了。

這雙無形的手就把秋秋的淚水拉得更快些更長些。

我說，秋秋我喜歡妳。

秋秋的嘴動了一下，是抽噎弄的，後來她的嘴咬了起來，把她的下嘴唇咬得發青。

我說，秋秋妳不喜歡我嗎？

秋秋咬著嘴唇搖頭，搖過了就把臉偏到一邊，我想她肯定是想說這件事情跟喜歡不喜歡沾不上邊兒。

我說那妳怎麼不理我？

這個問題秋秋可能也說不清，說不清就只有搖頭。她哭了一天，可她的命運仍然還站在懸崖前，她的努力並沒有能阻止別人把她往懸崖前推。那麼她只有閉上眼，往下跳了。現在她真閉上了眼，真聽天由命了，她想一直閉著眼，再不要看到這個給她命定了如此尷尬命運的老天。

我說秋秋我知道妳無法接受這種生活。我說我其實也無法接受，但是我沒能力改變，我是儺賜的男人，就得按儺賜男人的法則生活。

秋秋的眼皮顫動，兩股清淚汩汩不斷。

我說秋秋既然妳不討厭我，那為什麼又不理我呢？

我說，妳也不討厭我，我又喜歡妳，那妳跟我在一起總比跟妳討厭的人在一起要好吧？

秋秋還是深深地躺在她的傷心和絕望裡。

我的心也不跳了，往一個黑洞洞的谷底下沉。

我離開秋秋，走到了屋外。

爸一直在外屋關注著裡面的動靜，看到我出來，一雙眼睛像鐵錐子一樣往我骨頭裡刺。爸問，你咋出來了？我一時傻了一會兒，但很快我就撒了個謊，我說我想去上廁所。爸就一直用那種鐵錐子一樣的目光看著我出門，走向茅廁。

我在茅廁裡站了好一陣。我的眼前是黑得如漆的天空，看久了，眼前就跳蕩起一兩個如星星一樣的白點，後來這幾個白點就變成白色的蝴蝶在我面前飛舞。跟著這些白色的蝴蝶，我走出了茅廁。我還要跟著它們去一個不叫儺賜的地方，可我爸不讓。就在我的腿邁向一條黑色小路的時候，我爸的眼睛出現在我面前。

我爸的那雙眼睛在黑夜裡竟然鬼火一樣閃著磷光，這雙眼睛嚇跑了那些將要帶我離開這個地方的白色蝴蝶。他把我揪到屋裡的燈光下，找準我流淚的臉扇了一耳光。他狠狠地罵我，呆羊！媳婦都躺到床上了，還不曉得該做啥?!

我的臉挨了他一耳光後就迅速變得緊繃繃的，我摸著緊繃繃的臉傻站著。爸就幾下把我推進睡房，然後反扣了門。爸在門後面說，別丟臉，你得像個男人！

我被斷了後路，前面的路倒顯得有些明朗了。我想我爸說得對呀，我是個男人呀。我想一個男人怎麼會看著面前躺著個美麗的女人而不知道做什麼好呢？秋秋的美麗不是一直都很吸引我嗎？那麼我還猶豫什麼啊？

然而，我看到秋秋的淚流還沒斷。

我空空的喉嚨吞咽了幾下，我希望把我身體裡那些蜂湧而起的渴望吞下肚子裡。

但是，我卻感覺到我的心比原來更加浮躁起來。

我說秋秋妳不是不討厭我嗎？那我們就說話啊。我說妳也聽到了，爸把我們的門都反扣了，我們要是不讓他們滿意我們就出不去了。我們的事情是爸媽安排的，爸媽也是按儺賜的規矩安排的。從妳嫁過來那天起，我就已經是妳的男人了。雖然我沒跟妳拜堂，但我已經是妳的男人了。我說我們儺賜這地方，哪個女人該跟幾個男人，該跟哪個男人，不是人說了算，是錢說了算。

在燈光下，我看到了自己的另一張浮裡浮氣的臉。我說秋秋你摸摸我的心，看我的心跳得多厲害，我喜歡妳。我說秋秋妳嫁過來的那天我就喜歡上妳了，我也是個男人，霧冬能給妳的快活我也能給妳。

我沒有看到我的話在秋秋臉上起一丁點兒作用，變得有點著急了。我說，我看妳是看不上我，妳說妳看不上我哪兒，妳討厭我哪兒？我說秋秋妳別不理我啊，妳這樣我的心像刀子絞一樣痛啊，妳今晚要是不跟我說話，明早上我就死了。

可是，秋秋還是緊緊閉著眼，一副雷打也不動的堅定樣子。

我突然很噁心看到我的那張浮氣的臉。我閉一會兒眼睛，讓那張臉離開。後來，我的眼睛裡就湧出了一點傷心，我說，秋秋我跟妳說吧，儺賜人要是有辦法也不會這樣做。我們儺賜地瘦，地高，地裡長的還不夠糊嘴，人歷來就窮，莊上的姑娘好的不好的都往外嫁，寧願嫁山外的豬，也不嫁自己莊上的人。我們莊上的男人，只能到外面去娶媳婦。到外面娶媳婦還娶不起，就想了個湊錢娶媳婦的辦法。我們儺賜人也是人，也知道這種做法噁心，但我們只有這樣，才不至於活不下去。

這麼說著，我的喉嚨被傷心堵上了，我哽咽起來。

秋秋眼皮開始猛烈地顫抖，像裡面有一群小精靈正擁擠著要頂開她的眼睛。慢慢的，那雙圓溜溜長著濃密睫毛的大眼，終於睜開了。但剛睜開又閉上了。

但只這一下，那雙眼睛就已經徹底暴露了她的失敗。我知道她心軟了，女人是泥做的，見不得眼淚。我心裡有一個聲音告訴我，走進她懷裡去吧，她已經把門在她心門上的那個門閂拿開了。我聽到我的聲音顫抖得很厲害，這個顫抖的聲音在說，秋秋，我來了呀。

顫抖的聲音落下的時候，我的身體也開始顫抖起來。我抖抖索索鑽進被窩，在秋秋身邊躺下。我那麼近地挨著這個美麗的女人，她的體溫她的體味都讓我暈頭暈腦，傷心漸漸就被一股欲火燒得沒了影兒。可是，可是我卻不知道該從哪裡開始！那麼多那麼多次，我做過那麼多夢，可這下我想從夢裡獲得啟示，卻再也想不起那些夢了。好像我並沒做過那些夢。在真實面前，夢就逃了，我得靠自己。

我把自己冒到喉嚨口的心吞下去，我調動出保存在腦子裡的那些曾經是從睡房隔牆上偷看來的畫面，想照著搬弄。學著畫面上的霧冬，我把雙手伸向了秋秋的胸。當我的手觸到她的乳房的時候，我一下子就清楚我該怎麼幹了。原來這些事情是不需要師傅的！可是秋秋要阻止。秋秋閉著眼，但秋秋的手長著眼睛一樣。我的手到哪兒她的手就馬上跑到哪兒去阻止。不過，對於一個正在慾火裡掙扎的男人來說，這種半推半就倒成了一種挑逗，我手啊嘴啊腳啊全都動起來，全都亂其八糟動起來。秋秋雖然也跟著忙起來，還睜開了眼睛，但她還是顧此失彼，被我剁成了一條光溜溜的魚。秋秋就在這個時候在我的肩頭上咬了一口。

這一口咬斷了我身上的火源，我看到我頭頂的火焰跳動了幾下，噗地一聲熄了，只剩下一股不知道東南西北的青煙。

秋秋捂著臉哭起來，很傷心很傷心地哭。

我的脖子在她的哭聲中漸漸軟了，頭像一隻瓜一樣重重地吊下來。這樣，我就看到了她下身那一片鮮紅。

秋秋來紅了。對呀，我昨晚就知道她來紅了呀！

昨晚，我聽到秋秋對霧冬說，女人來了紅還幹那事，是要生病的。

書本也告訴過我，女人在月經期不能同房。

我是一個崇拜書本的人。我對秋秋說了聲對不起。這一聲對不起在我們儺賜顯得那麼另類，它讓秋秋在詫異間把傷心也暫時放到了一邊。

秋秋喃喃地問我，你說什麼？

我說，我說對不起。

秋秋說，你為什麼要說對不起？

我說，我，知道妳來月經了還要要妳。

秋秋眼睛磁了一會兒，兩顆熱淚就在眼眶裡蓄滿了。

## 27

天亮了，爸就到這邊來喊，藍桐、霧冬起來下地，秋秋起來煮豬食、餵雞、做飯啦。

好像昨天並沒發生什麼事情。

我在我爸的喊叫聲過後睜開了眼睛，我不記得我是什麼時候睡過去的，我像是被別人從一個完全陌生的地方突然拋到了這裡，一時間竟然沒有弄明白自己怎麼會躺在秋秋的身邊。秋秋也睜著眼睛，她看著屋頂。她看著的那個地方是一塊平整的樓板，樓板上有一塊不規則的污痕，有點像尿乾後留下的，但我知道那是雨水漏進來留下的。後來秋秋把眼睛從那個地方轉向了我，但剛碰到我的眼睛就閃開了，慌亂中又回到了原來的地方。我說，秋秋對不起。秋秋就不看那個地方了，她把眼睛閉上了。

我爸又在喊了，那喊聲在寂靜的清早像雷管爆炸一樣。

我說秋秋妳睡會兒再起來吧，我出去就行了。

可秋秋卻撐著身子起來了。秋秋默默地起床，默默地去豬圈巷子裡燒火煮豬食。

那天，我和爸在地裡看包穀芽。剛剛拱出土來的包穀芽嫩黃色，這個時候它們最吸引野兔和鳥，而且，播到地裡的種子對老鼠也是一種誘惑。我們要看該出包穀芽的地方有沒有包穀芽，要是沒有，那就是種子被老鼠偷吃了，就得趕緊補上。如果看到出土的包穀芽被糟蹋了，也要補上種子。這種活不費力，我爸就一直跟我說話。

他說，你從昨晚起就變成一個大男人了，今後就別還是一個呆羊的模樣。

他說，儺賜這種娶媳婦的方法書上是沒有過，但我們儺賜人不是生活在書本上，是生活在儺賜。

他說，在儺賜這地方，你爸能給你們娶到秋秋這樣的媳婦，已經是對得起你們了，看秋秋多俊啦？

他說，這莊上除了你媽，就沒有一個媳婦比得過秋秋。

我爸不不厭其煩地說著話，讓我頭腦裡嚶嚶嗡嗡的，眼睛發暈。我一屁股坐到地上，眼前又開始飛舞起好大一群蒼白色的蝴蝶。我的靈魂被牠們引誘到空氣中，和牠們一起舞蹈，翩飛，要去遠方了。我爸在我屁股上踢了一腳！當我眼前的蝴蝶突然消失，靈魂嚇回到身體裡後，我感覺屁股很痛。我爸，正站在我身後，鼓著眼看著我的屁股，右腳還蠢蠢欲動地準備來第二腳。原來，我把一窩包穀芽坐住了。

站起來，看著那一窩被我坐成殘廢了包穀苗，我摸著屁股想，我回去吧，這活兒幹著無聊。

我這麼想著，就真提腳走人了。我爸在我身後哎哎哎叫我，我也不理。我爸就朝著我的背喊，怎麼養了你這頭呆羊，媽的！

我跟自己說，呆羊就呆羊，回去睡覺去。

我蒙頭蒙腦趕回家，糊裡糊塗就挨了幾拳。睜開眼睛一看，是霧冬瘋子一樣站在我面前。他不光打了我，還十分憤怒地抓著我問，秋秋身上不好了你為什麼還要欺負她？我早被這突如其來的一頓拳頭打傻了，這會兒就成了名符其實的呆羊。霧冬就把我的傻看成是在事實面前的無話可說。他並沒有因為我的傻而放棄他的發洩，我被他打流了鼻血。

這件事情發生得突然，秋秋是在後來聽到霧冬口口聲聲說我欺負了她的時候，才明白這架是為她打的。於是，秋秋上來，抓著霧冬一個勁兒地喊，他沒有欺負我他沒有欺負我！霧冬這才停下了。這回輪到霧冬傻眼了。霧冬用一對呆雞眼看看秋秋，又看看我，然後就怪裡怪氣地笑了幾聲。他瞪著眼問我，你沒欺負她？我從霧冬的眼裡看到的，並不全是由於憐香惜玉生發的仇恨，那裡其實有很多是自我悲憫，抑或是自我仇恨。我心裡湧過一陣悲涼，不想再看他的眼睛。我擦著鼻血走開。

他的骨頭裡還有受不了別人輕視的東西，我表露出來的對他的可憐和同情有些刺激了他，他很難受，他把這種難受注入到聲音裡，讓聲音變得陰陽怪氣。他嘿嘿怪笑幾聲，說，看你這呆羊樣，也做不成什麼事。他說完這句，就把眼睛轉向秋秋，嘴巴扯了一下，又扯了一下，說，秋秋妳比一隻貓還沒意思。

霧冬走開了，他不要看到秋秋，他回到自己那邊去了。

霧冬說秋秋比一隻貓還沒意思，這是一句很奇怪的話，它讓我和秋秋兩個好一陣真像一對兒傻貓一樣愣著白眼回不過神來。後來，秋秋大概想明白了，癡愣的眼睛開始轉動，淚水瞬間充盈了雙眼，並且奔流而下。正抹著眼，我爸回來了。爸看到秋秋在抹眼睛，還看到我在抹鼻血。他的臉上扯了一下，咳了一嗓子，然後折身出門了。不到一秒鐘，他又回來了，大著嗓門兒說，你們爸想吃雞蛋了，昨天你們媽過來時帶來幾個雞蛋，在碗櫃裡，秋秋妳把它炒了。

秋秋默默地取來雞蛋，默默地炒。香氣滿屋子飄，我明明看到當時爸也在貪婪地吸著鼻子，可是吃飯的時候爸卻說秋秋炒的雞蛋不香。

坐上飯桌，秋秋還是深深地埋著頭，只看著自己碗裡的飯。炒雞蛋肆意地散發著誘人的香氣，可她似乎從昨天起脖子裡就沒了骨頭。她抬不起頭來。我替秋秋把炒雞蛋夾進她的碗裡，秋秋不領情，默默的又把雞蛋從碗裡夾回去了。我尷尬地去看爸，爸卻用眼神鼓勵我再幹。於是我就再一次往秋秋碗裡夾雞蛋，爸就在這個時候說，秋秋炒的雞蛋不香，他還是喜歡吃我媽炒的雞蛋。說我媽炒的雞蛋，那才叫香哩，一個莊子都能聞到香味兒呢。秋秋聽爸說這雞蛋不好吃，也就不再往回夾了。乾脆停了嘴，等著我往她碗裡塞雞蛋。她的碗都裝不下了，我也不夾了。我說，吃吧。秋秋像蚊子一樣小聲問我，這雞蛋你也不喜歡？我忙說我喜歡我喜歡，好吃得很哩。這種過激的反應倒讓人覺得有了很多做假的味道，秋秋把頭埋得更深了。爸用筷子敲我的頭一下，說，不好吃就不好吃，誰做的誰吃，讓秋秋自個兒吃吧。爸說這話時在跟我擠眼，我弄懂他是故意這樣，讓秋秋一個人享受那些香噴噴的炒雞蛋。

可是秋秋不看爸，也從來沒看到我爸這麼滑稽可愛過，就不知道爸的真正意思。秋秋端著碗貓一樣無聲地從我們身邊走開，去了霧冬那邊。

過了一會兒，秋秋空著手回來了。她埋著頭站在我們身邊，很小心地說，霧冬還沒做飯。我看出來她是在猶豫是不是還要給霧冬盛飯過去，她臉上帶著很多為難。

我說，妳坐下來吃飯吧，我給他送過去。秋秋飛來一個眼神，在我臉上點了一下。我放下自己的飯碗，用一隻大碗給霧冬盛了一大碗黃燦燦的飯，還給他夾了很多菜，然後給他端了過去。

霧冬看是我端著飯，一張正忙著的嘴突然忘了嚼，半嘴黃米飯在他嘴裡像屎一樣難看。我把飯放下，想跟他說句什麼話，但他嘴裡的不堪目睹讓我腦子裡突然出現一片空白，把想說的忘得很乾淨。

回到飯桌前，我看到秋秋還是埋著頭在慢慢地吃，樣子很像一隻貓。

我說，秋秋妳抬起頭吃飯吧，妳這樣脖子會痛的。

秋秋嘴上停下了，頭卻沒動。

我說，妳不要埋著頭，妳沒做錯事。

秋秋還是木偶一樣，一動不動地盯著碗裡的飯。我看到一顆淚珠掉進了她的飯碗裡，接著又有一顆往裡掉。而秋秋的頭髮，那些被風吹起來，顯得有些零亂的碎髮，在顫抖。

我去看我爸，我希望他能看到秋秋這個時候的樣子。爸的眼睛躲閃著我的眼睛，後來，他端起碗到水缸邊咕咚喝水，喝完水，他端著碗到院子裡去了。

我看著爸的背影消失的地方，對秋秋說，做錯事的是我們，該埋著頭的是我們，不是妳秋秋，妳不但要抬起頭來生活，妳還可以罵我們，想罵誰就罵誰，如果罵能減輕妳心頭的痛恨的話。

秋秋的頭慢慢動了起來，但仍然艱難得抬不起來。

我說，秋秋妳要是還想告我們，我陪妳去集上。

秋秋終於把頭抬起來了，我看到她的眼睛都快要被淚珠子撐破了。看著這雙眼睛，我的心要碎了。我說，走吧，我們現在就去。可秋秋卻突然衝我搖起了頭，把淚珠子搖得滿山飛。兩三顆淚珠子打在我的臉上，我感覺到一種無與倫比的冰涼。如果一個人的心不是冰涼到極限，怎麼會把眼淚流到這般冰冷啊。

秋秋帶著她一臉冰冷的淚水，到豬圈巷子裡蹲下，把哭聲和淚水一起捂進她的臂彎裡。她的背，一下一下地抽畜，那是她沒法掩飾著的另一種哭泣。

我走過去，說，秋秋，到房間裡去吧，現在，我的那個房間是屬妳的。

秋秋不動，背抽得更深了。

我上去扶著她，我把她往上面提，我希望自己能把她帶到房間裡去。我說妳到房間裡哭去吧，妳想哭就哭出來，別怕別人聽到。秋秋就真站了起來，推開我的手，自己朝那邊走。可是，她剛走到堂屋，就停下了。她還是不知道是進我的房間好還是進霧冬的房間好。

## 28

四仔爸死了。霧冬沒等陳風水派人來請，自己背了他做道場用的傢伙去了。我爸說我們也得放下活兒，去幫忙把四仔爸送上山。我爸的意思，秋秋也要去幫忙的。但秋秋像沒聽到一樣，手上做著什麼就還做什麼。爸只好明說，秋秋，妳也得過去幫著做些火爐上的活，家裡的活先放一放。秋秋說，我不去。爸說，陳風水對莊上人好，莊上人肯定家家都去，除了不能做事的娃可以不去以外，大人全得去的。秋秋還是說，我不去。我爸說，今年陳風水都沒算妳的集資款叻，妳不去不好。可秋秋還是說，我不去。

我也不想去。對於陳風水這人，我不知道我是喜歡還是討厭，但這些都不重要，關鍵是我不喜歡到人多的地方去。我骨子裡有很多貓頭鷹的特質，我喜歡孤獨。

我說，爸，你們先去，過會兒我和秋秋過來。

爸白我一眼，看得出他對我們不抱好大的希望，但他也沒法，只好自己先去了。

秋秋問我，你怎麼不去？

我說，我不想去，我想睡覺。不上學以後，我最大的愛好就是睡覺。懶懶地躺在床上，什麼都不想，又好像想得很多很遠。人變得很輕，像一片雞毛在空中飛翔，有時候又變得很重，卻像躺在船上飄。

秋秋問我，藍桐你是不是在生病？

我說，我沒生病，我是懶惰。

秋秋可能還沒有看到過自己說自己懶惰的人，她驚訝地看著我。我說，我真是懶惰，我不喜歡幹活，我怕累。秋秋說，那你去睡吧。我就真躺到床上去，拿一本課本蓋住臉，慢慢地去找尋那種發飄的感覺。但只一會兒我就起床了，我發現我不能像以往那樣平靜地躺著了。我想看見秋秋，哪怕是遠遠地看著她也行。

我媽也在四仔家幫忙，沒見著秋秋，就抽空來喊秋秋。秋秋正坐在院子裡，眼睛看著前面的一塊地出神。那塊地是泥地，很潮濕，被小雞們用腳刨出了好多傷痕。有兩隻已經長上了翅膀的小雞，就在秋秋視線的終點處一下一下專心地刨著，仔細地尋找可以啄進肚子裡的東西。

我媽輕輕喚了一聲秋秋，秋秋醒過來了，但仍然沒有力氣把目光拔回來。我媽走進屋裡，端出一個小板凳，坐到秋秋身邊。秋秋這才把視線從那塊地裡拔起來，叫了一聲媽。

我媽說，四仔爸死了。

秋秋說，我知道。

我媽說，怎麼不過去看看？

秋秋說，我身子發軟，頭有些昏。

我媽說，得熬點薑水喝，我給妳熬去。

我媽站起來，真要去替秋秋熬薑水，秋秋忙站起來說她自個兒熬去。我媽說妳不舒服，歇著，我替妳熬，一下就好了。我媽走路比秋秋快，秋秋只好眼睜睜看著她把活兒搶了過去。

我媽捅開火，坐上水，洗薑。

秋秋站一邊，心裡一陣暖流漫捲，就想把心窩子掏出來給我媽看。

秋秋說，媽，我不知道這日子該咋過。

我媽看也不看秋秋，像拉一件很家常的事情一樣說，看別人種包穀了，就種包穀，看別人開始插秧了就插秧，日子跟著季節過就行了。這麼說著，我媽抬頭看了我一眼，問我，藍桐，你那些書上是不是這樣說的啊？我沒有回答我媽，我看著秋秋，沒有思想地看著。

秋秋看我一眼，小聲對媽說，媽，妳真是那麼容易就過來了嗎？

媽說，日子這東西，妳把它想得簡單一點，過起來就簡單，妳把它想得難了，過起來就難了。這人啦，得把自己當棵草，放哪兒在哪兒生長，遇風遇雨，遇熱遇冷，都不能當回事兒。

秋秋說，媽，那妳說我還該對霧冬好嗎？

媽說，該呀，對誰都得好，女人就得對自個兒的男人好。

秋秋不作聲，把頭埋下。

媽熬好了薑水，看著秋秋喝。她要秋秋喝完了跟她一起去四仔家轉一趟。秋秋說不想去，我媽說，去，怎麼不去，跟媽一起，去看看，幫忙的事兒妳不想動就算了，但妳得去看看。莊上死了人，妳走攏去，多個人氣，多個聲音，喪家熱鬧一點。

我媽是想幫秋秋過一道關口，只要秋秋能站到人前，這往後的日子就輕鬆一些了。

我媽說，不光妳要去，藍桐也要去。我媽要把秋秋拉走，我覺得一個人在家也無聊了，就跟了她們一起往四仔家去。

四仔家滿院子都是忙碌的人。秋秋被我媽拉著手，走路不敢抬頭，眼睛不敢看人。媽卻把她拉到人前，把別人介紹給她。這個叫嬸，那個叫叔，這個你該叫嫂子。秋秋不得不抬起頭跟人家點頭，跟人家微笑。這個過程很重要，這個過程中秋秋看到別人的眼睛裡並沒有鄙視或者低看她的意思。她看到的是別人對她的容貌的羨慕，聽到的也是別人對她容貌的誇讚。他們的表現讓人覺得他們並不知道秋秋身上發生的事情，或者就是他們並不在意秋秋身上發生的這件事情。走了一圈兒，秋秋頭也慢慢抬起來了。看著一堆女人在擇菜，媽就拉著秋秋過去。女人們就都看著秋秋打招呼，問媽新媳婦叫啥名兒，有知道的就說，是叫秋秋吧？山歌子唱得特好啊。我媽就說，就是叫秋秋。我媽就指著這些個女人，一個一個地讓秋秋叫。秋秋叫過了，女人們就嘖嘖著嘴，說秋秋妳也是跟我們一樣頂太陽冒雨的，怎麼就曬不黑呢。說妳也是扶犁握鋤頭，怎麼腰就那麼細呢？秋秋不好意思地埋下頭，女人們就不說秋秋了。四仔媽在哭喪，她們都支著耳朵聽四仔媽哭喪了。

我們儺賜人，哭喪有哭歌的，但各人家的喪情不一樣，哭出來的只是調沒變，詞差不多都變了。

四仔媽扯著個大嗓門兒，是這樣哭的：

叫聲哥喲我的君，我說你才沒良心。

喲——沒良心

跟著你來已十年，你好生站著沒十天。

喲——沒十天

吃好睡好還不算，還拋下我們上了天。

喲——上了天吻！

……

大妞頂著一頭蓬亂的頭髮，站在她媽旁邊，眼睛裡噙滿了淚珠，喉嚨裡嗚嗚的。二妞和三妞卻在一邊追打得歡，四仔吊在他媽懷裡，從媽媽的腋下拱出個頭來，一雙眼睛溜溜轉。女人們聽著看著，眼窩就有些瘪起來，就開始談起四仔的爸，說他什麼時候得了肺結核，什麼時候娶了四仔媽，又什麼時候就躺在床上起不來了。

# 第十章

## 29

霧冬這天夜裡沒回家。早上起來，秋秋看到昨晚留著的門仍然沒有閂上門閂，就看著兩扇門發愣。我起來看到她正愣怔，替她打開門。她說，霧冬昨晚沒回來。我說，做道場的時候道士都不興回家。她說，可以前那麼遠他都回來。我想這事很難跟她說清，也懶得說，就上茅廁去了。

秋秋就在我蹲茅廁的時候輕輕衝我喊，藍桐，我去四仔家了。

我說，妳等等我，我也去。

可秋秋似乎等不及我，她說我先走著，你後面來。等我從茅廁裡出來時她真的不在了。我趕著跑了一段兒路，才攆上了她。

四仔爸是早上八點三十分下葬，霧冬一早就起來設壇做道場。秋秋巴巴地等到霧冬唱完了這壇，給他端了一碗茶水過去，悄悄問他為什麼離家這麼近晚上都不回家。當時旁邊的人多，霧冬不好回答，一口兩口把茶水喝完了，把碗遞給秋秋，小聲跟秋秋說，他這邊完了跟她說話。

接下來就要準備發喪了，霧冬喝下秋秋端的茶水，精神突然大振，爽著嗓子喊，幫忙的準備好槓子篾條沒有？那邊有人說，準備好了。

我們儺賜人抬喪用篾，不用麻繩。篾得是新鮮的，剛從竹籠下砍來的竹，破成篾，會散發出濃濃的清香。

道士的鑼鼓敲得密了，唱經的聲音也拔高了。這個時候是道士們最威風的時候，在場的人幾乎全圍著他們，全神貫注地等待著掌壇者的命令。霧冬穿著件黑袍，戴著頂黑冠，手裡舞著把黑色長劍，道氣橫飄。莊上的壯年男子全站到已經捆綁好的棺材邊，等待著抬喪。霧冬目無凡人，把一隻公雞在空中舞一下，扯下一皮雞毛，掐下一點雞冠，沾了血，把雞毛貼上棺材。把公雞放在橫於棺材上的槓子上站著，口中唸唸有詞，雞就那麼乖乖地蹲在槓子上，成了真正的木雞。旁邊就有人喊起來，亡人要上山了，孝子快哭啊！於是，棺材邊兒上原先咽咽咽唱著的喪歌聲突然就高揚起來，哭喪的隊伍也加大了，悲傷抱成一股排山倒海的聲音洶湧起來。

圍在旁邊兒的女人們，眼窩淺的就開始抹淚了。有的還忍不住起了哭聲。

道士霧冬，左手舉起一個瓦罐兒，右手舉起長劍，口中唸唸一陣，突然擊破瓦罐兒，高喊一聲，起！

這一聲令喚起了一團吼聲：起！

棺材就被壯年們用肩頭扛起來了。

霧冬唱：

走吧！
大雞帶你走到冷水穀，
大雞帶你走到冷水沖，
那裡有黑竹一對，
你去摘根做杖柱，
拄著它去過奈何橋……

哭喪的全站起來，深深地埋著頭，哭喊著踉踉蹌蹌跟上了送喪的隊伍。送葬隊一路放著黃煙，炸著鞭炮，熱熱鬧鬧把棺材送進了墓坑裡。這個時候，孝子要背對著暮坑，五體投地地哭。等道士念完經，就有個人來叫孝子去看亡人最後一眼。

四仔媽在我媽扶著她到墓坑前看四仔爸最後一眼的時候突然就朝坑裡撲，好幾個女人上去拉住她，她才沒能撲上去。這時候她的哭聲，詞也沒了，調也沒了。哇出一聲，氣往肚子裡拉好一陣才又哇出一聲，是那種真正的撕心裂肺的哭。這種哭聲感染力極強，女人全給她逗得滿臉濕透。

道士終於把呼啦啦舞了半天的幡朝著墓坑前邊扔了，孝子們，還有看熱鬧的人們，得馬上離開這個地方，沿著來路回去。走得慢了，怕魂被死人拉回去蓋棺材裡了。

留下來的是一些男人，為四仔爸壘墓。

至此為止，四仔爸的喪事就算完了。一些牽掛著家裡的女人就徑直往家趕了。秋秋沒有直接回去，她還回到四仔家。

她還記著霧冬說過的忙完了跟她說話。秋秋雖然已經跟我住一起了，而且走上走下我都跟她在一起，很像一對夫妻了，但她一時還不習慣把霧冬全部放下。霧冬雖然心裡彆扭，卻也沒有完全放下秋秋。他還記著秋秋剛才問過他昨晚怎麼沒有回家，他還要跟秋秋解釋。他說他昨晚沒回去是因為四仔爸的葬期緊，半夜也設有壇，回不去。秋秋說這才多遠的路啊，這裡人多，你也不怕沒地兒睡？霧冬酸酸的笑幾聲，把一輩子的深情都聚集在眼睛裡看一會兒秋秋。卻又突然發現我還杵在一邊，角色和關係的複雜彆扭讓他臉上起了尷尬，他提了一口氣，把聲音提到別人都能聽到的分貝，說，昨晚小水莊死了個人，我這會兒得趕到那邊去。

然後，我們就該從他身邊離開，回家了。

回到家，秋秋就自作主張，把爸媽睡房隔壁那間用來堆雜物的房間騰乾淨了，把我們的鋪蓋搬到了這間屋子。

我問她為什麼要這麼做，她不看我也不回答我，但臉紅著。

當晚，秋秋睡前打了一盆水進睡房，關上門把自己洗得很乾淨。我一進睡房就聞到一屋子的香氣，這香氣讓我心口發緊，像被誰捏住了脖子。我深呼吸一下，渴望就開始在胸腔裡躁動了。我摸著黑鑽進秋秋的被窩，在自己的體氣和秋秋的體氣弄出的燥熱氣流中暈眩了一會兒，然後偎了過去。

秋秋突然說，來吧。

我心裡咚地一聲。

秋秋又說，來吧。

我心裡又咚地一聲，接著又咚地一聲。接著我就開始了無法抑制的顫抖。

秋秋在被窩裡把衣服脫光了，把我的手拉了放到她的乳房上。然而我的手卻抖抖索索伸向了她的下面，當我的手觸到那一片豐潤的草地的時候，我開始像牛一樣喘息。然後，我小心翼翼地，讓我最接近心靈的那一隻腳踏上了那片神祕而美麗的草地。我陷進了沼澤。我感到我正在被一種吸引力往縱深處拉，我的心口發緊，眼睛發黑，轟的一聲，我就變成了一個氣泡。氣泡在空氣中破滅，我終於全部陷進了沼澤，再也見不到世界了。

## 30

聽到爸的叫喊聲醒來，秋秋已經不在我身邊。我用極短的時間回憶了一下昨晚的情景，心裡熱熱的，身體就積極起來。我知道自己渴望馬上看到秋秋。我翻身起床，穿衣出來只用了平時的十分之一的時間。秋秋在煮豬食。她低垂著眼簾，看著灶洞裡呼呼燃燒的火出神。火光映在她的臉上，使她看上去有了一種嬰兒才有的單純和恬靜。我怕嚇著了她，對著她的耳朵輕輕喚了一聲秋秋，秋秋抬起眼來，給了我一個淺淺的卻是非常會心的笑。就這一笑，使我渾身充滿了力量，我以為從今天開始，我就會踏踏實實面對我爸給我的生活了。但當我高高興興和我爸和秋秋一起走到地頭的時候，我的力量又退縮了，我發現，我還是不喜歡這種生活。

爸叫我和秋秋去水田裡做育稻秧的苗床。爸安排我拖犁，秋秋鏟田坎上的草。我不想拖犁，那是牛幹的活，我不是牛。我爸說那你來扶犁，老子拖行不？我爸把眼睛瞪得像霧冬他們唱的儺戲裡的山王，我知道他恨不能甩我幾鞭子。但即使他甩我幾鞭子我也不喜歡幹活，拖犁、扶犁我都不喜歡。水田經有了暖意的太陽一曬，就長出了一些野荸薺。那東西葉子像一根長針，翠綠翠綠，在我們儺賜這個生硬的地方，茅草都長得像刀，它還能保持著它本來的柔嫩，就讓人十分地感動。我知道犁把爛泥翻起來，順著草就可以找到指頭兒大的野荸薺。我還知道那東西洗乾淨了，吃起來清脆香甜。所以，最後，我還是下田了。但我扶犁，讓我爸在前面當牛拖。

秋秋悄悄對我說，你去拖吧，哪能讓爸拖？

秋秋的意思是不能讓爸當牛。但我不覺得這跟我當牛有什麼區別。我爸都當了幾十年牛了，多當一回，算不了什麼。

我一邊扶著犁，一邊看著被翻起來的泥，找著了野荸薺，就往秋秋身邊扔。秋秋撿起來就田裡的水洗了，放進嘴裡吃。我不停地找，不停地扔，秋秋看看爸的臉色，說，好了我不吃了。我說妳不吃我吃了啊。

我爸實在忍不住了，站下來，回頭氣呼呼地瞪著我，要吃了我一樣。我心裡說，你瞪什麼瞪？再瞪我就走了。但我沒讓這話從喉嚨裡出來。我吊下頭，表達了我對他瞪眼的不在乎。

不遠處一塊田裡是陳風水和四仔媽。這兩人本來是公公和兒媳關係，可總是弄得跟夫妻一樣。陳風水犁田，四仔媽鏟田坎，四仔就在一邊玩。三個妞在不遠的地方割草。看到陳風水是用牛拖犁，而我們卻是人在拖，我心裡很不是滋味。我爸心裡也肯定不是滋味，要不，他不會時不時的拿眼去看陳風水，而且越看眼睛越紅。

我爸說，媽的，你來拖！

這兒兩個拖犁的場景，我爸最後還是受不了這種比較。

我心裡說，你受不了我就受得了？我說，你不拖就算了，不犁了不行嗎？我說完就放下犁，上田坎走了。我爸給我氣得話都說不出來了，只吼出兩個短促的氣聲。我心一軟，回過頭看他一眼，坐下來，想等他來揍我一頓。我想他揍上我一頓心裡的氣就順了，但揍了我我還是不會再去拖犁的。

陳風水朝這邊喊，長根兄弟你別慌，等我把這塊犁完了，來替你犁上幾鏵。我爸跟陳風水乾乾地笑幾聲，罵我說，他媽的早知道上學會把人上成這個模樣兒，老子就不該空花那麼多錢！這話是回答陳風水的，我沒必要答理，也懶得答理。我看看天空已經變藍，就倒地上，嘴裡咬一根草，看著天空想我的心事。我的心事是些什麼，我也從來沒弄明白過，好像很多很亂，理不清。越理不清我就越想理，在暖暖的太陽底下想心事是很享受的。

我爸給我氣得沒了力氣，也坐到田坎上抽煙。陳風水就放了牛，過來跟我爸一起抽煙。他們抽的都是草煙，那東西燃燒起來，冒出的煙像我們儺賜深冬時的霧，一團一團的，又厚又重。味兒也是濃烈的，遠遠的你也能感覺到它對你的侵略。陳風水居然朝我揚起一張煙葉，問我抽不抽。我懶懶地說，不抽。我爸說，別理那狗雜種，媽的，當初就不該讓他媽的上學！陳風水說，別這麼說，我還正想跟你商量件事呢。我爸點上了煙，很迷醉地深深地吸一口，瞇著眼說，商量啥事？

陳風水也吸了一口，表情跟我爸很相似。他說，媽的，我想，上面修個學校還在叫我們交款叻，不如我們自己修個學校，讓藍桐當老師如何？

我爸像牙痛一樣嘶嘶一下，說，這樣，行？

陳風水說，咋不行？我們儺賜莊好多娃現在上不了山外的學校去了你知道不？那些學校要戶口，可我們儺賜有好多娃都沒上戶口不是。他看看不遠處正割草的大妞她們，說，我家就有三個。你說這些娃吧，總不能一天學都不上是不是？好歹也得讓她們能認識個錢呀能寫得起自己的名字是不是？

我爸突然呵呵笑起來，說村長這主意好，我贊成。又乜[1]過眼來恨恨地看看我，說，他媽的不想幹活，就讓他教書當老師。大概是已經在腦子裡看到我當上老師以後的風光了，我爸竟然那麼快就放下了心頭的氣，跟我說起笑來。說藍桐還不來替你風水伯點支煙，媽的，你要當老師了哩。我說，我不想當老師。我爸被噎了一下，又想發火。陳風水卻制止他，說，先不要冒火，年輕人氣頭上啥話都會說的。這事兒我還得到各家走走，得先讓大家湊上款子把學校修好。

他憑什麼說我正在氣頭上呢？我並沒有生誰的氣呀。我覺得陳風水很自以為是，不想聽他們說話，把臉別過來，看另一邊。另一邊，秋秋已經鏟完了田坎。原來還是一條毛乎乎的田坎，現在光光的，很乾淨。過一會兒，秋秋就要鏟一些田泥糊到田坎上去，這樣才保水。秋秋從水田裡起來了，她可能是感覺到小腿上的痛了，提起腳就往那裡尋找痛點。她的腿上爬著幾條青色的螞蟥[2]，這東西讓她感到可

1 瞇眼斜視。

2 又稱螞蝗，包括水蛭和旱蛭。

怕。我看到她慌亂地拍打自己的腿，心裡就跟她一樣的恐慌起來。從有了昨晚上那一種直抵生命的相親以後，秋秋似乎就成了我身上的一塊肉。我趕緊翻起身去為她拍螞蟥。這東西有一張尖嘴，尖嘴伸進人的毛孔吸血。秋秋顯然對這東西沒有經驗，她拍了幾下，不見有用，就用手拉。那東西全身滑溜溜，而且身體彈性很好，你拉牠，只能越拉越長，卻絲毫動搖不了牠的嘴。秋秋急得一頭汗。我在她腿上劈劈啪啪一陣拍打也不見效，也有些急了。我爸喊道，來拿打火機去燒。我忙跑去爸那裡拿來打火機點火燒，那東西屁股一被火燒著了，還真就蜷成一團掉下來了。我爸很得意，說，對付螞蟥得講究方法，使蠻力是不行的。

秋秋抹著汗說，我們那裡的田裡沒這個。

我爸說，你們那些田都是乾田，冬天也放乾了種油菜的，螞蟥都生在我們這種冬水田裡。笑笑又說，這會兒太陽把牠們曬暖和了，牠們就出來找東西吃了。

聽我爸那口氣，像這些螞蟥是他養的寵物。我特別噁心這東西。倒不是說牠有多髒，而是噁心牠那德性。螞蟥的生命力無與倫比，你把牠剁成漿，再燒成灰，但只要牠們能回到水裡，就立即獲得第二次生命，並迅速長大。聽說牛喝水要是把它喝進肚子裡，那這頭牛只有等牠把自己的血吸乾然後死去，除此之外，再沒別的辦法。螞蟥是世界上地地道道的吸血鬼。

爸吸完了煙就要下田了，陳風水也回他的田裡去了。

我也就是說，我也得下田，秋秋也得下田。我說，秋秋不要下去了。秋秋看著我，我爸也看著我。我誰也不看。我重新坐下來，說，我也不下去了。我爸破天荒地在這種時候居然開心地笑起來，說你們不會是怕螞蟥吧？我說，我怕螞蟥，秋秋也怕螞蟥。我爸說，媽的，這玩藝兒又吃不了人，怕個什麼？我說，那東西讓人起雞皮疙瘩。我爸又笑，說，媽的，起雞皮疙瘩就不幹活了？快來拖！我拉起秋秋，說，走，我們回去。秋秋不敢，甩我的手。我說妳不怕螞蟥啊？秋秋點頭又搖頭，很為難。四仔媽就在那邊說，叔讓他們回去吧，過會兒我們過來幫幫就完了，也沒多大一個活。我爸就呵呵笑，把聲音提得很高喊道，那就回去好好弄一桌飯，完了你們風水伯他們要來吃飯的。陳風水說，飯算個啥？還非得要去吃？不去了，你們別管我們，快回去吧年輕人呵呵。

不管怎麼說，我們可以離螞蟥遠些了。

## 31

岩影抱著一隻絕對美麗的錦雞來到我們家。

當時，秋秋正在跟我談我當老師的事。她跟我爸一樣對這件事情抱有特別的興趣。我告訴她我不想當這個老師，她說當老師多好啊，教別人讀書，受人尊重，還可以拿工資。她說話時眼睛裡全是羨慕和憧憬。就是在這個時候，岩影抱著錦雞來到我們家。岩影抱著錦雞，無論從色彩還是模樣都是一種誇張的對比。岩影那麼灰暗，錦雞那麼鮮亮。岩影那麼卑瑣，錦雞那麼激昂。秋秋就在看到岩影的那一秒鐘被這種對比弄呆了。

岩影畏畏縮縮把錦雞舉到秋秋面前，說，我叫黑狗幫著逮的，燉來吃吧。

秋秋呆著呆腦的，來看我。

我就替秋秋接下了錦雞。

可秋秋突然說，不要。我抱著錦雞不知道該怎麼辦，秋秋又說，還他。

岩影說，這個很香的。

秋秋看著我，堅定地說，還他。

我只得把錦雞送還到岩影的手裡。我心裡很可憐岩影，我說，大哥，你自個兒拿回家燉吧。岩影把錦雞接過去，卻徑直送到秋秋的面前。

他說，秋秋啊野雞公雞這個時候肉最香了。

秋秋連正眼都不看他，說，拿回去你自個燉吧，我不吃這個。

岩影說，妳不吃這個？那妳想吃哪個？

秋秋說，我想吃哪個不關你的事？

岩影說，妳想吃啥就說，我去弄去。

秋秋賭氣說，我想吃月亮肉，你弄去吧！

岩影說，秋秋你說笑話啊，月亮哪有肉啊？妳是不是想吃酸梅？

秋秋白一眼岩影，走開了。岩影卻抱著錦雞跟隨秋秋追。秋秋惱著火喊我，藍桐！我知道秋秋是討厭岩影了，想我趕他走。但我們是兄弟不說，秋秋也是他的媳婦，我憑什麼就能趕他呢？我只能說，大哥，你把雞放下吧，一隻手抱著累呀。岩影不理我，還是抱著錦雞攆秋秋去了。錦雞在他懷裡不停地嘰嘰咕咕，時不時的還試著想張開翅膀。秋秋在火爐上忙做飯，岩影在她身後跟著晃來晃去。他還惦記著秋秋是不是真的想吃酸梅了，因為秋秋沒正經回答他想還是不想，只白了他一眼。這回，秋秋失去了最後的耐性，對他說，我是想吃酸梅也不關你的事！你走開！這句話被岩影看成是肯定的答覆了，他沒有走開，他看不到秋秋臉上的噁心。他還纏著秋秋問，妳真懷上娃了，是霧冬的？秋秋終於哭笑不得地扔了鍋鏟朝我喊，藍桐，屋裡來瘋子了你也管管吧。

我只得上去拉岩影，岩影卻把我拉到門外。他神祕兮兮地問我，秋秋真懷上娃了？我說沒有的事兒你回去吧。他這樣我真怕不注意把他的身分暴露了。說真的，秋秋這幾天因為霧冬沒在她面前晃，她和我的日子看起來已經寧靜下來了。如果讓正慢慢適應著新日子的秋秋，突然又聽到這個只有一個耳朵一隻手的老光棍，這個在她看來神經兮兮的人正巴巴地盼著她跟我過完了，就過去跟他過，那麼，秋秋還會把和我的日子平平靜靜過下去嗎？鬼都不會相信！

秋秋好可憐。

可岩影也可憐啊。這個老光棍好不容易才湊齊了份子錢娶了三分之一個媳婦，他卻要等到他的兩個兄弟慢慢把日子過到他這兒才得把媳婦摟進家門，而如果秋秋在這之間跟誰懷上了娃，他就得等更長的時間。

我悄悄對他說，大哥你回去吧，別讓秋秋知道我們中間還有你。

他不解地問為什麼。問完了皺起的眉頭就鬆開了，點點頭，說，是，也是。但他還不走，他還有話要跟秋秋說。

他就那麼傻乎乎地抱著錦雞又跑回到秋秋身邊，說，我不是瘋子，我是真想把這只錦雞送妳，妳要不想燉，養著也可以，牠不光好吃，也好看哩。

秋秋不理他，他就把錦雞用一隻背簍蓋了，留戀地看看秋秋，走了。他一轉身就唱起了山歌，不回頭，只把有些沙啞的歌聲努力地留下來。

自從那天見妹面，
哥哥魂兒就被妹牽。
朵兒妹呀妹朵兒，
哥哥的魂妳要好好管。
……

看著岩影的背影出了門拐彎兒不見了，歌聲也漸漸消失了，秋秋深深地歎了一口氣，憂愁地說，那屋裡怎麼不是瘋就是傻呀殘的呀。又跟我說，以後，碰上他來，你就轟他走。我想說他不是瘋子，他正常著哩，但我只能說，行，下回他來了我就把他轟走。

秋秋噁心岩影，也看不慣岩影送來的錦雞。她說，一會兒陳風水村長肯定是要來吃飯的，我們乾脆把牠殺來做菜算了。我說，妳殺吧。她說，我不敢殺雞。我說，我也不敢。我還說，別人殺我看也不敢。秋秋咬著嘴唇看了一陣那只花裡胡哨的錦雞，恨恨地說，留著看著也煩。秋秋把錦雞抓起來，把牠美麗的頭放到板凳上，舉了菜刀，閉了眼。可是她沒砍下去，後來她睜開眼，看了牠好半天。然後她看著我問，我放了啊？我說，妳要放就放吧。她就把手鬆開了。錦雞撲楞幾下，還是沒能逃跑。牠的腳給幾根稻草捆著。我替牠解開了腳，牠就沒命一樣奔逃起來，像一團五彩的火焰隨風飄出了院子。

這天晚上，秋秋又變成一塊神祕的沼澤把我吸進去，讓我變成了一回氣泡。當氣泡終於破滅，我又從氣泡中回到床上的時候，我閉著眼把那一個美麗的死亡過程回想了一遍。然後，我想看看秋秋在做什麼。渾暗中，我看到她正睜著大大的眼睛，看著屋頂。我悄悄問她，秋秋，想啥呢？秋秋幽幽地問我，我要是懷上娃了，怎麼辦？我說，妳要是懷上了我的娃，妳就在我這裡一直住到把孩子生下來，養到半歲以後，那是整整一年半時間。秋秋突然拉亮了電燈，像一頭驚喜的美麗的野獸一樣盯著我。我說秋秋妳怎麼了？秋秋說我們來呀，我們趕快懷上娃呀。秋秋抱著我猛親，想把我的興奮勁兒折騰起來。秋秋還從來沒這樣過，自從她嫁過來，在這種事情上從來都是男人風急火燎，根本就沒輪到她來興風作浪。

秋秋的特殊表現讓我又驚喜又害怕，她渾身打著抖，像是激情澎湃，卻又更像是對什麼事情無邊地恐懼。

我說，秋秋妳害怕什麼？

秋秋說，我害怕一個月，我要過一年半，我不要過一個月。

秋秋說，快呀，我們來呀，我們趕著懷上你的娃，我們就可以安安穩穩過一年半日子了呀。

秋秋在我懷裡拱著，說著，竟然忍不住起了抽泣聲。

她這是喜極而泣。在似乎沒有盡頭的昏暗日子裡，她終於看到了那麼一點不一樣，那麼一點微渺的希望。就這麼一個微渺的希望，讓秋秋在灰濛濛如大霧籠罩的日子中找到了目標。秋秋就這麼一邊抽泣一邊喃喃著說，我們懷娃吧藍桐，我們懷娃吧……

# 第十一章

## 32

霧冬從外莊回來了，故意在那邊弄出很大的動靜。秋秋在這邊洗腳，都準備上床睡覺了。聽到那邊的動靜，秋秋有心要過去看，卻又有些猶豫。我說，是霧冬回來了。秋秋怕我不高興，進睡房去了。我想她肯定還要出來的，也沒急著跟進去。後來，秋秋真出來了，她小聲跟我說，我去上廁所。

可秋秋沒上茅房，她去了霧冬那邊。

霧冬像知道她要過去一樣，杵在屋中央等著她。

她說，回來了？

霧冬說，嗯。

秋秋說，吃過飯沒有？

霧冬說，在那邊吃過才回來的。

秋秋說，要熱水洗臉吧？

霧冬說，天不冷了，我不怕冷水。

到這兒，他們兩個都好像沒了話說了，杵在屋中央，兩根木樁樣。

後來，秋秋說，我問你個事兒。

霧冬說，妳說吧。

秋秋說，你和藍桐，是不是說過，我懷上了誰的娃就先跟誰過一年半？把一個月變成一年半，是真的嗎？

霧冬說，是真的，這是莊上的規矩。

秋秋臉上立刻就上來一片笑影。她終於得以確定，路途前面那個亮點不是隨時可以飛走的螢火蟲，而是一個真正的火把。而這個時候的這種寧靜的笑，卻深深刺激了霧冬，霧冬語氣突然降到零度，說，妳很高興？

秋秋被問得有些發傻，我高興了？我不應該高興？她說。

霧冬的話充滿寒氣，他說，妳為誰高興？妳懷上我的娃了還是懷上藍桐的娃了？

秋秋聽得一腦門兒的寒冷，說，沒有懷上，誰的都沒有懷上。

霧冬問，那，妳想懷上誰的娃？

秋秋說，我……

霧冬說，你們把睡房都搬到那邊去了？

秋秋說，是的，是我搬的。

霧冬的話讓人牙齒發痠，他說，藍桐對妳比我對妳好？

秋秋不看霧冬，也不說話。

霧冬不跟秋秋說話了，急著轉身找洩火對象，扭頭正碰上我的眼睛，他把嘴解扭了一下，踢了旁邊的一隻木椅子一腳，進自己的睡房把門哐地關上了。

秋秋回到我這邊，像隻被打懵了的兔子一樣木頭木腦鑽進睡房，和衣就躺上了床。

我想尋點話安慰她一下，她卻問我，你說我該先懷你的娃還是先懷霧冬的娃？我說妳願意先懷上誰的就懷誰的。她不眨眼地看著我，看著看著淚水就充滿了眼眶。她說，我願意先懷你的。又說，但是霧冬會不高興。

我說，他肯定會不高興。

秋秋說，可我還是願意先懷上你的娃。

我說，為什麼要那麼早懷上娃？這個問題問得很愚蠢，愚蠢得讓秋秋很傷心。我明明知道她為什麼那麼想懷上個娃，但我懶散的心卻懶得去管她的心事，我只顧想著我的心事。我的心似乎是拒絕她懷上我的娃的，因為我明白娃是條繩，會把我和秋秋生生地綁在一起。而我，不知道是什麼時候，或許是要離開這個地方的。

秋秋擰著眉頭，她不明白我為什麼要這樣問她。

我也懶得解釋，就說，妳要是想先懷上我的娃，我們就做娃吧。

秋秋還擰著眉頭，但是她說，那就做吧，我還是願意先懷上你的娃。

秋秋開始脫衣服，把自己脫得如同一條魚，動作和表情卻又是一條魚即將上岸赴死時的悲壯。我胸膛裡痛了一下，像是心臟被誰揪了一把。我把秋秋輕輕摟過來，怕碰碎了她一樣摟著。秋秋像一個心急的莊稼人怕耽誤了季節，也不管我當時的情緒，一如打點一棵莊稼苗，她嚴肅認真充滿虔誠地為我脫光衣服，然後把我摟上了她的身體。

從此，秋秋誰的臉色也不看，悶著頭細心耕作。她的執著感動了我，我漸漸地發現，再被她摟上身的時候，我身體裡衝動著的不再是純粹的對她的肉體的慾望，也有了一種跟她一起耕耘一起奮鬥的獻身願望。我們都很天真，以為娃就像瓜一樣，種下地不幾天就見芽了。可是我們努力了好久，仍然看不到發芽的跡象。秋秋悄悄問我，我怎麼不吐呢？我怎麼不見想吃酸呢？

我也不知道。

我們就那麼淒淒惶惶地把我們的新婚日子過到了盡頭。

## 33

就在我和秋秋一個月日子的最後一個時間，霧冬背上他的傢伙又去了外莊。那個早上，秋秋就該從我這裡離開，去過下一輪日子了，可霧冬卻招呼也沒打一聲就走了。那個早上，我們都很疲憊。頭晚我們拚命幹了一晚，我們耗盡了我們骨頭裡所有的精氣。但是那天早上，我們都沒有睡過去。秋秋到最後也沒有出現想吃酸或者嘔吐的現象，她一直在失望著，同時也僥倖著。秋秋說我雖然沒有想吃酸但我的紅還沒來，秋秋說我每月都要推遲幾天的，要是能把我們的日子也往後推遲幾天，說不定……說不定什麼？當然她想的是「說不定就懷上了」。但是，誰為她推遲這個時間呢？簡直是白日夢啊！但是秋秋說，霧冬又走了。她說她清晨起來上茅房時看到霧冬走了，她說霧冬走的時候還背上了他的那些做道場的傢伙。她以為她下面的日子是回到霧冬那裡去過，她說霧冬走了，她就可以繼續在我這裡過幾天了。

秋秋為這個可能多得的幾天日子激動著，說只要她過幾天都還不來紅，就說明她是懷上娃了，那她就不過霧冬那邊去了，她就跟我好好地生下娃，養好娃。

可是，秋秋下一個月要跟的是岩影，而不是霧冬啊。

我盯著屋頂，聽著秋秋這些話，心裡直想哭。可是我又能做什麼？我像翻垃圾一樣翻弄著我的思想，裡面沒有一點積極的東西。倒是發現，我比秋秋還要噁心儺賜莊的這種生活，我比秋秋更想逃離儺賜這個地方。

爸在外屋扯著嗓門兒喊我們快起床。

我不想起床，我害怕看到秋秋被迫去岩影那裡時的傷心欲絕。

秋秋也怕起床，她緊緊摟著我，說爸是不是又叫我過霧冬那邊去啊？我明明知道等待她的不是霧冬，而是岩影。我還知道，迎面而來的這個結果會把秋秋打擊得身心俱碎。但是，我卻不能告訴她真相，我只能一如所有的儺賜人一樣，做一個心痛的旁觀者。

秋秋把嘴對著我的耳朵說，藍桐，我們跟爸說，把我們的日子延長幾天，說不定延長幾天就行了。

我看著屋頂，細心地品味著心痛的滋味。

秋秋突然被什麼咬了似的激棱了一下，說，對了，藍桐，我們掙錢，我們掙錢來把霧冬的錢還了，那樣我們就可以過完全的日子了。秋秋被她突然間的聰明激動得淚光閃閃，可是，爸又在叫了。爸那口氣聽起來好像我們得罪過他。

我們只好起床，但秋秋還在喋喋不休地跟我說，我們掙錢，我們把霧冬的錢還了……

我們一出睡房就看到岩影杵在屋中央。

秋秋嚇了一跳，她害怕這個瘋子，往我身後躲。岩影卻上前要拉她，說秋秋我來接妳了。秋秋尖叫一聲，像受驚的雞一樣撲楞著往我身後尋救。我攔著岩影叫他別嚇著秋秋，我只能說這樣的話。可這樣的話秋秋和岩影都不滿意，秋秋叫我快把岩影轟出去，岩影又叫我別多管閒事。我爸，把我們叫起來肯定是因為岩影早來這裡等著了，但這個時候，他卻不關心這裡的事了，人影都見不著一個。

岩影對秋秋說，秋秋，妳是我和霧冬藍桐三個人一起打夥娶的，妳現在該輪到跟我去過日子了，跟我回去吧。

秋秋喊，你這個瘋子，快滾出去，不然我叫藍桐打你！

岩影說，妳問藍桐，妳問他我是不是瘋子？

秋秋來看我，我不敢看秋秋，去看外面，外面好像又起了霧。那麼，今天的天空應該又是一輪白太陽了。我想。

秋秋想也沒想，就提起身邊的一隻板凳朝岩影打去。

但這只板凳打到空中就給岩影抓住了。岩影順手摘掉秋秋手裡的板凳，又抓住了秋秋的手。秋秋尖叫著往我這邊掙，喊我救她。可我怎麼能救她呢，我能打岩影嗎？我能叫岩影不要把秋秋拉回家去嗎？

我憑啥？我這時候才明白為什麼霧冬要選擇在這個早上悄悄離去了。

我只能說岩影大哥你好好說，別嚇著她。

岩影才不理我呢，他抓住秋秋就不放，任秋秋怎麼打怎麼掙。有一刻，秋秋慌亂中抓得了一根錘衣棒，這根錘衣棒最終打在了岩影的額頭上，額頭出了血，血沿著前額往下流，流到眼睛邊上，還繼續往下流。但岩影仍然沒有放開秋秋。這個平時看起來畏畏縮縮的人，這會兒倒完全是一個男人的樣子。他就像一根拴住了秋秋的鐵樁子，一任秋秋瘋狂掙扎，只在秋秋手裡出現了武器的時候稍稍躲一躲。秋秋像一隻想逃命的貓，閉著眼咆哮著，又是抓又是咬。這件突如而來的事情把她嚇瘋了，她的腦子裡能反應的只能是一些沒有邏輯沒有條理的混亂行動。秋秋打破了岩影的頭和臉，還咬傷了他唯一的手。岩影像一面盛開著紅杜鵑的山坡，在這個早上特別耀眼。

這麼讓秋秋折騰了一陣，他終於喊道，秋秋，行了，我們走吧！說著就一反手把秋秋扛了起來。就這樣，秋秋如同一隻被獵獲了的野羊一樣，踢蹬著四蹄被岩影扛走了。

一直，我都是那麼呆呆地看著眼前正在發生一切，我的視線像網一樣散漫，秋秋和岩影在我眼前就像兩隻被人操縱著的皮影，我就像是一個癡迷於這場皮影戲的人，心一直跟著眼睛，巴不得自己變成操縱者，讓戲的結尾變成自己希望的那種圓滿。可是，秋秋還是被岩影強行扛走了，結果離我的願望太遙遠，我感到一股滾燙的黑血從腳底噴灌至頭頂，一種叫憤怒的東西就從我的頭頂衝了出來。

## 34

一切都發生得那麼快，也就是被憤怒沖昏了頭的我在院子裡轉了幾圈兒才跑到廚房提了切菜刀趕到之前，秋秋已經被關進了岩影的睡房。

那個時候，管高山和管石頭正從岩影睡房裡出來，在裡面傳來門門的聲音的同時，他們正好看到我提著菜刀跨進了他們家外屋的門。

我提著切菜刀幹什麼，我自己當時也不明白，他們顯然也不明白。我聽到我媽和管高山還有管石頭都嚇出了一些驚愕的聲音，管高山還撲上前來奪我的切菜刀。我把手裡的切菜刀揚一下，管高山就嚇得退了一下，最後是我媽從後面視死如歸地抱住我的腰，管石頭從後面抱著我的腿，才讓管高山奪掉了我手裡的切菜刀。

這個時候，岩影的屋門被關得很緊，我的腳在上面踢出幾個慘白的腳印，踢出好些沉悶的聲響，它卻紋絲不動。我媽還死死紮著我的腰，管石頭還死死紮著我的腿，我怎麼掙也掙不掉。後來我就拖著我媽在屋子裡轉圈兒，我想在這個屋子裡找到另一把切菜刀，但轉一圈過後，我發現這間屋子裡的切菜刀也在管高山手上拿著。我就衝著管高山嚎，快把菜刀給我！管高山把聲音提到我的聲音上面去，問，你拿菜刀去做啥？想殺人嗎?!我也拚命把聲音往高處拔，我說我不想殺人，我要你們放了秋秋！管高山把兩把切菜刀握在一隻手裡，空出一隻手來在空中揮動，以助他的聲威。他說，你憑啥要我們放了秋秋，岩影是湊了錢的，秋秋是你們的媳婦，也是岩影的媳婦。我說，秋秋不願意，你們這是強搶來的，是犯法的！管高山這回揮起了那隻拿著兩把切菜刀的手，他揮完手還沒說話，我媽就突然嘎嘎嚎哭起來。我媽像個吊死鬼蟲一樣緊緊吊在我身上，尖利的哭聲沿我的背溝直戳戳刺向我的耳朵。

　　媽說，娃呀，這是命啊，你就不要亂攪和吧！

　　媽說，娃呀，我們家岩影也是個男人，他那耳朵和手都是為了娶媳婦，給煤荒石劈掉的，你們能娶媳婦，他咋就不能娶個媳婦呢?!

　　我不聽我媽說話，我嚎叫著要他們快打開岩影的睡房門，我揚言他們要是不打開我就用刀把門劈爛。我忘了我手裡已經沒有了刀，也忘了自己勢力單薄。管高山聽得煩了，就對我媽和管石頭說，放了他，看他怎麼把這門劈爛！

　　管石頭當真放了我，可我媽不放。我媽還摟著我哭，把鼻涕眼淚哭了我一身。我用力擺脫她，可她卻像長在我身上了一樣的牢固。我只好把嚎叫變成哀求，我說，媽你放了我吧！我媽還是不放，還在哭，她哭得走火入魔了。我只好拖著我媽去踹岩影睡房的門，我一邊揣一邊衝裡邊喊，岩影，你這是強姦，是犯法的，你別亂來，要亂來我就把你告到班房裡去！一邊踹一邊門就開了，我以為是我踹開的，其實不是，是岩影自己開的。岩影著了一身黑布的新衣，很平靜地出現在我的面前，像一位閉關修道剛出關的道人一樣，從內而外都透出一種看透世事與事無爭的寧靜。我正奇怪這個時候他怎麼會透出這麼一種氣質來，他就這麼站在洞開了的門口看我們一眼，然後，慢慢走出門來。

　　我不踹門了，我媽也不哭了。全都被他一身道氣震住了。

岩影從門裡出來，從我們身邊走開，把一個敞開了的門洞留給了我們。

我媽在岩影走開以後，就放開了我。

我趕著走進岩影的睡房，看到秋秋被綁了四肢，像個大字一樣躺在床上。但是，秋秋穿了一身火紅，新的，在這個昏暗的屋子裡閃著亮亮的光。秋秋雙目怒對屋頂，像一具暴死的屍體，卻是一具美豔得讓人震撼的屍體！

嘖嘖嘖！這岩影，哪時候準備了這麼一套嫁娘衣喔？

我媽在我身後讚歎。

我也被岩影弄出的這種陣勢震得有些瞠目結舌，一時忘了自己到這裡來的目的。我媽拉我的袖子要我跟她出去的時候，我才醒過來。我甩掉媽的手，要去替秋秋解繩。我媽生拉活扯地把我往外拖，竟幾下就把我拖出了門。我開始沒想明白自己為什麼當時就抵不住我媽一個老女人的拖拉，後來才知道自己當時是被秋秋那一身炫目的嫁衣晃亂了心神，力氣不集中。

岩影在我被媽拖出門後進了睡房，這回他沒有關門。他讓我們清清楚楚地看著他，看他坐在床沿上給秋秋唱山歌：

小妹好像花一朵，
開在哥哥心房處。
哥想妹唉，想得心尖尖痛噢！

那是花朵朵處生了刺。
妹朵朵生得嬌，
哥哥的手生得糙。
有心想把妹妹摟在懷，
刺就紮進了哥哥的手。
妹朵朵啊花朵朵，
妹朵朵啊花朵朵……

岩影的嗓子跟所有儺賜男人的嗓子一樣高闊開朗，唱山歌的技巧也是儺賜男人中上乘的，他坐在床前，聲情並茂地唱啊唱，直唱到那輪離開了我們好些日子的白太陽重新爬上山頭。昨天還晴朗朗的天空，重新被厚厚的霧氣籠住，岩影的歌聲就在白太陽下，在如夢的霧境裡，憂傷地回盪。

但是，他這麼唱了幾天山歌以後，秋秋還是去告了他。

應該說，秋秋是告了全儺賜莊。

# 第十二章

## 35

秋秋去告狀那天，儺賜的天空也跟別的地方一樣湛藍湛藍。大霧一夜間就離開得乾乾淨淨，白太陽也變成了紅太陽了。

據秋秋後來向我描述，她在天亮前起來上茅房，一看到天空藍了，就陡然生出了要去告狀的念頭，然後她就去了鄉政府。

秋秋告訴我，她和她請來的兩個幹部來到儺賜時已經是我們吃中午飯的時間。進儺賜前，是她領著他們走。進了儺賜，就是他們領著她走了。那時候，他們已經走得全身濕透，他們還說肚子也餓得貼後背了，得先往村長家去填填肚子歇歇氣再說。

秋秋說她也覺得這事得先找村長，就跟著幹部們一起去了陳風水家。那時候，村長陳風水家正擺好的一桌飯，卻除了四個娃圍著桌子狂吞以外，大人們都還沒動筷子。因為岩影和管高山坐在那裡，正在跟陳風水說她逃走的事兒。

他們正在說她，她就突然出現在他們面前，使他們全都有了幾秒鐘的愣怔，連那一群正自由搶食著的孩子也傻了眼。她一臉的傲慢和敵視，身後還來了兩個「上面的人」，幾秒鐘愣怔以後，誰都明白發生什麼事了。陳風水認識這兩個幹部，他一張嘴就是一連串的笑聲，跟著煙就遞上去了。接著，四仔媽又替幹部們泡茶水，茶葉和茶杯都是專門的，茶葉是在集上買來的，像一些細蟲子，水一泡才舒展開來的那種，泡出來的熱氣都很香。茶杯是透明的玻璃杯，經常被四仔媽洗得發亮。四仔媽為她也泡了一杯，但她沒接。不是不渴，她是賭氣不喝。

她自已到水缸邊喝了一肚子冷水，然後站在一邊，不理屋子裡的任何一個儺賜人。

秋秋說，喝過了茶水，一個幹部問陳風水，這個叫秋秋的是你們莊上的村民吧？陳風水說，是啊，出什麼事了？另一個幹部就說，她告你們莊上有違犯婚姻法現象。陳風水卻突然顯得很驚訝，很快又把驚訝變成一堆稀爛的笑，喊四仔媽趕緊弄吃的。四仔媽早把飯桌上被孩子們弄得一塌糊塗的飯菜收走，火爐上已經升起了一股香氣。幹部們吸吸鼻子，說，是油茶呀？四仔媽忙說，油茶，走這趟路走累了，喝上一碗能解泛。

秋秋說，當時管高山要拉岩影走，她沒讓他們走。她說事情還沒說叨我怎麼能讓他們走呢？可管高山卻說，妳的事不關我們的事，我們就不在這裡耽誤領導辦事了。秋秋說，我告的就是他們，我還告了所有儺賜人，他們居然說不關他們的事！

秋秋說，當時幹部們把岩影和管高山留下了。她說幹部們雖然正喝著陳風水家的茶水，還將要喝油茶甚至還要吃飯，但這個時候他們都把臉放下來，掛一個嚴肅的表情上去。

他們擺開架勢問秋秋，妳叫什麼？

秋秋說，我叫秋秋。

幹部說，對，叫秋秋。

幹部不看其他人了，看著陳風水。

說，秋秋告你們莊上三個男人娶一個女人，是不是真的？

陳風水非常驚訝，有這事？沒有啊？你問問他們，真沒這樣的事。

秋秋喊起來，面前這個就是！她指著岩影，對幹部們說，他就是我的第三個男人，我今早上就是從他家跑出去的，就是他們用繩子把我綁在床上……秋秋說不下去了，她的臉開始抽畜，她使勁咬著嘴唇，但淚還是像河流一樣淌出了眼眶。幹部們一個問一個記，記的這個幹部很負責，把秋秋說的話加上了感嘆號，還註明她這個時候在哭泣。但是，管高山和岩影兩人不約而同地露出一種哭笑不得的表情，並用這樣一張臉對著幹部們說，秋秋是在說笑呢。秋秋被他們這種裝出來的好脾氣惹得更加憤怒起來，聲音變得如鐵器在玻璃上走過一般尖利，你們不是人！她喊道。問話的幹部揚起手制止秋秋，說，妳不要太激動，我們既然來了，就會把這事情查清楚。這時，四仔媽走過來，把秋秋硬往一條板凳上按。她說妹子就有再大的氣也坐著說吧，走了這麼多路，累的，犯不著跟自己的腳過不去。秋秋也真累了，而且秋秋這個時候像一張被仇恨燒糊了的紙，一碰就碎。秋秋坐下了，她抓住了四仔媽的手，她仰著楚楚可憐的臉看著四仔媽泣不成聲。她說嫂子呀，我們都是女人，妳摸著良心說句真話，妳說儺賜莊是不是兩三個男人娶一個女人？四仔媽替秋秋擦眼淚，但她說，妹子，我鍋裡的油茶開了，妳喝一碗就不累了。說著，她推掉秋秋的手，去看鍋裡了。

這時候，陳風水擺出了一副長輩的表情。他用這副表情對秋秋說，秋秋啊，不是伯說妳，你真不懂事，你們家裡出點兒不好說的事兒，掩掩算了，到處說就不好了。秋秋咬著牙說，我就料到你不會承認，你和霧冬他們都不會承認。你敢和我們到莊子裡去走，敢跟我們去見其他人嗎？陳風水說，咋不敢呢，我們吃完飯就去。

四仔媽已經煮熟了一鍋噴香的油茶雞蛋麵條。吃下兩碗油茶麵，幹部們抹抹嘴說，那我們走吧。

秋秋就帶著他們一長隊男人，往一個坡上走。那裡有一籠青翠的竹林，竹林裡有一間房。日頭很孤獨，正是這份孤獨使它更具力量。幹部們被汗水畫滿了地圖的衣服再一次開始出現洇濕的色塊。他們說，到一個人家集中點的地方吧，那樣人多好問。陳風水說，我們儺賜莊都是單戶，不像山外那些莊子有寨子。幹部們說，這太陽都在往下坡走了，我們還往上坡走，怕是天黑了還辦不完事哩。陳風水說，其實這事情不大，充其量也就是個家庭裡的事。不過你們當領導的辦事負責，去走走也好，順便還可以看看儺賜莊的其他情況嘛。走在陳風水前面的幹部站下來，回轉身問他，真是一件家庭糾紛？陳風水告訴這個幹部，也就是個說不出去的事兒，我們莊上光棍多領導是知道的。他回頭指著走在最後的岩影說，他是秋秋的大伯子哥，三十好幾歲的老光棍了。說完又回頭跟幹部訕訕地笑，很不好開口似的，低了眼皮，說，也就是光棍兒貓偷了回腥，小女人嘛，大驚小怪。

這風水的這些話並沒避諱秋秋，秋秋對幹部們說，村長在撒謊！

幹部哦了一聲，回頭看看陳風水，說你不能讓你的村民對你產生意見啊！又往前走。

終於走進了竹林，竹蔭給了大家一絲涼快，空氣裡還飄著一股竹的清香。幹部們搖著一塊白而肥厚的巴掌給自己的臉扇風，掛一臉焦灼和愜意的混雜表情進了這戶人家。

這麼一大幫人，有些嚇著人了，被訪的這家人有些慌亂，把雞趕得遍地飛。

陳風水說，領導來問件事，你們把板凳端到屋外來，都出來聽問。

於是，就出來了好幾條板凳。人也全出來了，一對夫婦，三個孩子。陳風水說，怎麼你哥家的兩個娃兒又來你家了？夫婦笑笑，支吾幾聲，三個孩子就往竹林裡走，接著就沒了影兒，像隱身了一樣。

幹部們不想耽擱，直接提問。

你們儺賜莊是不是全是兩三個男人共娶一個女人？

夫婦笑起來，說，哪會有這樣的事？

問話的幹部指著秋秋，說，她到鄉政府去告，說全儺賜都這樣。夫婦就笑得抬不起頭來，說哪會有這樣的事啊？沒有這樣的事。幹部們互相看了一眼，又去看秋秋。秋秋說，他們說謊，他們也是一樣的。她指著女人說，她這半年在他家，下半年就到另一個男人家裡過。幹部們又把遲疑的眼睛投向陳風水，陳風水說，我不好說話，領導們還是自己調查吧。幹部又問這對夫婦，是過半年嗎？男人嘿嘿笑了幾聲，說，哪有這樣的事，過一輩子哩。秋秋喊起來，我們走吧，他們是怕村長不敢說真話。幹部們覺得秋秋說的可能有道理，下面的路就不要陳風水跟著了，也不要岩影和管高山跟著了。

但是，所有的人，都說，沒有這種事。

他們走了好幾戶人家，把太陽都走丟了，把天都走黑了，還是沒有人說這件事是真的。包括我媽。

## 36

秋秋說那天她於絕望中想到了我。她說雖然那些天裡她對包括我在內的全部儺賜人都充滿了仇恨，但她還記得我前幾天提了菜刀要去救她那件事情，她還記得我有時候跟別的儺賜人不一樣。

她說她當時就告訴幹部們，她的第二個男人，是上過學的，上到高二，他可能會說真話。

她說幹部們到這個時候已經疲累不堪，埋怨她怎麼不早帶他們去問我。秋秋說她當時心裡充滿了悲憤，她很想蹲下來大哭一場。她說她也不敢相信我會是儺賜唯一會說真話的人。

後來我用事實證明，我是很願意說真話的。

但我並沒能幫上秋秋。

看起來，似乎是上天不想幫秋秋。

那天，岩影跑來跟我說，秋秋告了我們，還帶了上面的人來調查來了。他要我一口咬定沒有這回事，他說是陳風水村長說的，說要不全儺賜的人都跑不脫。他還說陳風水村長說了，全儺賜莊人還包括我媽和我爸還有我。

厲害擺給我了，可我還是沒聽岩影的。我帶著越來越急促的喘息聲跑去找秋秋，我渴望馬上站到秋秋面前，對她帶來的那些人說，秋秋說的是真的。

而陳風水也料事如神，就在我尋秋秋他們的半路上，我被四仔媽攔住了。

四仔媽看起來與平時有些不同，刻意收拾過，像是去趕集。

四仔媽說藍桐你是去找秋秋吧？我沒有功夫回答她的問題，準備繞過她繼續跑，可四仔媽卻拉住我說，我是來跟你說話的。我說我沒功夫聽妳說話，我要去幫秋秋作證。四仔媽把我緊緊扭住，說，是爸叫我來的，爸就知道你會犯傻，怕你把全莊子人都害了。我知道她不是危言聳聽，但我的意志並不想屈服於她，我還是想去幫秋秋作證。但四仔媽這時候顯露出的是一頭大象的力量，她不讓走我就走不動。她說，秋秋把儺賜莊人告了，上面來了人在調查，我爸怕你說傻話，爸說那樣的話他要被打腦殼，其他人也得去坐班房，娃們就慘了。她說你好好想想吧，一個儺賜莊的人全完了！她的這些話在我腦子裡形成幻影，我看到全儺賜莊的人都被用繩子綁了起來，被一群聯防警押著往山下走，後面，還跟著好長好長的娃娃隊伍，他們被一條很長很長的繩子連起來，像打在繩子上的一些疙瘩。我還看到了我，走在大人隊伍中間，臉上一片迷茫……

我感覺自己像一根棍子一樣杵在小路上。小路像一條蛇飛竄出去，淹沒在草叢中。我想，我踩著小路，小路即使變成蛇又能竄向哪裡？後來，我又去看太陽，太陽這時候依著一座山的斜線往下滑，像一個球從山尖上滾下，又像山長了一隻獨乳。太陽在我看著它的時候滑得很快，支溜一聲，就不見了。我望著眼前的一片黑暗，不知道我還去不去找秋秋。

當我的眼睛終於恢復明亮的時候，眼前是四仔媽充滿期待的臉，她說，跟我走吧，別讓那兩個幹部和秋秋他們給碰上了。

我問，我跟妳去哪裡？

她說，你說去哪就去哪，我陪著你，只要不碰上他們就行。可我說，這莊上沒一個人會幫秋秋說話，我得去。四仔媽急了，說，你這只呆羊啊你不能去看秋秋！那樣會害了你自個兒，也會害了全莊子人啊！

四仔媽說著就把我拉到就近的一個山溝溝裡，現在這裡已經被陽光拋棄，地上已經開始升起悠悠涼氣。我們坐到地上，一種透骨的涼意就穿透了全身，很讓人愜意。我想，這個時候坐在這裡倒是不錯。又想，可是我還去不去看秋秋呢？

我開始回憶我是什麼時候把那個急切切要去見秋秋的想法弄丟了的，丟在哪兒了，我想把它找回來。四仔媽卻在跟我說與今天這件事情無關的話題。她說，我爸都定了，要你到我們的學校裡教書去哩。我覺得我應該把我想法丟在看到全儺賜莊的人被綁著往山下趕的時候，就是說，那個想法還在那條小路上，那兒還有一縷陽光，有太陽離開儺賜前的一次溫情撫摸。我的胸膛裡突然熱了起來，那兒突然有一股力量把我的身體往上舉了起來。我說，我得去找秋秋。

我沒有等四仔媽反應過來就飛身往小路上跑，回到小路，我又跟著小路跑。四仔媽在後面跑著追，嘴裡一直在喊著我的名字。但是我心裡只有一個要見到秋秋的想法，她著急的呼喊只在我耳邊一掠就沒有了。

但是，儺賜莊人像得到命令一樣，對我也進行欺騙，我的打聽換來的都是假消息。我按照別人指點追下去，可能永遠都追不上秋秋。你早知道的，儺賜莊的人差不多都是一家一戶孤獨地守著一面山坡，別人有意識的誤導又加上我的盲目，那天我跑了不少的冤枉路。後來，我在徒勞的奔跑中突然清醒，然後憑著自己的直覺去找秋秋，竟一下子就找著了。

那個時候，儺賜的顏色已經開始變得深起來，兩個幹部已經不在秋秋身邊。秋秋坐在路上，眼睛看著往陳風水家去的那個方向，看得很遠，很深。

那個時候，我也跑累了，看到她還好好地坐在那裡，我的心鬆了下來。我坐到她身邊，很誇張地喘著氣，還用衣袖抹額頭上的汗水。秋秋一點也沒受到我的影響，原來怎麼看著仍然怎麼看著，專注得如著了魔。我輕輕推了推她，她像一棵苗一樣搖晃了幾下，但眼睛仍然在天的深處紮著。我跑到她的前面，用我的身體截斷她的視線，用我的眼神去撫摸她的眼睛。我輕輕地叫，秋秋，秋秋。她的眼珠動了一下，又動了一下，突然，她彈了起來，像被蛇咬了屁股一樣。她看著我張大了嘴，張得很大，很大，可那裡沒有聲音出來。那雙像井一樣深邃的眼睛，有清清的淚水漫溢出來，流成兩條河流。我說秋秋妳說話吧。秋秋胸膛裡深深地抽了一下，又抽了一下，噎在她喉嚨裡的那個東西終於衝了出來的。那是一個撕心裂肺的哭聲，啊！

秋秋喊出這一聲過後，第一反應是抓著我往陳風水家去。她說，幹部們肯定還在陳風水家，你跟我去，你告訴他們，我說的都是真的。不知道是因為累了還是因為什麼，我當時有過半秒鐘的猶豫。就這半秒鐘，絕望就迅速回到秋秋的眼睛裡，和著她的淚水一起流淌。秋秋的身體有些搖晃，像是承受不住我給她帶來的這份絕望。我被她全身氾濫的絕望淹得眼睛一黑，拉起她就跑。我一路拖著她跑一路喊，走，我去作證，我們去把儺賜人全告了！

但是。我不知道誰發明了「但是」這個詞，就是這個詞讓人間生出了那麼多遺憾和絕望。我們跑到陳風水家的時候，那兩個幹部已經走了。陳風水說，他們已經走了好一會兒了。陳風水還說，幹部們說了，還會來調查的。陳風水還說，其實，即使現在他們還沒有走，僅聽你們兩個人的話他們也不能怎麼樣的。陳風水還說，秋秋啊藍桐其實是多好的人啊，我們馬上就修學校，就讓藍桐當老師了，妳還嫌個啥呢？妳守著這麼好的一個男人妳為啥還要拿全莊人的身家性命去玩兒呢？陳風水還說，秋秋啊，我是一村之長，我代全莊人給妳磕頭，妳別告了好嗎？陳風水真的在秋秋面前跪下了，頭還在地上磕得咚咚響。我看到秋秋的臉色一下子就變得發紫，嘴唇卻白得像紙片。我還看到了秋秋腦子裡那個黑色的念頭，它在跟秋秋說，秋秋，妳看來只有去死了。

秋秋就在這個時候突然哇哇地吐起來，而且吐得昏死過去。

我們都認為秋秋是因為一天來太勞累太焦慮又太絕望，才吐成了這樣。可是，秋秋卻把它看成是她懷了娃的徵兆。

當秋秋被四仔媽掐著人中喊醒過來的時候，秋秋剛剛睜開的眼睛找到了我，隨著，她蒼白如紙的臉上浮起一縷酸酸的笑影，她虛弱地說，藍桐，我懷上你的娃了。

我感覺心裡突然湧起一股浪頭，撞得我的心臟生生地痛。

## 37

黑色的死亡念頭被肉紅色的希望攆跑，秋秋臉色開始恢復紅潤。她甚至沒有拒絕四仔媽端給她的白糖水。喝下糖水她又開始狂吐，差點把胃都吐掉了。吐完過後，秋秋就開始哭，咽咽咽，嗚嗚嗚，很像在吟唱一首什麼抒情曲。陳風水一家人全圍著她，和我一樣靜靜地聽她吟唱。後來，我就看到屋子裡一片淚光閃閃。再後來，我感覺到我的臉上也有了淚流爬動。

後來，秋秋的曲子裡有了詞，她說，我懷上娃了，我懷上娃了呀，懷上藍桐的娃了呀。我拉著她的手，說，嗯，妳懷上娃了。秋秋突然抬起頭，緊緊抓住我的手，怕我離開她似的，說，我不想死了，我懷上你的娃了。

那晚，我把秋秋帶回了家。

走的時候，陳風水說，你放心把秋秋帶回去，不管秋秋是不是真的懷上了你的娃，你今晚都先把她帶回到你那裡去，岩影那邊我跟他說去。

其實，他知道我們不會在意他的這幾句話，但他心裡很想這麼說，也很想像他說的這麼去做，所以他就說了。

當然，陳風水也真做了。當晚他就去了岩影家，他把秋秋被我帶回家的事說了，並說服岩影不去追究。第二天清早，他又帶著我和秋秋去了土醫生那裡，讓醫生檢查了秋秋是不是真懷上娃了。土醫生問了秋秋幾句，又裝模作樣摸摸秋秋的脈相，就說秋秋是真懷上娃了。誰都看出土醫生這是一種不負責的說法，因為僅憑問幾句吐不吐，吐出來的是酸的還是什麼味兒的，僅憑他那隻從來沒學過把脈的平凡得不能再平凡的手把把脈就說秋秋懷了娃，怎麼也無法讓人相信他說的話。但秋秋卻看不出來，秋秋是那麼相信土醫生。土醫生的這個說法竟然讓她熱淚盈眶。我和陳風水都不想掃她的興，而且，我們都明白，土醫生是善意的。秋秋昨天的鬧土醫生也是知道的，那麼秋秋懷上了娃，這件事情基本上就可以說是自然平息了。所以，秋秋懷上娃不光是秋秋的希望，也是所有儺賜人的希望。他知道，就他這句話，暫不管這個結論是真是假，畢竟可以讓一件全儺賜人都在面臨的大事情朝著另一個平緩的方向發展了。

秋秋竟然噙著滿眼的熱淚跟陳風水笑了笑。陳風水也樂呵呵點頭，把眼睛點得濕巴巴的。隨後她跟土醫生說過感激的話，就對我說，我們回吧。我就拉了她往回走了。

陳風水在我們身後說，回吧，岩影那兒我去說。

從這一刻起，秋秋開始尋思下一個拯救自己的辦法了。按照儺賜的規矩，秋秋從現在起就可以跟著我一年半，把孩子生下來，養到半歲。秋秋知道這個規矩，所以她說，藍桐，我們掙錢，從現在開始掙錢。我們掙錢來還了岩影和霧冬，我們一輩子一起過。

她的最後一句話讓我一貫散淡的思想突然打了個結。我同意她掙錢來還份子錢的想法，也不反對跟她過一輩子，但我不知道自己是不是會在儺賜過一輩子。因為我的腦子裡每時每刻都在飛舞著一些要離開儺賜的想法，它們像一些彩色的蝴蝶每每飛出來吸引著我，我卻無法抓握住牠們。

我想對她說，我是個靠不住的男人。我想說服她掙錢來還了岩影，去跟霧冬過。但是，我沒有說。

秋秋去集上買來一群雞娃和幾隻鵝娃，當這一群雞娃子和幾隻鵝娃子在院子裡鬧出些唧唧哇哇的動靜的時候，秋秋心中的幸福生活就有些模樣了。秋秋每天早上起來，先料理這些愛吵愛鬧的傢伙，然後煮豬食。

忙完了這些，秋秋就開始為我們做飯。我們，指的是爸、我，還有霧冬。霧冬外出做道場的時候，秋秋只做一鍋飯，霧冬不外出的時候，秋秋就做兩鍋飯。秋秋在老天給她的這點小小的幸福面前，顯出一種超凡的偉大的從容和寬容。而霧冬，並不知道秋秋心裡有一個要掙錢來贖日子的決心。他把秋秋的作為看成是一個女人對她的男人的關懷，他滿心幸福而又無比自然地接受著她的每一鍋熱菜熱飯。

秋秋特別貪戀酸梅，我們一下地就留意哪兒有這東西。那時常出現在她面前的一把酸梅，有時是我爸帶回來的，有時候是霧冬帶回來的。他們不好意思直接給秋秋，就把它放在一個秋秋最容易看到的地方。秋秋看到酸梅，比看到親娘還要高興。

我一直在尋思，如果秋秋到時候並沒有懷娃那怎麼辦？我甚至在悄悄地努力，希望在這個時間裡幫著秋秋實現這個小小的願望。看到秋秋對酸梅瘋狂的親熱，我的心終於定下來了。

這個時候，儺賜的地裡全是嫩嫩的包穀苗，山溝那些瘦脊的水田裡也插上了秧苗。儺賜在太陽的撫摸下也變得豐滿美麗起來了。

秋秋做農事是一把好手，她一邊鋤地，一邊就把死在鋤頭前的草揀了放進背簍當豬草。太陽並不烈，可空氣卻熱得讓人透不過氣來，半尺高的包穀苗也給悶得慘白兮兮的。當秋秋的汗水滴進地裡，它們就貪婪地吸吮，於是我們總能聽到它們弄出的窸窸窣窣的聲音。但是，秋秋鋤地時的神情，像是在朝聖。我都能聽到秋秋身上汗水流淌的聲音了，我說秋秋歇會兒吧，可秋秋說，歇啥呀，又不累，你歇著吧。我本來就沒認真幹，最初到地裡時，秋秋、爸還有我是並排著的。一人兩行，自然而然。幹到後來他們都跑到我前面去了，我還在後面有一下沒一下。後來秋秋和爸倒著鋤回來又鋤過去，跟我的距離越拉越遠，我就乾脆坐地上了。我受不了這悶熱的天氣，也受不了這活的累。

有想好。

秋秋用她全部的虔誠來對待上天恩賜給她的這段日子，冷暖就成了身外事。她希望快些把這季農活幹完，騰出時間來掙錢。她已經跟我說過了，鋤完了地，她就去掙錢。至於用什麼方法去掙，她說還沒有想好。

一開始，她是希望過我能掙錢的，但後來她把這份希望放棄了，她看得出我這樣的人在儺賜這個地方是沒能力掙錢的。所以後來她把「我們去掙錢」的說法變成了「我去掙錢」。為此，我心裡很慚愧，有時候就會生出一股激情，說一些掙錢的打算給秋秋聽。比如我說我們可以走出儺賜，到別的地方去掙錢。秋秋可以相信我會走出儺賜，但秋秋不相信我走出了儺賜就能掙錢，因為秋秋時時看到我目光飄渺，身體像一片雞毛一樣沒有重量。

有一回，她問我，莊外不遠是不是有個小煤窯？儺賜人要掙錢是不是可以去那裡？

我說是的，但那裡很危險，儺賜莊好些人的命都丟在那裡，岩影的耳朵和手就是丟在那裡的。

秋秋說，那裡一天能掙錢多少錢？

我說，這個我也不清楚，得問霧冬和爸，他們去過。

但秋秋沒有去問霧冬和爸，後來也沒再問過我。

我地鋤完了，秋秋顯出了一種要做大事以前的興奮和冷靜。清早起來，她對我說，我去大哥家了。我當時懶懶的還沒完全醒過來，只問了她一句去大哥家做什麼，卻並沒有認真聽她的回答。因為她的回答似乎很含混，而那個時候我已經再一次睡過去了。

那天秋秋並沒有去她大哥家，她去小煤窯挖煤了。這是秋秋出了事以後我們才知道的。秋秋怕我們知道了阻攔，事先就做好了準備。她出門時多帶了一套衣服，挖完一天的煤，洗過了換了衣服才回來。後來連續幾天她都是清早出門晚上回家，我問她天天往她大哥家去幹什麼了，她只笑著說，去幫大哥大嫂忙忙活兒。我說，妳去幫忙忙活，我也可以去呀。她說，你去幹嘛，家裡的都不願做，還願意去幫別人啊？你要是想做你就幫爸做做飯，不然爸一天幹活累了又沒飯吃，會不高興的。

爸倒沒有不高興，他只是很想弄明白秋秋這樣早出晚歸是在做什麼。他問我，我說秋秋是回娘家幫她大哥大嫂哩。爸就恨鐵不成鋼地挖我一眼，自己去問秋秋。當晚他在秋秋回來的時候堵在秋秋的面前問，秋秋妳跟爸說妳這些天做什麼去了？秋秋說，我回娘家幫大哥大嫂去了，他們地裡忙不過來。這陣子山下正忙著上玉米的催包肥，秋秋的話讓我爸抓不出把柄，我爸就只好暫時撤退了。

第二天吃中午飯的時候我爸問我，秋秋和娘家大哥是生著氣的，她連告我們的時候都沒去叫她大哥是不是？

我想想覺得爸說得對，但我總是少根筋，不明白我爸問這話的意思。

爸用筷子敲敲桌子，說，她是不是想去掙錢來還岩影？

我忙說，是。

爸說，那她用啥法去掙錢了？

我說，我們想過好多法子，但我們還沒有決定什麼時候去掙錢呢。

爸說，你他媽的呆羊，秋秋肯定是偷偷挖煤去了！

爸說，我怕她去挖煤，那樣的話怕出事。

我們都沒想到，我爸一語成讖，秋秋真出事了。

秋秋流產了，是在煤窯裡發生的。究竟是怎麼發生的，秋秋當時沒告訴任何人，後來也沒告訴任何人。事實是，她流產了。這個娃給她帶來希望，又在她充滿希望的時候突然掐斷了她的希望。

# 第十三章

## 38

我想秋秋如果有力氣，她一定會掐死自己，因為她太痛恨自己。但是，她沒有那份力量了。當她明白自己流了產的那個時間，她就已經失去了全部力氣。我和霧冬跑到煤窯那地方看到她的時候，她像一具屍體一樣躺在一個陰涼的地方，煤窯上的兩個管理人員坐在旁邊守著她。時不時用手去試試她的鼻息，怕的是她死去了。我們趕到的時候一個管理人員的手正從秋秋的鼻子跟前拿回來，他很氣憤又很厭惡地對我們說，快點，趁還沒死，抬回去！另一個站起來拍著屁股問，你們是她什麼人？霧冬說，我是她男人。那個人突然就把霧冬抓住要打，霧冬把他推開，他就啪地朝霧冬吐了一口，說，你他媽的叫你懷了孕的還是個瘸子老婆來挖煤，是存心了想來害人啊？霧冬紅著臉跟他爭論，一副一定要奪回真理的架勢。我覺得這些人都很噁心，秋秋都那個樣子了，還有這份閒心。我在另一個人的幫助下背上秋秋，趕著往山下走。

秋秋在我背上說，別管我藍桐。

秋秋一直不作聲，我們喊她她也沒應過一聲，這會兒這聲音就有了一種被深葬了很久的陰冷。我竟嚇了一跳。秋秋說，你別管我藍桐，讓我死了吧。我反過頭，想看到她的臉，可她的頭歪在我肩頭上，我只看到一塊慘白的額角和一簇又髒又亂的頭髮。這兩樣東西讓我心裡發怵，我的腿開始打抖。我說秋秋妳堅持一會兒，我們去集上的醫院。秋秋還是說，放下我，讓我死了算了，我不想活了。秋秋雙手軟軟地吊在我的兩肩，她的身體也跟這雙手一樣不願意跟我配合，我稍不注意，她就會重新摔回到地上去。我想，一個心已經完全死去的人就是這個樣子吧。

我們把她背到集上的醫院裡，秋秋就堅決不說話了。秋秋沒有了去跳崖的力氣，沒有了掐死自己的力氣，她只有閉上自己的嘴。不吃不喝不說話，還悄悄拔針頭。她拒絕輸液，針頭剛插上，轉眼她就悄悄拔掉。醫生火了，罵她，說想死就不要到這裡來！罵得秋秋死閉著的眼睛也往外滲淚。再輸液，我和霧冬就一直守護著她的手臂。岩影也來醫院了，畏畏縮縮地不敢往病床前站。我們都沒心思理他，他就遠遠地站在一邊，巴巴地往這邊望。每一次來，他唯一的那隻手裡都沒有空著，或是幾顆紫紅的李子，或是一個金黃的熟杏。可是，他又從來沒敢遞到秋秋面前過。

在醫院住了兩天，醫生說，你們可以回去了，只要讓她往肚子裡咽東西，就會很快恢復起來。

我們就把秋秋背回了儺賜。

岩影殺了他的黑狗，給秋秋補身子。

岩影端著狗肉來到秋秋的床前，香味薰得人頭腦發暈，可秋秋還是把眼睛死死閉上。秋秋一直就沒睜過眼睛，她大概想的是死不了也不想看到這個世界了。

但是岩影說，秋秋我給妳端狗肉來了，我把黑狗殺了。

秋秋緊閉著的眼睛開始顫動，眼角亮亮的濕濕的一會兒，兩個淚珠就長成了，慢慢地往下滑。

岩影說秋秋妳睜開眼睛啊，把這湯渴下，把這肉吃下，妳好起來就快了。

秋秋把臉別開，讓一個淚豆兒從她的鼻樑上翻過去，再跌落到枕頭上。

秋秋回來以後仍然拒絕進食。不管是我媽來勸還是霧冬來勸還是其他任何人勸，她都不睜眼不進食。那天，我突然特別厭惡這些圍在秋秋床邊勸她進食的人，我以我身體裡罕見的火氣朝著他們大聲吼道，你們都走開！離她遠點！我已經很久沒這麼發過火，我是個不太容易發火的人，可我的確是發火了，我的樣子不光嚇著了他們，也讓自己十分驚訝。驚訝中，我向他們說對不起。我自己撲滅了火氣，他們就一個一個默默地從秋秋的床邊離開了。

秋秋或許也被我嚇著了。當我的眼睛從一個個離開的背影轉向她的時候，我看到她睜著眼睛看著我。那雙眼睛被越湧越多的淚珠子撐得好大好大。她的嘴動了幾下，一些沙啞的聲音短促地跳動一下就沒了。但我聽清了，她是在喊我，藍桐。當秋秋的淚水終於忍不住決堤奔流的時候，她的聲音跳得高了些。她說，怎麼辦？我心裡被她叫得暖暖的也酸酸的，我說，有辦法的，一定有辦法！我緊緊地抓著她的手，我希望她能從我的手上感覺到我的心思，知道我不希望她死去，我願意幫助她。

她說，我死也不會回到岩影那裡去。

我說，不去。

她說，我也不想回霧冬那裡去。

我說，不去。

秋秋的眼淚、秋秋的話都深深地刺痛了我，我咬著牙也沒能阻擋住我的眼淚。當時，我的每一根骨頭裡都充滿責任感，連我平時的那些飄渺的想法都突然間消失得無影無蹤。我說秋秋，我只要妳跟我一起過，我不讓妳去跟別人！

但是，陳風水說，這不行。

陳風水認為他是一村之長，有責任來關心一下秋秋，就來了，還帶來了兩斤紅糖。看過一眼秋秋以後，陳風水就把我拉到院子裡說話。陳風水認為這件事情是因為我的不懂事引起的，他臉上的痛心絕不比我爸臉上的少。他說你怎麼能慫恿她去掙錢來還份子錢呢？你應該勸她像儺賜的其他女人一樣好好的過日子。他說，都看得出秋秋喜歡聽你的話，你就該對她說些對大家都有好處的話。

我說，我不喜歡聽你說這些話。

陳風水愣了一下，他很快在臉上抹了一把。本來是抹汗水，但當他額上的汗水給他抹掉以後，他臉上的尷尬也沒有了。他用一秒鐘時間重新準備了一副十分痛心的表情，說，就是要掙錢來還份子錢也不該是讓她去是不是？從秋秋出事以後，這個結就在我心裡種下了。每一刻，它都像一隻毒瘤一樣在給予我痛苦。他這麼一提，我就痛得眼前發黑。我看著眼前的那片黑暗，沉沉地說，是。

陳風水好一會兒沒說話，我轉過眼去看他，看到他就那麼一臉心痛地看著我，極像一個父親看著他心痛的兒子。我突然把臉別開。

陳風水說，以後，會慢慢好起來的。

又說，這莊上像秋秋這樣鬧的事情不少，這個你也曉得。

我說，秋秋不是別人，秋秋寧死也不想回岩影那裡去，如果你們要強迫她，肯定會鬧出人命的。

陳風水看著遠處思索了一會兒，說，我去跟岩影說說，看看是不是可以還了他的份子錢，讓他退出。

我說，你是村長，他肯定聽你的。我說，霧冬也聽你的，你還得跟霧冬說說，秋秋只想跟我。

陳風水說，霧冬不行，秋秋她就是只嫁一個男人也該是到霧冬那裡去。

我說，她不願意。

陳風水說，她是跟霧冬登記辦的結婚證，一開始她不是高高興興嫁給了霧冬？

我說，她現在不願意了。

陳風水突然呵呵笑起來，還拿指頭一下一下點著我。我知道他這是在說我肚子裡有壞水。我心裡很討厭他的自以為是，但我不想跟他計較。

可是陳風水還是說，不行，秋秋是跟霧冬登記辦了結婚證的，她要是真不願回霧冬那裡去，那就還要出些麻煩事。最後，他拍著我的肩頭，語重心長地說，娃呀，你是讀書人，你得把這事情處理好，別讓這事情鬧起來就沒個完。他說，你肯定有辦法，要麼，她繼續跟你和霧冬，要麼她跟霧冬一個。她討厭岩影我知道，但霧冬跟她是有感情基礎的，最關鍵的是他們中間有一個結婚證。如果你們家裡也同意讓秋秋只嫁一個男人，那她也只能嫁霧冬。他說，我不願意看到這件事情鬧起來就沒個完。

## 39

陳風水一走，我就跟秋秋說，陳風水同意跟岩影做工作，我們趕緊去借錢來還他。秋秋聽我這麼一說，來了精神，要吃東西。我給她盛了一碗狗肉湯，她不要，喝了一碗我媽做的雞蛋湯，就要跟我上路。我說，妳身子虛著，我一個人去就行了。我說，我先去找你大哥借錢，他沒有錢他還可以幫我們借。

秋秋想了想，說，你一個人去大哥不會相信的。

我想想，覺得她說的在理，把她帶上了。

我知道秋秋身子虛，要背她，她不幹。她強裝著笑臉跟我，說，她行。但走不多遠，秋秋就走得虛汗淋漓，臉色煞白。我背上她，她卻呼呼吹著我的耳朵說，你背不動的，我重。我說，沒事兒，我們是去借錢哩，只要一想到能借到錢，我身上就長了兩個藍桐的勁兒。秋秋在我背上呢喃了一句什麼，但呢喃聲剛起就給風吹走了。風並不大，是她的聲音太弱了。

我們在快要到秋秋娘家的一彎水田邊上碰上了她的大哥。他正蹲在田坎上癡癡地看著他的秧苗。秧苗青青的，茂密得像一塊毯子一樣遮住了田，他看著它們，眉眼間溢滿了欣慰。這一臉欣慰在我們說明來意前曾一絲不漏地保留著，過後才慢慢的被另一種表情代替。大哥拚命擠著眉頭，眼睛裡卻似乎充滿了笑意，那是一種比較複雜難懂的表情。

大哥說，你們看這事兒哈，你們前面為這事兒來這裡鬧過一回後，你們的嫂子後來跟我一鬧彆扭就把這事情說給別人了。這一陣兒，莊上人都在指我的背脊骨呢。我看今天你們就不要去家裡了，這事兒你們跟我說了就行了。你們要借錢，我手裡有沒有錢秋秋是知道的。但這事兒我當大哥的不能不幫忙，我手裡沒有，我去借。你們給我幾天時間，我盡最大的努力去借，我挨家挨戶去借好不好？

我們很高興地就半路折回了。

在我們焦急的等待中，秋秋的大哥終於來了。

秋秋大哥抱來一隻母雞，還有兩包白糖。

還有一千塊錢。

秋秋大哥說，我挨家挨戶借遍了整個莊子，還賣了圈裡最大的一頭豬，才湊齊了這些錢。秋秋大哥說，秋秋妳是知道的，圈裡那兩頭豬是嫁了妳以後才買的，長到現在架子才長到一半兒哩，我把最大的那頭賣了，你嫂子還跟我幹了一仗呢。

秋秋很喪氣，我說我們自己到莊上借，挨家挨戶借。

秋秋搖頭，我明白她的意思。她才告過莊上的人，誰會借錢給她？

我一個人去借。

我走向儺賜莊的每一戶人家，人們都像經過統一訓練一樣，用同一句話用同一種笑銜著我。藍桐你是不知道，這會兒剛買了種子肥料，又交了款子，手裡早就沒錢了。他們的表情是誠懇的，你沒法不相信他們口袋裡是真的沒錢。四仔媽多問了我一句，你是借錢來還岩影？我說，還有霧冬的也還。四仔媽搖搖頭，很世故地說，你借去做別的事還有可能能借到一些，借去做這事兒不會有人借給你的。又說，再說了，我們儺賜的地多，家家都得把家裡掏空才夠買種子，好些人把家掏空了也買不夠種子，這當口，誰手裡都空著叻。

四仔媽一句話把我的力氣全說沒了，我也就只好蔫蔫地回來了。

一個女人的意願在我們儺賜顯得那麼微不足道。

秋秋最後還是被迫回到了霧冬身邊。

陳風水把岩影叫到我家，把我媽也叫回來，召集我爸，霧冬還有我和秋秋，在我家院子裡解決這事兒。他的第一句話還是那句「我不願看到這件事情鬧起來就沒個完」。接著他說，秋秋不願意嫁岩影，跑去告我們儺賜莊的狀，要不是大家遮掩得嚴實，今天我們就沒有坐在儺賜莊了，我們的家已經搬到政府的班房裡去了，過不了幾天，我的腦袋也就不在我的脖子上了。他說，大家都不願去坐班房，我也不願活到一大把年紀還把腦袋活丟了。我想我們好好地把這件事情處理了，大家還是集中精力去侍弄莊稼，秋季可又有我們要交的款子，還有公糧，這儺賜的日子，自己不好好過，那就不會有好日子過，我們不要自己跟自己過不去嘛。

陳風水說完這些，就開始捲煙，慢條斯理的。

岩影乜視著他捲煙的手，突然說，我不同意。

不同意什麼呢？

陳風水也乜一個眼角看著他，這樣問他。

岩影把臉一別，說，反正我不同意。

陳風水慢慢地點上煙，看一眼我爸，又看一眼我媽，咳嗽一嗓子，說，秋秋說說吧，妳為什麼要告我們儺賜莊？

秋秋把頭埋著，衝著自己的鞋尖說，我只嫁一個男人。

陳風水說，妳從霧冬那裡到藍桐這裡，也不是一個男人，但妳沒有告。秋秋忽然抬起頭，想說什麼，可陳風水揚手制止了她。陳風水說，那妳打算怎麼辦？秋秋說，我和藍桐還了他們的錢。陳風水說，還岩影的錢是嗎？岩影沒等秋秋回答是還是不是，呼地一聲站起來，揮著他的獨臂喊道，不行！我不同意！他說，我丟了耳朵丟了手，命都差點送了，全是為了娶個女人！他說，我不要錢，我要女人！

陳風水沒有去問秋秋願不願意賠岩影一個女人，他好像很討厭別人在他面前這麼跳跳著喊話。他擰著眉頭，把一泡口水吐得很遠，然後他說，我看這事得這樣定，秋秋從現在起和岩影解除婚約，但霧冬和藍桐得替岩影娶回一個女人來。說完這個他就開始敲煙斗了，這是他準備結束這事情的信號。岩影臉上有很多悲傷，嘴唇還在顫抖，但陳風水視而不見。他說，就這麼定，不管妳秋秋妳要跟哪一個男人，妳都要在一年半以內替岩影找回來一個女人。岩影又喊道，我不同意。但沒誰認真去聽他說話，全都把眼睛放在陳風水的臉上，希望他的嘴繼續往下說。陳風水的眼睛從我們的臉上一一走過，閱讀完我們的表情以後，又說，一年半時間，在我們儺賜是一個女人懷上了娃養熟了娃生下來養到半歲的時間，岩影你就當秋秋這個時間懷上了霧冬或者藍桐的娃，咬咬牙把這一年半忍過去就得了。秋秋要替岩影找的這個女人，可以不花錢，也可以花更大的錢，可以沒妳秋秋好看，但一定得是能生娃的女人。而且，時間只可以短，不可以比一年半更長。回過頭看一眼被悲傷扭結得痛苦不堪的岩影，說，從今天開始算時間，要是第五百四十七的那天沒給岩影找來一個女人，秋秋妳就自己去頂替那個女人。到時候，妳就是打官司我陳風水也不怕妳了。

都看出陳風水想結束這件事情了。

秋秋突然說，還有霧冬。陳風水站起來，一邊往懷裡揣煙斗一邊說，霧冬是跟妳登記辦了結婚證的，也是第一個跟妳過的，前面妳也沒說過嫌棄霧冬。

秋秋說，我只想跟一個人過。陳風水說，跟一個人過妳也只能跟霧冬過。

秋秋來看我，想從我這裡得到支持，可我的眼神卻早已經變得虛浮飄渺。早在陳風水開始說第一句話的時候，我頭腦裡就飛舞起一群白色蝴蝶，牠們亂紛紛地飛舞著，卻又齊心協力地把我的視線拉向一個十分蒼白十分迷茫的遠方。秋秋推了推我，我暫時把視線收回來落到她臉上，可這個時候那些混蛋想法還主宰著我，我說，妳跟霧冬吧，我不要你們還錢，也不要你們替我找一個女人。

我爸倏忽間跳起來，說，藍桐你他媽放屁，你娶媳婦的錢是老子掙的，你想怎樣？我把臉扭向我爸，但那群白色蝴蝶在我爸的臉面前狂舞，讓我只看得清牠們而看不見我爸的臉。我說，我會走的，秋秋應該跟霧冬。

一隻粗重的巴掌很響很重地吻了一下我的臉，我眼前的蝴蝶們就更加狂亂起來，這些都不重要，關鍵是，秋秋的眼睛，再不投向我了。

秋秋或許再一次想到了美麗的死亡，但又因為對我的仇恨而放棄了死亡？她不看我，我就無法知道她心裡想的什麼，反正，她要回到霧冬那裡了。

秋秋在一堆人還沒有散去的時候，就開始到我的房間裡收拾她的東西。衣服、梳子、鏡子什麼的。我追進去，把她一把摟住。她不看我，推我。我說，秋秋，那些都是假話，是暫時的。秋秋木然地站了一會兒，抬起臉來看我。我就看著她的眼睛，真誠地說，真的，那些話都是那些蝴蝶弄的，是假的。秋秋的眼睛撲閃了兩下，看來她沒聽懂我說的蝴蝶代表了什麼，但是她這會兒沒有心思去追究那些在眼前看來並不重要的東西，她放下手中的東西，說，你是說，我們還一起過？我說，不是，妳現在先得到霧冬那邊去過。她說，為什麼？我說，我們得有時間想辦法。她說，我在這邊不是也有時間嗎？我說，不一樣，因為妳跟他登過記，妳和他才是法定夫妻，在我們還沒有找到錢替他們娶回女人之前，妳只有跟著他才是合法的。秋秋著急地說，如果你是真心要娶我，我就跟霧冬離婚。

我說，但是離婚不是說離就能離的，霧冬不會同意，我爸媽也不會同意，我們得想辦法。

秋秋顯出了哭相，說，那你有什麼辦法？

我說，妳先跟著霧冬，我們在一個恰當的時間提出跟霧冬離婚。你跟霧冬離婚，上面也不會像陳風水這樣，判妳替他找回一個女人來，而且，我們還可以在一起過。

秋秋說，我今天就跟他離婚。

我說，妳現在都沒跟著他過，這話不好說。

其實，我的這些話我自己聽起來也那麼不可信，但秋秋卻相信了。

秋秋說，我先跟他過著，等跟他離了才過來嗎？

我說，對。

她說，那樣你也不嫌棄我嗎？

我說，不嫌棄。

秋秋說，那我聽你的。

秋秋就重新收拾她的衣服她的梳子什麼的。我感覺到我的臉漸漸地膨脹起來，頭頂開始鼓起來，有什麼東西想從我的頭頂或者眼洞衝出去。我趕緊閉上眼睛，看著我鮮紅的心臟扭結、變形，直到它慢慢地停止扭結，恢復到原來的樣子。如果秋秋能回頭看到我那時的眼神，她就很容易發現，我心裡對霧冬的那份愛和同情跟對她的那一份分量相差不大。那樣的話，她就能找到我為什麼總是猶疑不定的結了。

秋秋抱著她的東西從我的身邊走過，她低著頭，輕輕地說，你早點找到個恰當的時間吧。

她就這麼低著頭從我身邊走過，走向了霧冬那邊。

## 40

我突然之間變得無法閉著眼平靜地觀賞腦子裡那些紛亂的蝴蝶了，牠們被我心裡另外一些扭打在一起的思想鬧得狂亂無序。秋秋那麼讓我痛心讓我可憐，但我能明顯地感覺到，我的這份愛並不敢跟岩影和霧冬他們心裡的那份愛相比。岩影和霧冬都是我的兄弟，我不希望他們承受失去心愛女人的痛苦。如果掙錢來替岩影找回一個女人可以補救我們給岩影帶來的遺憾，那也不錯，但我很清楚秋秋在岩影心裡的位置是其他女人無法代替。那麼霧冬呢？我是不是要用同樣的方法去補救？同樣的方法又是不是能夠補救？如果不這樣，那麼又怎麼去拯救秋秋？我想痛了腦子也沒能把這些問題想清楚，就咬著牙不讓自己去想了。我讓自己去掙錢，我跟自己說，不管怎麼說，首先得儘快讓岩影有一個女人。

那一天，陽光很燦爛，明晃晃的情景中伴有從遠處傳來的蟬鳴，偶爾飄過的一片風裡還帶著桐果青澀的味道。

這個時候我正在黑咕隆咚的煤窯裡拖著煤塊爬行。我為了掙錢，已經在煤窯挖了幾天煤了。挖煤很累，很危險，還掙不來多少錢。但我一時找不到更好的掙錢路子，只有挖煤。每天清晨，我摸著濕漉漉的霧氣走到煤窯，在天剛剛亮開的時候一頭紮進另一種不屬夜晚的黑暗。這是一種燈光也不能驅走的黑暗。燈光只能讓這裡的黑暗顯得更黑，黑得炫目。每天，我借著頭頂上的礦燈投下的一團光，對眼前那些閃著鬼魅光芒的黑色石塊進行傷害。我們除了眼前這一團兒地方，其他什麼地方都看不見。我們在這一種黑暗中，以一種單調的沉悶的方式沉睡在一種侵犯的情景裡，所以我們總是在危險都摸到我們的鼻子了還不能清醒。那一天，我正拖著挖好的一船煤塊往洞外爬行，突然就感覺到呼吸困難起來。或許還會有眼睛發黑的感覺，但因為窯裡運煤的通道都是軌道，不到岔道的時候用不著眼睛，還因為汗水總是會掉進眼眶裡，我就一直把眼睛閉著，像拉磨的驢一樣瞎著眼前進。呼吸突然困難被我看成是累了，我歇下來，想歇一口氣，緩和了呼吸再走。我鬆了肩上的襻帶，就地坐下，眼睛還是懶懶地閉著。但我越坐心口越緊，像有一隻冰冷的大手緊緊揪住了我的心臟，又像誰卡住了我的喉嚨。我在大腦還沒出現死亡黑色的那一秒鐘內突然明白可能出問題了，連忙翻起身往外逃。但這個時候我已經感覺到力不從心，腿腳也不聽使喚，後來我在眼睛剛看到一絲光亮的時候再一次轟然跌進黑暗。

我知道，那一天，陽光也慷慨地灑滿了我們家院子，近處的雞吟和遠處的蟬鳴輝映，我們家的院子也有著一種靜謐和祥和。我們家院子裡坐著我爸，他在修理鋤頭。

我還知道，我死裡逃生的消息像一塊巨石一樣哐當一聲掉進了這個靜謐和祥和的院子裡，會把我爸嚇成了石雕。

我爸他們跑到煤窯時還保持著一種被追趕的野雞的模樣，停下腳來以後，他們就像波浪鼓一樣轉著頭尋找我。藍桐！我們藍桐呢？藍桐你在哪你說話啊藍桐！我其實就睡在一邊，但因為我一動不動，他們以為那是個死人。在他們心目中我是沒死的，沒死的肯定不會是那麼個躺法。有人說，那個吧？那個是沒死的，是逃出來的。他們就張開雙臂向我撲來，七手八腳的，噗噗刨去我臉上的黑泥，驚喜地叫起來，真是藍桐！

藍桐。

藍桐。

娃啊，你沒事吧？

我爸上了桐油一樣的臉擠起來，擠得像丘陵一樣疙疙瘩瘩，兩行淚，像山泉一樣汩汩下來，那張被擠得發痛的喉嚨裡，發出了澀澀的哭聲。我的呆羊唉，你咋這麼呆呀！

在我的上空，秋秋美麗的臉占了很大一塊地方。我從這張臉上看到了一個脆弱的心靈正經歷著的一場碎心裂肺的痛苦。秋秋怕聲音大了嚇著了我似的，一聲一聲輕輕呼喚我的名字。藍桐，藍桐。她的淚水卻不太善解人意，吧嗒吧嗒激烈地往我臉上砸，在我塗了一層煤屑的臉上砸出一些大大小小的白色的坑。後來，秋秋的臉突然跌落下來，落在我的右肩上，秋秋終於沒有能壓抑得住的尖利的哭聲就在我耳朵跟前響起了。

這樣，我才有力氣狠狠地呼吸了一口氣，然後才真正地活了回來。

我們的身邊圍著很多人，全是近處聽到出事後趕來看熱鬧的。他們看我真的活過來了，臉上也鬆活開了。剛才被關在喉嚨裡的一些話這時候才出了口。

全都悶死在裡邊了，就他躺在洞口不遠的地方。

把他拖出來時他也差不多沒氣了，都以為他可能也沒得活了。

好了，這回好了，只要有氣就好了。

把他背回去吧，背回去好生緩緩。

……

霧冬跟我爸說，我們背回去吧。

爸把一張擠得坑坑窪窪的臉不住地點。

霧冬跟秋秋說，我們背他回去吧。

秋秋把臉抬起來，把淚珠子點得滿天飛。

秋秋和爸把我軟得跟麵塊一樣的身體扶起來，放到霧冬的背上。

一路上都很寧靜，像死亡一樣寧靜。

回到家，我被洗乾淨放到床上，屋子裡才開始顯得熱鬧起來。

霧冬鋪開了他的道士場合，隨著一陣鑼聲響起，香火味兒也進了我的鼻子。還有桐葉湯的味道，也澀澀的彌漫在屋子裡。我爸和我媽，被霧冬安排在道壇邊正襟危坐。霧冬舉著他那把又長又黑的劍，舞著他那件又黑又重的道袍，兇神惡煞似的在我爸媽頭頂上空勁舞，嘴裡嘰哩嘰噥念上一陣，突然喊一聲，呼哈！

然後，霧冬端著一碗熱氣騰騰的桐葉湯來到我的床前，一口一口，霧冬把桐葉湯上空飄著的熱氣吹到我的身體上空。吹一會兒，霧冬就閉著眼，一隻手合十，嘰哩嘰噥地念上一陣。接下來，再吹氣，再念經。這樣反覆幾次以後，桐葉湯冷了，霧冬就用嘴含上湯噗噗噗朝我的身體噴。噴得我一身都澀澀的黏黏的時候，碗裡的湯也完了。霧冬突然飛起這只盛過桐葉湯的碗，揮劍向它，讓它在半空中碎成幾片。當碗在半空中發出一聲喊叫以後落到地上，霧冬的劍還在空中支楞著。這把劍在碗片落地時強勁地舞動起來。那情形像是有好多妖魔在這把劍旁邊興風作浪，霧冬正用這把劍努力殺妖。這一場搏鬥持續了好幾分鐘，霧冬的臉上橫流著汗水，連那件道袍也濕了一大片。

……

這天，秋秋從我床前走開時，輕輕地啞啞地對著我的耳朵說，你去挖煤不如讓我去死。

# 第十四章

## 41

秋秋的臉色變得越來越蒼白，白得能看到她皮膚下那些紫色的血管兒。我怕哪一天，她的皮膚會突然間沒了，讓我們看到她活生生流淌的紫色的血。

好一段時間裡我再沒去挖煤，我們家裡的人不讓我去，我也不敢再去。我們儺賜只要有一個人死在煤窯裡了，莊上的人就得好久好久不敢再去煤窯裡挖煤。而且秋秋自那以後曾三次對我說，你去挖煤不如讓我去死。至於岩影，他也是儘量躲著我們，他不想因為我們不斷地看到他而感覺到一種必須趕快掙錢的壓力。但是，我能很分明地感覺到，他們的眼睛都深含著同一種東西——絕望。

絕望不光時時咀嚼著他們的心，也時時刺傷著我的心。

我對秋秋說，我還是去挖煤吧？秋秋卻突然嚇紫了臉，像她聽到的不是「我還是去挖煤」而是「我被悶死在窯下了」。她說，你別再想挖煤的事了，那樣的話，我不如死了算了。我說，可是我沒有其他辦法掙錢。秋秋說，你別去掙錢了，我認命。我說，妳不還岩影的錢了？不給他娶女人了？秋秋搖搖頭又點點頭，我就明白，她還是沒死心。她沒死心我就不能放棄，但是我的腦子總是給我一片迷茫，不讓我看到一絲希望。

於是，我找霧冬。

我說，你應該想想法子，我們大家相幫著掙錢為岩影娶一個女人。

霧冬說，我沒那麼傻。

我說，為啥？

霧冬說，我幫著你們打發了岩影，你們就該來打發我了是不是？

我說，我不會的。

霧冬鼻子裡哼了一聲，說，秋秋的心思在你身上，這個誰都曉得。

我說，她現在不是跟你過在一起嗎？

霧冬說，她的心不在我這裡。

我說，我不會跟你爭她的，我會離開儺賜的。

霧冬說，你說得多好聽啊，你要離開怎麼不離開呀，是不是也等著我們還錢呢？

我說，不是，我也不會要你們還錢。

霧冬還是用鼻子嘲笑我，說，你當然不要我們還錢，那錢是我爸掙的，又不是你掙的，你沒臉要的。

我有點生霧冬的氣，但氣還沒到頭頂就散了，從我的七孔散了。我發現，我很同情他。

因為，秋秋在他那邊的一個月日子眼看著就要滿了，秋秋又要回到我這邊來了。而且，我因為還沒有離開儺賜，就得接受秋秋。

那天，秋秋來到我面前，猶豫了好一會兒才說，藍桐，還沒有到時候嗎？

她這話來得沒頭沒腦，但我稍一尋思就明白她說的是什麼了。這段時間，我已經悄悄把這件事情放下了，因為我不會允許自己去促成秋秋和霧冬離婚。

秋秋說，都這麼長時間了。

我說，得把岩影的女人掙來了才能談這件事情。

秋秋說，我們先跟霧冬離婚，我們一起去掙錢來替岩影娶女人。

我說，好吧，但跟霧冬離婚的事得我來說。

但是秋秋說，眼看著我跟了霧冬又是一個月了，我要今天就去離婚。秋秋說這話的時候眼光裡透著堅定，讓我著實嚇了一跳。我說，等等，得找個恰當的機會。她說，我認為今天就是最恰當的機會，今天是趕集。我說，這事得我去跟霧冬說。秋秋說，我知道你有些嫌棄我，我不管，反正再過兩天我就該過你這邊來了，到時候誰也別想讓我再回到霧冬那邊去。

秋秋來到我這邊的時候，臉色似乎紅潤了一些。

她說，藍桐，你現在去跟霧冬說吧，我要跟他離婚。

我跟她點著頭，卻沒有勇氣去辦她說的這件事情。我反覆想像著霧冬聽到我說出這句話以後的反應，那些因為痛苦而扭曲得變形了的霧冬的臉在我眼前像幻燈一樣不斷疊放。它們讓我心裡一陣一陣地痙攣，直到我的臉也變了形。

秋秋不眨眼地注視著我的臉，她說，你不會去跟他說是不是？

秋秋的臉代替了霧冬那些臉譜幻燈。那張臉上紅潤正在漸漸退去。我說，秋秋，我們逃走。逃走？秋秋眼睛亮了一下。我說，我們一起離開儺賜這個地方，就沒這些事了。秋秋臉上的紅潤漸漸回來，有一絲驚喜從眼睛裡出來。她說，是啊，我們可以一起逃走啊。然後，她就興奮得如白癡一樣呆呆地想像著我們一起逃走以後的生活情景。我卻又開始了猶豫，我不想讓霧冬痛苦，也不想讓秋秋痛苦，我不願意為救任何一個而去傷害另外一個。

秋秋從自己的狀態中走出來，就從我的眼神裡看到了我的猶豫。她說，你不願意帶我逃走是嗎？我說，沒有啊。我們準備一下，選個時間，得是晚上。秋秋的眼睛在我的眼睛上停留了足足一分鐘，然後，她默默地走開了。

我那種漂渺的眼神總是讓她捉摸不透，讓她不敢信任。或許，她還在琢磨我是不是會真的帶著她逃走，但一個意外的事情讓她放棄了對我的琢磨，並且放棄了逃走的計劃。

秋秋突然嘔吐起來，嘔得天昏地暗。

她明白，她懷孕了，懷的是霧冬的孩子。

她本來一門心思想跟我生活在一起，可是命運卻跟她開了一個玩笑，讓霧冬的娃在她生命裡發芽了。

這個意外事件讓秋秋好一陣不知所措。

秋秋突然變得異常地少言寡語。她像一隻啞巴貓一樣在我們面前來來去去，該做什麼一樣不落下，只是該說話的時候卻總是偷工減料。能用點頭或搖頭來表達的她絕不張嘴，能用兩個字表達的她絕不用三個字。她用一種近乎於迷信的態度守護著她的嘴，怕一不注意就讓別人知道她懷孕了。她想守住這個祕密。而且，她再不談跟霧冬離婚的事，也不說要和我逃走了。

但是，她無法管住她喉嚨裡那些時不時就要衝撞出來的乾嘔聲。她常常在正吃飯的時候就慌慌地往外逃，把一串乾嘔聲帶到豬圈巷子裡去。但是晚上正睡著覺的時候，乾嘔常常就在她還沒來得及逃的時候發生了。我以為她生病了，很焦慮。一串乾嘔過後，秋秋終於還是滿眼含珠，虛弱地說出了她的祕密。她說，我懷娃了。「懷娃」兩個字在我腦子裡什麼地方刺了一下，短暫的痛感過後，我的腦子轟然一下熱了起來。像誰突然往裡面放進了一盆炭火。

妳懷娃了？妳真懷娃了？我驚喜得不得了。我心裡一直祈禱她能儘快懷上霧冬的娃，希望這樣能讓秋秋死了跟霧冬離婚的心。

秋秋突然就暗了臉，眼眶裡的淚珠也往外落。

她說，你高興什麼啊，這不是你的。

我說，我知道你懷的是霧冬的娃。

秋秋不理我，很疲憊地閉上眼睛。

我說秋秋妳怎麼不高興啊，妳有了娃了啊，妳不是很喜歡娃嗎？

秋秋憂怨地看著我，說，我早就知道你嫌棄我。

我忙說沒有沒有，我沒有。

秋秋就立即原諒了我，說，可我想跟你過，你嫌棄我我也想跟你過，我想懷的是你的娃。
秋秋說，藍桐，我想懷上你的娃，可我懷的是霧冬的娃怎麼辦？
我把嘴緊緊地閉上了，我怕再張嘴就會再一次傷害了秋秋。
我久久地盯著屋頂上吊著的那個渾黃色的燈泡，一直盯到兩眼發黑。我在燈光和目光共同營造的這片黑暗中，看到秋秋的肚子咕嚕嚕隆起，霧冬像一個孩子摟一個自己種得的瓜一樣欣喜地摟著秋秋的肚子……

秋秋追著說，怎麼辦？
我說，我們不說這是霧冬的娃，誰也不知道。
我說，我們就把他當成我的娃吧。
秋秋噙著眼淚把我話想了又想，或者因為我當時的眼神是堅定的，所以她覺得這樣也是個辦法。於是，秋秋不再壓抑她的嘔吐，也不再像一隻啞巴貓一樣守著她的嘴了。她大大方方地對向她表示出疑問的人們說，我懷娃了，我懷了藍桐的娃了。
她這樣對我媽說，媽就嗔怪她，說，娃呀，妳真傻呀，連自個兒懷了誰的娃都弄不明白呀。秋秋說，我咋不明白？我懷的是藍桐的娃。媽說，妳哪懷的是藍桐的娃呀？妳懷的是霧冬的娃。
媽一句話把秋秋苦心經營的窗戶紙通了個大窟窿，秋秋再一次在自己的天真和愚蠢面前失去了語言。
媽沒有經過秋秋的同意，把秋秋懷娃的消息到處傳。這個消息對她來說是個好消息，對霧冬來說更是振奮人心。

霧冬要把秋秋接過他的房間裡去，而且要用一個與眾不同的特殊方式迎接秋秋和她肚子裡的娃。

霧冬是個道士，每每遇到他認為重大的事情，他都要讓這件事情籠上他的道氣。他在我們共用的堂屋裡擺開了道場，三支高香在香龕下嫋嫋燃燒，霧冬戴一個怪裡怪氣的面具，在香龕前又是磕頭又是翻跟斗，跟著又起來跪在香龕前敲一會兒木魚念一會兒經。這麼折騰一陣，他才脫了袍子下了面具，走向秋秋，用一種很異常的聲音對秋秋說，娘兒倆跟我回家吧。秋秋被他的戲腔嚇了一跳，但還沒嚇得六神逃遁，她還知道盡最後的努力守候她的願望。她說，我懷的不是你的娃，是藍桐的娃。霧冬微笑，像一個得道高人一樣充滿智慧充滿慈善地微笑。霧冬說，菩薩已經原諒了妳，你們跟我回去吧。秋秋被他一身道氣壓迫得有些喘不過氣，但她還是努力抵抗。她說，你不信問藍桐，這真不是你的娃，真是藍桐的娃。這時候我心裡也有一陣類似於勇敢的東西在衝撞，但我還什麼也沒有說，霧冬就仙風道骨地跟我笑。他說，凡人在菩薩面前撒謊是很可笑的，但菩薩不會笑。接下來，不知道霧冬嘰哩咕嚕唸了些什麼，我感覺到身體有些麻麻的，像有一種東西在我身體裡流過，卻又說不明白是一種什麼東西。我就在這一種說不清道不白的感覺中再沒有開口為我和秋秋的願望做努力，秋秋也跟我一樣，被一種說不清道不白的感覺困繞著，眼睛暗淡無光。

## 42

秋秋又回到了霧冬身邊。

秋秋開始特別關注她肚子裡的娃，她雙手只要一空下來就放到肚子上，她用手感覺孩子的呼吸，用手聆聽孩子的長大的聲音。她固執地認為一個生命長大的時候是有聲音的。她時常會長時間地沉醉在她幻想出來的那種聲音裡，目光散散地看著遠方，把別人忘了，把自己也忘了。

霧冬時常會突然打破她的這種寧靜的夢境，她突然收回的目光會同時帶出兩滴淚珠子，沉沉地在她的眼眶邊上吊一會兒，然後落下來，在秋秋護著肚子的雙手上跳一下，濕下一片。

如果是我走到她身邊，我安靜的身影就會自然地和她的夢境重疊並融匯，她就會輕輕地抓住我的衣角說，你摸摸，娃在長大。當我的手撫上她的肚子，她就從幻境回到真實，推開我的手，紅了臉說，這個不是你的娃。等了等又說，我想過了，我要跟我的娃的爸過一輩子。

這時候，我媽也回到了我爸身邊。我媽以一個過來人的經驗細心照顧著秋秋，秋秋的肚子一天一天就見著大起來。一個新生命的成熟使秋秋的眼神裡注入了新的活力，但是秋秋還會時常來到我的身邊對我說，我只跟我的娃的爸過一輩子，怎麼辦？從她的語氣裡，我能感覺到秋秋內心被一種矛盾蹂躪得多麼痛苦。但我知道，我跟她一樣，不知道這件事情該怎麼辦。於是，每一次她這麼問，我都只能對她說，妳說怎麼辦就怎麼辦。

霧冬還時常去外莊做道場，霧冬地裡的活兒還時常需要我們去幫襯著幹。包穀彷彿是在一夜間就衰老了，桐果也由青變成了死紅色，風裡也不知是什麼時候摻進了一些涼意了。儺賜人要趕著收完包穀再接著收桐果，而這個時候我們儺賜的天氣又會突然在半秒鐘內變臉。一旦它不想晴了，儺賜又會長時間被一團濕濕的霧氣包裹著，時不時的，來上幾天綿綿雨，包穀就吊下頭，等不及我們採收就發了霉或者生了芽。

我們得趕在天還沒變臉的時候把包穀收進家裡來。我被分配到霧冬的地裡，跟秋秋一起收包穀。我爸特別關照，你小子可不能像在我們的地裡那樣懶洋洋的，給自己幹你可以不上心，給秋秋他們幹你得上心。

我們在包穀林裡啪打啪打扳包穀，秋秋背個背簍，扳一個往背簍裡甩一個。秋秋的肚子已經微微隆起，看起來秋秋就像是背上背著個背簍前面又掛著個包袱，很累。我不要秋秋背背簍。我緊跟著秋秋，讓秋秋把她扳下的包穀放進我的背簍裡。憑我的力氣，我只能背一背簍包穀，可我卻拚了全力在一大背簍上再加上一麻袋。

回到地裡時，我看到秋秋一邊扳著包穀一邊在哭，嗚嗚的，淚水像下雨。我說秋秋妳怎麼了，秋秋用袖子抹下一臉的淚水，說，沒什麼，我就是看到日子在翻坎兒了，心裡急。我說，日子要翻什麼坎了？秋秋說，翻過坎兒，給岩影娶女人的時間就近了，可我手裡還沒有一分錢。秋秋一邊說一邊哭，我在她抽抽噎噎的時候突然發現她瘦了，她的目光不再像以往那麼有力那麼靈動，她的眼圈兒有一片陰影，她的嬌小的臉也不如以前那麼光澤滋潤。

我感覺心裡哪兒抽了幾下，眼睛就熱辣辣起來。

秋秋別著臉，我從她慘白的脖子上看到她在努力壓抑她的哭泣。後來，她真就不哭了，一個人站到一邊去，默默地扳包穀。

我說，秋秋，等收完了包穀，我會去掙錢的。

秋秋說，你不用去掙錢了。

我不知道我這回該說什麼，我用一雙空茫茫的眼睛看著她。

秋秋說，我只跟我的娃的爸過一輩子，這個錢應該由他來掙。

秋秋還說，我們也會還你的錢。

我忙說，我不要你們還錢。

秋秋慢慢地把臉扭過來，長久地看著我，眼神裡的失望漸漸地明晰起來，她說，我知道，你寧願不要我們還錢，也不會要我。

我說，不是。

秋秋這個時候反倒顯出一種超常的平靜和輕鬆，她甚至用一種超出我想像的寧靜對我說，老天肯定會送你一個好女人的。

從那一刻起，我突然就恢復了以往的懶惰。被秋秋愛著是一件很幸福的事情，這跟我心在不在這個地方，是不是總想著要離開這個地方沒有關係。有了這份幸福，我就願意為她的事情出力氣。但秋秋因為她的愛在我這裡找不到根，選擇了一種寬容和退避，把她的愛變成對我的絕對放飛，就讓我有些無所適從了。我用了很多時間來思索，我希望想明白我是否錯了。我希望自己能找到理由罵上自己一頓來減輕心裡的那份不安，但我很讓自己失望，我竟然沒能找到罵自己的理由。我覺得，我心不在這個地方，我時時想著要離開這個地方都不是錯誤，我這麼對待秋秋的愛情也不是錯誤。那麼，就無法解除我心中那份來自於秋秋的不安了。

霧冬一回來，我就不下地了。我賴在床上，任我爸媽怎麼呼我叫我，卻固執地守著我那些像白色蝴蝶一樣翩飛的思想，恍恍忽忽的數著時間。有一天，我爸生氣得在我屁股上來了一棒槌。我在那一棒槌落下後朝著房頂喊了一句，我不想待在儺賜！我爸就接著這一句喊道，那你滾，別像條豬一樣在家裡吃白飯！

那天，我咬著牙想，我是該走了。

# 43

我決定離開儺賜的時候，大約是深夜一點左右，儺賜莊都睡過去了。那時候，天上升起的小半片月亮，慘白慘白的，有幾隻蛐蛐在為月亮唱著歌。偶爾，風還夢遊一樣輕飄飄走一回，在枯乾了的包穀林子裡弄出幾個零碎的刷刷聲。我們的儺賜莊，在月亮下，深的地方墨一樣，淺的地方淡一點，像我們的臉色，灰灰的，黃黃的，又黑黑的。

我沒有驚動我的家人，我悄悄地走了。

帶著我去遠方的路穿行在儺賜莊的包穀林裡，迷濛中包穀禾稈像為我送行的鄉親，默默地站著，淒淒地望著。有一會兒，我就停下了腳步。我站在這裡，讓目光越過坡下茫茫的一片包穀林，我想對它們說點什麼。

我在這一片茫茫的包穀林裡看到了我的爸媽，看到了秋秋，看到了儺賜莊的鄉親們。這是一個男女老少的大雜燴群體，他們或提著籃子，或背著背簍，卻都有著一副咬牙切齒拚命的表情。他們的地很多，包穀棒子卻小得像雞蛋。他們要在儺賜的雨季來臨之前把包穀全部搶收進家門，要不，他們這一年的糧食連裹腹都不夠，就更別說還要靠這些糧食變錢來上交各種各樣的款子了。

我的眼睛熱熱地發潮，我掉過了頭，想再看一看家門。於是，我看到了秋秋。我以為還是幻覺，我眨眨眼，秋秋還在。秋秋說，我來送送你。秋秋是真秋秋，我走上前去，抓住她的手。我想對她說點什麼，可我張了幾下嘴卻沒有聲音出來。我突然啞巴了。

秋秋把她的手從我的手心裡抽出來，說，走吧。

秋秋的臉蛋像月亮一樣慘白，她說，走吧。

我說，我還會回來的。

她說，嗯。

一陣風從我們身邊走過，寒意就從腳底下升起來，灌滿全身。我說秋秋妳回去吧，我很快就回來，我掙了錢回來幫妳還岩影。說完我就掉轉身走了。

這一回，我再沒有停下。我怕一停下，我就會再一次回到以前那種猶豫不絕的狀態。但是，我還是在就要走出儺賜的時候回過了頭。那時候，我的前面就是一條向山下飛竄而去的小路，我知道我的腳只要邁上去，小路就會把我帶到我一直夢寐以求的遠方。我回過頭，希望在我走向遠方的時候再看一看儺賜。那時候，月亮已經不如先前清麗，天空的雲越來越多，越來越厚，青藍的地方越來越少。那時候，儺賜的山如濃墨寫意，凝重之間有混沌之筆。我知道，那些混沌之筆是正在升起的霧。我還知道，接下來的這個早晨，儺賜的天空將會有一輪憂傷而美麗的白太陽升起。

我坐下來，等待天亮。

我要看到白太陽升起在儺賜的天空，然後，再離去。

我等了很久。

但是我真等到了白太陽。果真好大的一輪，像一隻憂鬱的眼，透過濃濃的霧看著我。我流下了眼淚。我在心裡對白太陽說，我走了，但我還會回來。

然後，我頭也不回地往山下走了，走向一個離白太陽越來越遠的地方。

很快，我就看到了儺賜以外的新鮮世界，感受到了儺賜以外的新鮮氣息。但是，我一直也沒能逃出那個天空中掛著一輪白太陽的意境。在奔逃的路上，我一直都在想我的爸媽，想秋秋，還有霧冬、岩影，想白太陽下那個夢境一樣不真實的儺賜莊，想生活在那裡的人們。

我知道，當白太陽爬上儺賜山口的時候，我爸就該起床扯起他的大炮嗓門喊我們起床了。當他看到滿世界茫茫白霧，看到山口的白太陽的時候，他會為滿山遍野待收的包穀焦慮得心口發痛。這個時候，他會把自己的嗓門兒變得更大，把聲音拔得更高呼喊我們起床。

他不知道他的呆羊一樣的兒子這個時候已經不在儺賜了。他這樣叫著我還沒應，他就會跑到睡房裡去揭被子。平常時間他可以不太計較我的懶惰，但這是個非常時期，儺賜的霧已經起來了，即使太陽出來也是一副慘白的面孔了。如果白太陽也沒有了，那就是綿綿不斷的細雨了。那麼，儺賜人辛苦一年耕種出來的包穀就有好些要被雨水泡爛在地裡了。莊稼漢愛莊稼可不比愛兒子遜色啊。

我想，當他得知我恰恰在這個時候離開了儺賜的時候，他會怎麼罵我呢？他還會罵我呆羊嗎？不會罵呆羊又罵什麼呢？

我想，或者他什麼也不會罵。他傷心到極點就不知道該怎麼罵了。或者因為他沒有功夫罵，他要去收包穀。

我想，我媽知道我離開了儺賜，會怎樣的傷心呢？

我媽會哭嗎？肯定會的。但我爸會叫她不要哭。我想我爸看著一片散發著青香氣息的包穀林比看見我心情好得多，他會說我媽，妳哭個啥？妳有功夫把這些包穀趕著收回去，比那呆羊還管錢呢。我想儘管我爸這麼說但我媽還是要哭的，她的一塊心頭肉突然就不知去向了，她能不哭嗎？一邊扳著包穀，媽就會躲在包叢林裡抹淚。

我還想霧冬和秋秋的日子。

我想，我的離開和秋秋的安心跟他都會促成他拚了命掙錢來贖秋秋的事實。在我們儺賜，要想在短時間內掙足娶一個女人的錢，沒有其他辦法，只有去挖煤。霧冬肯定是要去挖煤的，那麼，他會遇到危險嗎？如果他遇到了危險，秋秋又將面對怎樣的命運？想秋秋會替霧冬生下一個兒子還是女兒，想來年的桐花節還是不是秋秋去扮「桐花姑姑」。

還想岩影，想他那略帶點沙啞的嗓子，想他在床前唱給秋秋的那些山歌，想他唯一的那隻手，想那隻手拿著幾顆李子和一個熟杏時的憨厚和拙笨。

想白太陽下，儺賜莊滿山遍野的桐樹，桐樹上青紅相間的桐果。想儺賜人在白太陽下，舉著一根長長的竹竿打桐果，把濃霧劈成一片一片如紗如煙。

想他們在夢境一樣不真實的霧境裡發出的喜怒哀樂之聲。

在儺賜的時候，我腦子裡時常翻飛著一些對外面的渴望，到了外面，我的腦子裡又充滿了對儺賜的思念。跟在儺賜時渴望逃離一樣，我終於沒能忍受住思念之苦，又回到了儺賜。

# 第十五章

## 44

我回到儺賜的時候，是從一個風和日麗的春天走進一個冰冷卻像夢境一樣美麗的冬天。我又走近了白太陽，那一輪讓儺賜的天空如夢一樣憂傷的白太陽。

我走向白太陽，就看見了秋秋。秋秋著一件紅襖，站在霧裡，站在白太陽底下，正望著我向她走去。白太陽太像一個夢境，儺賜太像一個夢境，秋秋，也太像一個夢境。我站下來，久久地看著這個似夢似真的場景，看得喉嚨發堵，以至於哽咽起來。

如果這是個夢境，那麼秋秋是不是一直站在這個夢裡？

如果這不是個夢境，那麼秋秋這又是第幾次站在這裡？

一陣風走過，秋秋的頭髮飄了起來，有了真實的質感。我再也抑制不住喉嚨裡的衝撞，喊出聲來，秋秋！秋秋！秋秋！

或許，秋秋也把我看成一個夢境了。或許這個夢境不過是她每一次站到這裡時的重複，我，不過是她無數次站到這裡時的一個美麗的意象。我揮著手朝著她呼喊，她還是那樣癡癡地看著。直到我跑到了她的眼鼻子面前，把一團一團的白色汽團兒打在她的臉上，她才終於活了回來。她白得有些過分的臉上漫漫溢開了一份驚喜，然而，又很快恢復了如白太陽一樣的深藏著憂鬱的平靜。她的嘴張了張，很久才有一個聲音進入我的耳朵。她說，你回來了？我忙說，我回來了，我帶著錢回來了。我很想再看到秋秋的臉上露出一份驚喜，或者一縷淺淺的笑影也行。但是，秋秋的臉簡直就是第二個白太陽。她不說話，只讓憂鬱的目光在我身上慢慢遊走。我說，我帶回來的錢可以替岩影娶一個女人了，妳和霧冬的一年半時間馬上就滿了，我是回來送錢的。秋秋像是沒聽到我說的話，她把目光停留在額頭上。我知道她看到了那兒的一條傷痕。那是一條足有兩寸長的傷疤，但它更多的地方藏在頭髮裡，額角上只有它一條沒能藏住的尾巴。就這條尾巴，我也故意用一簇頭髮遮著。可是，秋秋看見了。我看到秋秋的眉頭擰了起來，她的手也抬了抬，但後來，她最終還是放棄了對這個傷疤的撫摸。她說，走吧，回去。

我跟在她身後，心裡因為自己有了一份能夠拯救她的錢而越來越激動。我說秋秋，我們今天就去把錢給岩影，或者就叫人直接去給他找女人去。

秋秋不說話，貓一樣無聲地帶著我走過院子，走進了家門。

屋子裡彌漫著一股嗆人的煤煙味兒，但這個時候這味道對我來說卻是特別的溫馨。我興奮地舉著雙眼到處搜尋，我說秋秋我爸我媽呢，霧冬呢？秋秋說，爸下地去了，媽這陣不在這邊。我們的聲音引來了秋秋睡房裡另一個聲音，霧冬在裡邊問，是藍桐回來了？我說是啊是我回來了。我以為我說完了霧冬就會出來迎接我了，但霧冬卻遲遲不出來。秋秋走進睡房，不一會兒就出來了，懷裡抱著個胖乎乎的孩子。她說，他叫虎兒。

虎兒！這個胖乎乎的孩子傳導給我一身的溫暖，我放下背包就情不自禁向他伸出我的手，但他卻陡然掉過頭去，一頭紮進秋秋的懷裡找奶吃去了。

秋秋說，霧冬在屋裡。

我說，他在屋裡幹什麼，大忙的天還睡覺？

秋秋沒有作聲，抱著虎兒到火爐上去餵奶。

我從這種過分冷寂的氣氛中嗅出一種不祥來，我感覺到這種不祥隱藏在霧冬的屋子裡。我提著心，慢慢地走進霧冬的睡屋。我在那裡看到了一個再也站不起來了的霧冬，一個被煤荒石切斷了腰的霧冬。

霧冬為了掙錢來還岩影的份子錢，把自己的一生釘在床上了。

霧冬的臉努力地抽動，好不容易才扯出一個笑來，說，神符也沒能保住我。

我說，我都帶著錢回來了，我趕著回來就是為了能在這個時候給岩影娶上個女人，讓秋秋跟你一個人過。

霧冬還在笑，笑得很乾，很怪。他說，不用了，岩影大哥也不要我們還錢了。

我的頭腦裡又開始了一種濃霧籠罩的迷茫。我走出儺賜的時候，並沒有把這種感覺一同帶走，沒想到一回來，那感覺就附在我身上了。我的眼睛久久地停留在霧冬掩蓋在被子下面已經殘廢了的半截身體上，一開始我似乎能穿過被子清楚地看到霧冬已經有些枯萎了的腿，後來，我的視線被被子裡的棉絮扭結擠壓混攪並吸進去了，而且再也拔不出來。我的意志想把視線拔出來，所以有了一番掙扎，這一番掙扎沒有達到抽出視線的目的，倒是攪起漫天的棉絮，讓人眼睛迷茫，呼吸不暢。

我在霧冬面前掉下了淚。
霧冬說，你哭個啥呢，好好的？
我還是掉著淚。
霧冬說，你去抱抱虎兒吧，他重呢。
我說，你打算怎麼辦？
霧冬說，什麼怎麼辦？
我說，秋秋和虎兒怎麼辦？
霧冬埋下頭想了一會兒，說，你回來了，就把秋秋接過去吧。
我說，那你呢？
霧冬說，你們把虎兒帶好就行了。
我沒有想到霧冬能如此平靜地面對他的絕望命運。
我從他那裡出來，走到秋秋的面前，我讓秋秋看到我眼睛裡的堅定，我說，我們把錢還給岩影，妳跟我過。秋秋看我一眼，說，岩影大哥不要錢，也不要女人。我說，岩影大哥不要的是霧冬的賣命錢，我這錢他會要的。秋秋的眼裡瞬間湧滿了淚珠，擠不下，一些就滾出了眼眶。她說，你的錢也是賣命錢。我驚異她怎麼知道我這錢的來之不易，她說，你頭上那傷是怎麼來的？我沒有回答她的問題，我替她擦掉眼淚，說，妳、霧冬、虎兒，我們一起過。秋秋突然猛烈地搖頭，把滾燙的淚珠子搖得滿天飛。
我不明白她這表達的是什麼，她緊緊閉著嘴，為了壓抑一個呼之欲出的哭聲，她把她的想法也壓在了肚子裡。我說，秋秋這件事情妳就不要管了，就按我說的辦。秋秋一張嘴，一個沉悶的哭聲衝口而出。

我沒有再讓秋秋看到我猶豫的眼神，我趁著自己還熱血沸騰著的時候，揣上我帶回來的所有錢朝著岩影家走去。

我在岩影家裡沒找著岩影，在岩影的地裡沒找著岩影，卻在找他的途中發現他在翻著霧冬的地。

他對我的出現表現出一種異常的平淡。他在我喊過他以後抬起頭來看了我一眼，然後又埋下頭翻地了。他一隻獨手，翻地時要比別人多使出一倍的力氣。一邊翻著地，他才說，你回來了？我說，我來還你的錢，份子錢。他再一次抬了一下臉，但那是一張靜若止水的臉。他並沒有停止手裡的活，他說，我不要那錢了。我說，這錢是我掙回來的，是專門掙來替你找女人的。岩影說，誰掙的我都不要，不要錢，也不要女人。我說，你是不是還想著秋秋。岩影說，秋秋不會跟我。我說，那你就另外找一個女人吧。岩影歇下來，立直了身體，抓了他飄蕩在風中的空袖筒擦額上的汗水。

我從口袋裡拿出錢來，遞到他面前。我說，拿去，找個女人過日子吧。

他不接錢，連看都不看一眼。他從口袋裡掏出一根被扭曲得如蛇一般的煙葉，用嘴巴咬斷了，慢慢地裹。

他說，這錢你有用場的，你也得娶女人。要不，你還可以替家裡還些債。上面又催交錢了，說是要改造電線，一個人頭一百八哩。

我說，我不娶另外的女人了，我和秋秋霧冬他們一起過。

他白了我一眼，把捲好的草煙放到嘴裡點上，吧嗒一陣，說，他們是需要一個人幫著，你回來了，我也可以輕鬆些了。又說，陳風水村長說過了，霧冬以後就算成個死人了，往上面交的款子都不算他的份兒。我說，那你把這錢拿上吧。他突然長長地歎一口氣，說，我說過不要這錢的。我說，可這是我們欠你的呀。岩影突然呼嚕一聲，眼角就濕了。

他說，你要還把我當大哥，就把這錢拿回去吧。

然後，我覺得我該去把我的這個決定告訴我媽。

我媽在地裡和管高山一起犁地。管高山拖犁，她扶犁。我到了，我媽就叫我幫她扶著犁，她到地邊去喝水。我扶著犁，就跟她說，媽，我打算跟秋秋一起過。我媽喝到中途停下來，沒來得及嚥下的水把她的嘴撐得圓鼓鼓的。她就那樣鼓著嘴瞇著眼看了我一會兒，咕咚吞下水，說，和霧冬打著輪子過？我說，不是，是和霧冬一起過。

我媽瞇著的眼睛打開了一下又瞇上了。她替管高山端來一碗茶水。管高山停下來，接了茶水咕咚咕咚地喝。

我說，霧冬成那樣了，秋秋一個人帶著虎兒，這日子得有人幫著過。

我媽說，岩影呢？

我說，秋秋一開始就不想跟岩影過，岩影自己也不想強拉秋秋跟他過了。

我媽說，可岩影天天在幫他們，幫他們翻地，還天天背霧冬去茅房。我媽說著就坐到地邊，一邊看著我們犁地，一邊跟我說話。管高山自喝過了水以後，就一直跟牛一樣不出聲地埋著頭拉犁，地裡響起的聲音都是我媽的。

我媽問我，秋秋答應你了？

我說，秋秋沒說答應，也沒說不答應。

我媽哎一口氣，把一隻鞋殼脫下來抖裡面的泥。抖著泥，她說，你們這幫娃呀，讓人操碎了心還落不下個好來啊。

媽後來不抖鞋殼了，抱著雙膝發傻。

後來，她站起身，踩著一種略帶醉態的步子向我們走過來，說，你們的事你們自個兒做主吧，我也不想管了。

## 45

我一個一個地把我的決定告訴了所有的家人了，以為這事就剩下陳風水來做個證就行了。

我去請陳風水。

陳風水也在地裡，吆喝著他的牛犁地。情景不過是往事的重複，不同的是這回陳風水頂了一頭白髮。那一頭銀髮，和霧融在一起，讓人看陳風水的頭臉時就看出更多的迷濛來。

看見我了，他早早地停下來等我。還遠遠的，他就扯起嗓門喊，藍桐，早聽說你回來了，正想著把這塊地犁完了來看看你叻！我緊著步子趕到他面前，站下來等氣息平靜。他看著我起伏得劇烈的胸膛，說，跑這幾步就累了，出去了一趟也還是個弱芽子？我呵呵笑幾聲，算是默認他的說法。陳風水呵呵笑了幾聲，突然又正了一張臉說，你小子怎麼就丟下娃娃們跑了？我說，我這不是回來了嗎？陳風水鼻子裡哼了一聲，像冷笑，但我知道這笑裡熱比冷多一些。他說，我都把學校修好了，你回來了就正好。他突然別過頭朝另一邊看，看到四仔媽也站在那邊朝這邊看，他說，站著幹啥，過來把著犁，我帶藍桐去看看學校。我忙說我是來跟他說事情的，今天就不去看學校了。陳風水不聽我的，他固執地看著四仔媽走向他，接過他手裡的犁，拉了我就走。我被他拉著離開地頭的時候，無意間回過一次頭，看到四仔媽正磁著眼看著我。我的回頭嚇了她一跳，她一激棱縮回目光，一鞭子抽在牛屁股上，牛走起來，她也跟著走了起來。

陳風水修的學校在離他家不遠的一道半坡上，是兩間水泥磚瓦屋，每一間都比儺賜人的堂屋還寬。陳風水把我拉到房子裡轉了一圈兒，出來後，他瞇著眼問我，怎麼樣？我說，很好。他突然哈哈大笑起來，因為嘴裡還堵著煙槍，那哈哈聲就被擠扁了，聽起來不是很圓，但還是一樣的脆。

趁著他高興，我說，到我家去一趟，我想請你幫我處理件家事。

他還淌在他的興奮中不願起來，他說，我一直在愁這老師的事哩，你說我們這莊上，像你這樣有學識的人只有你一個，還跑了，外莊的我們又請不起，嗨，可把我愁壞了。這回倒好了，你小子回來了。突然又不笑了，問我，你不會走了吧這回？我說，我這回不走了，我留在莊上當老師了。陳風水重又哈哈笑起來，笑完了，說，好！這下好了！

我說，但是你得幫我去處理一件家事，這件事情處理好了，我就可以當老師了。

他忙把嘴裡的煙槍拿走，嚴肅地問我什麼事情。我說，我想跟秋秋一起過。他用一副很能表達一種疑惑的表情看著我，說，你不是不願打著輪子過日子才跑的嗎？我說，不是打著輪子過，是我去當秋秋這個家的家長。陳風水吞吐著煙霧想了一會兒，算是明白了。他說，嗯叻，你小子還算有胸懷。他說，霧冬成了一個廢人以後，秋秋一個人帶著娃，那日子是得有個人幫著過。

不看學校了，他主動搶著步子往我家走。突然又停下來，轉過頭，卻不看我，看著地上，像在努力想一件事，然後他說，那麼岩影呢？

我說，岩影是你判他退出的叻。

他說，可是我聽說岩影並沒有收秋秋的錢，你們也沒有去替他找一個女人來叻。

我說，岩影現在啥也不要。

他把紮在地上的目光抽出來，看著我，說，岩影真這麼說的？我把頭重重地點幾下，他又把頭重重點幾下，我們又開始趕路。

這個時候，秋秋已經弄好了一桌飯菜，我爸媽、岩影也都坐在火爐上等著我們了。除了這一桌飯菜，秋秋還燒了一鍋噴香的油茶。我們還在院子裡就聞到了油茶的香味，陳風水誇張地吸著鼻子喊道，啊呀呀，這油茶香能饞死個人叻。

進了屋也不看人，眼睛專門尋找油茶，說這香東西藏在哪兒呢？我媽說，藏啥呢，專門請你來喝的。這麼說著話，兩邊的招呼就算打完了。陳風水坐到給他留出來的那個位子上，第一碗油茶也端到了他的面前。他毫不猶豫，吸溜一聲啜了一口，然後像個孩子一樣驚歎，哇，好香！至此，這一桌子人就像一家人一樣相融相匯了。

我把霧冬也背出來，讓他躺到竹椅上，開會的人就算全齊了。

桌上的人並沒有開會時的嚴肅，從陳風水啜了第一口油茶起，桌子上就剩下一片呼嚕聲和吧嗒聲。我說，我們一邊吃飯一邊說事吧。我爸覺得這話很多餘，白了我一眼。我卻不覺得多餘，說話前我看了一眼岩影，他雖然努力地使自己做到平淡，卻仍然掩蓋不了他內心的沮喪。我這句話是說給岩影的，有一種抱歉的意思。

然後，我就說了我的那個決定。

我以為我的話會立刻引起反響，但飯桌上只有一片吧嗒聲和吸溜聲。從我爸開始，我一個一個地看他們的表情，我看到的全是一派平靜，連岩影先前表露在臉上的些許沮喪也被深深地藏了起來。我忽略了秋秋。我以為這個決定是她求之不得的。我忽略了時間給一個人帶來的改變。

她在我鄭重宣言要挑起她的家庭擔子的時候說，如果我必須再嫁一個男人的話，我還是嫁岩影吧。

## 46

秋秋的話讓一桌子人都傻巴了。連陳風水這樣經歷豐富的人也和我們一起半張著嘴死著眼。

秋秋就把她的話重複了一遍，如果一定要再嫁一個，我就嫁岩影吧。

陳風水第一個反應過來，他追著問秋秋，妳是說妳要嫁岩影不嫁藍桐？

秋秋說，是。

我看著秋秋，希望秋秋能給我一個理由，但秋秋當時把頭埋得很低，不敢面對我的眼睛。當這件事情過後，我的目光再一次回到以前的飄渺的時候，她才對我說，你的心在天上，你還會走的。

在嚴酷的現實面前，秋秋不得不現實地對待自己的命運和感情。這就是她選擇岩影的理由。

秋秋的這個決定首先得到我爸我媽的熱烈支持，我媽是飯桌上第二個做出反應的人。她剛才因為意外而半張著的嘴沒來得及闔上就竄出來幾個笑聲，接著就是兩條渾濁的淚流奔湧而出。娃呀！她說。呼嚕一聲，吸一下鼻涕。她還說，娃呀。她很感動，除了感歎，她說不出其他的話來。

接著是我爸，我爸眼睛還鼓著，還保持著一份驚訝的模樣，但嘴裡蹦出一串兒響亮而又堅硬的笑聲。他說，好，這樣好，這樣藍桐那錢就可以拿給我去還高利貸了。媽的，再不還，再不還人家就要來抄家了。

岩影更是高興得臉都紅成的醬色，半碗飯也放下了。他心裡被甜蜜裝得滿滿的，再吃不下飯了。他竟然像個害羞的小孩子一樣，把他那唯一的手放在兩膝間蹭來蹭去，那一臉像亂草一樣的鬍渣也激動得抖。

後來秋秋終於抬起了她的頭，她讓我們看到她一張靜若止水的臉。她說，霧冬躺下以來，岩影大哥一直在幫著我們，岩影大哥要是不嫌棄我們，就過來和我們住一起，做我們的家長，當我們這個家吧。岩影慌忙說，不嫌棄不嫌棄！岩影蹭手的速度加快，臉也更紅，鬍子抖出了咄咄的聲音。

我長久地盯著秋秋的臉，我希望看到她藏在深處的思想。但是，我看到的還是一張靜若止水的臉。她這張臉是做給我看的，她知道這時候只有我才最關注她的表情。她想讓我從她的表情中獲得一份放心和如釋重負。她做到了。我從她一臉的平靜看到她已經從容地接受了現實，一直激越著的心真的就平穩下來了。我感覺到自己像一隻被充得有些過分的皮球，到這時候才折騰出了多餘的那些氣。我的眼前轟地一下彈出一片灰濛濛的霧景，我又回到了原來的那種懶懶的對什麼事情都迷濛無知的狀態。

秋秋的選擇讓現實變得很圓滿了。

我爸說，以後掙的錢也別老往家裡拿，集起來娶個媳婦吧。

我說，嗯。

我看到秋秋飛快地看了我一眼，那一眼像一個火星，燙了我一下，又像一塊冰渣，給了我一個尖銳的冰冷刺痛。

我走的那天，儺賜突然下起了牛毛細雨。雨把霧壓得更低，完全是要把儺賜壓成餅的做派。背上我的背包，跟家裡人一一別過以後，我一頭紮進雨霧裡，要離開儺賜了。細雨把小路弄得很濕，很滑，我的腳踩上去，小路就發出一些嘰嘰哇哇的聲音。我聽著這些可愛的聲音，心裡漸漸地亮開，眼前也似乎沒有霧了。然而這聲音突然就停止了。陳風水站在我面前，他的腳邊是他的黑狗。陳風水的後面還站著一片高高矮矮的娃娃。

我不知道他們要做什麼。

陳風水說，看看他們吧，你看他們是多少娃娃？他們全是沒有戶口的黑孩子，他們不能到莊外去上學，你得留下來，做他們的老師。

他們站在雨裡，頭髮上頂著好多好多晶瑩的水珠兒，靜靜地看著我。

我聽到我心底響起一陣唓唓聲，我不明白那聲音代表著什麼情感，但後來我覺出了那裡的痛。雨似乎大了起來，有一些嘩嘩的聲音在我的耳邊響起來。我說，你們回去吧，我得到外面去掙錢。

陳風水沒有回答我，他回過頭對娃娃們說，娃娃們，來，我們跟老師磕頭。

他跪下了。

娃娃們也跪下了。

我的眼前突然一亮，又突然一黑。一個嗚咽聲響起，陳風水的黑狗看到身邊一片豎著的人伏下了，牠也跟著爬下，做五體投地狀。越過這一片黑涯涯的人，我看到了秋秋和四仔媽。她們像兩棵向日葵，孤獨地站在冷雨裡，默默地把我注視。

在她們的頭頂，靠著山尖的地方，有一輪白太陽。因為霧太濕太重，白太陽顯得很單薄，單薄得若有若無。

貓空－中國當代文學典藏叢書17　PG3041

# 儺賜

作　　者　王　華
責任編輯　陳彥儒
圖文排版　黃莉珊
封面設計　李孟瑾

出版策劃　釀出版
製作發行　秀威資訊科技股份有限公司
114 台北市內湖區瑞光路76巷65號1樓
電話：+886-2-2796-3638　傳真：+886-2-2796-1377
服務信箱：service@showwe.com.tw
http://www.showwe.com.tw
郵政劃撥　19563868　戶名：秀威資訊科技股份有限公司
展售門市　國家書店【松江門市】
104 台北市中山區松江路209號1樓
電話：+886-2-2518-0207　傳真：+886-2-2518-0778
網路訂購　秀威網路書店：https://store.showwe.tw
國家網路書店：https://www.govbooks.com.tw
法律顧問　毛國樑　律師
總 經 銷　聯合發行股份有限公司
231新北市新店區寶橋路235巷6弄6號4F
電話：+886-2-2917-8022　傳真：+886-2-2915-6275

出版日期　2025年3月　BOD一版
定　　價　320元



讀者回函卡

**Printed in Taiwan**

國家圖書館出版品預行編目

儺賜 / 王華著. -- 一版. -- 臺北市 : 釀出版,
2025.03
面； 公分. -- (貓空-中國當代文學典藏叢
書 ; 17)
BOD版
ISBN 978-626-412-014-2(平裝)

857.7 113014935